土亭遺稿

이지함 토정유고

출처 : 보령박물관

토정 이지함 영정

이지함의 출생지는 충청남도 보령이다. 맏형은 인종 때 '백의정승'이라는 칭호를 들었
던 이지번李之蕃이고, 제자로는 조카이자 선조 때 영의정을 지낸 이산해李山海와
이조판서를 지낸 이산보李山甫 등이 있다. 생애 대부분을 마포 강변의 흙담 움막집
에서 청빈하게 지냈으며, 그 때문에 '토정土亭'이라는 호가 붙게 되었다.

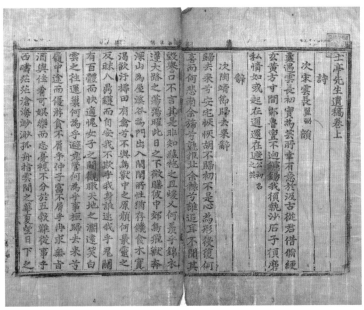

토정유고 표지, 본문

조선 전기의 학자 이지함의 시가와 산문을 엮어 1720년에 간행한 시문집. 이지함이 평소 저술을 좋아하지 않아 가장되어 있는 원고가 미미하였는데, 1720년에 이지함의 현손 이정익李禎翊에 의해 편집·간행되었다.

죽엽산마을
진목3리
죽엽산(竹葉山)마을 유래
지금으로 부터 약 500년전 조선 선조 시대의 학자 이지함(李之菡)이
포천현감재직시(시장) 내촌지방 특히 진목리 마을이 매년 수해가
극심하여 흉년을 면치 못함을 매우 안타깝게 여기어 마을 뒷산 정상을
순산중 샘물이 솟아오르는 것을 보고 대나무 잎으로 덮은 후로 부터는
수해도 적고 풍년 농사로 가난을 면하였다 하여 이산을 죽엽산이라
칭하고 마을 역시 죽엽산이라 부르게 되었다.
지금도 산정상에는 샘물이 사시사철 끊기지 않고 흐르고 있다.
2006. 6. 15

출처 : 한국향토문화전자대전/한국학중앙연구원

토정 이지함의 선정을 기리기 위해 건립된 포천 죽엽산마을 유래비

이지함은 1573년 탁행지사卓行之士로 천거되어 6품 벼슬에 올라 포천 현감으로 임명되었으며, 재직 중 임진강의 범람을 미리 알아서 많은 생명을 구한 일화가 있다. 또한 현감으로 있으면서 스스로 처신을 검소하게 하고 백성 보기를 자식처럼 하였던 관리였다.

출처 : 한국향토문화전자대전/한국학중앙연구원

이지함 선생묘 안내석과 묘비

1992년 '이지함 선생묘'가 충청남도의 문화유산자료 제320호로 지정되었다. 이지함 선생 묘역 입구에 세워져 있는 이지함 선생 안내석에는 약력, 유상, 시를 음각하였다. 유언대로 비문은 간략하고 사각형의 받침돌에 윗면이 둥근 비신을 세운 매우 검소한 묘이다. (소재지 : 충청남도 보령시 주교면 고정리 산 27-3)

土亭遺稿

이지함 토정유고

미옥서원

차례

일러두기

1. 이 책은 토정 이지함의 『토정유고』를 우리말로 옮긴 번역서이다. 저본으로 삼은 『토정유고』는 1672년에 홍문관 응교로 있던 이선이 전현의 유집을 정리하다 이지함의 글을 따로 모아 엮어서 교서관에 소장한 것을 후손 이정익이 열람하고 가장 기록과 참조하여 정리하고 합해서 1720년에 경주부윤으로 있을 때 목판으로 간행하였다. 이 판본이 초간본이자 단일본이며 규장각에 소장되어 있다.

2. 이지함의 창작 문장이 많지 않아 『토정유고』도 원고에 다른 여러 일화와 관련한 기록을 모아서 유사遺事로 함께 편집하였는데, 번역서를 내면서 역시 추가로 이지함과 관련한 일화나 기록을 더 찾아서 「보유」로 수록하였다.

3. 후주는 『토정유고』에 쓰인 어휘의 출전이나 어려운 용어의 의미를 보완 설명한 것이다. 또한 「보유」의 한문 원문도 후주로 처리하였다.

4. 『토정유고』의 한문 원문은 표점 처리를 하여서 따로 번역문 뒤에 수록하였다.

5. 『토정유고』 및 부록, 유사에 다른 사람의 글을 전재했을 때 글자의 출입이 있는데, 틀린 글자는 원문과 대조, 교감을 하여서 모두 바로잡았다. 다만 『유고』와 원문이 단순한 글자 상의 차이면 글자를 바로잡았지만, 내용에 미묘한 차이가 있고, 재인용했을 때는 『유고』의 원문을 따랐다.

6. 목차의 경우 번역서는 필요에 따라 긴 제목을 임의로 줄였고 한문 원문에는 그대로 수록하였다.

7. ◯은 번역문에서, ☐는 저본 또는 전재한 원문에서 결자(缺字)를 나타내기 위하여 사용하였다.

土亭先生遺稿序

토정선생유고서문

■ 정호鄭澔

우리나라에는 유명한 현인과 위대한 유학자가 앞뒤로 잇따라 나왔는데 그 가운데에는 기상이 활달하고 기이하게 뛰어난 선비가 있었다. 예컨대 김매월金梅月(김시습), 정북창鄭北窓(정렴)과 같은 여러 현인이 그들이다. 일반의 규범이나 법도(繩墨)를 따르지 않고 자취를 이 세상에 두지 않고 방외方外를 추구한 사람도 한둘이 아니다. 그 가운데 토정 이 선생은 더욱 행실이 남들보다 탁월하고 기상이 높고 원대하여서 그 끝을 헤아릴 수 없는 분이다.

선생은 타고난 자질과 성품이 매우 고상하였고 기개와 도량(氣度)이 범상치 않았다. 학문은 스승에게서 전승을 하지는 않았으나 신묘한 이해력이 굉장하고 넓어서 천문·지리·의약·복서卜筮·율려律呂·산수와 음률을 파악하고 안색을 보아 사람의 인품과 신체의 상황을 판단하였고, 신령한 방술과 비결祕訣에 이르기까지 통달하지 않은 분야가 없었다. 효도와 우애, 충성과 신의, 선을 즐기고 의를 좋아하는(樂善好義) 덕성이 천성에서 나왔다. 조중봉趙重峯(조헌)이 일찍이 (토정 선생은) 마음을 맑게 하고 욕망을 적게 가지며 지극한 행실로 세상의 모범이 된다고 하면서 율곡栗谷(이이), 우계牛溪(성혼) 두 선정先正(전 시대의 현인)과 아울러 나란히 일컬었는데 오직 이 몇 마디 말이 선생의 일생(始終)을 개괄할 수 있다.

세상에서 선생을 잘 아는 자는 다만 율곡이 '기이한 꽃이나 이상한 풀(奇花異草)'이라고 비유한 말로써만 선생을 평가하여서 '고상하기는 고상하고 기묘하기는 기묘하되 아마도 실용에 적합한 재질은 아닌 듯하다.' 하였다. 이 말은 옳지 않은 면이 있다. 이른바 '기이하고 이상한 꽃과 풀'이란 다만 선생의 겉으로 드러난 거친 자취에 근거해서 논한 말일 뿐이다. 율곡이 선생의 「뇌문誄文」을 지으면서 이르기를 "충직하고 신실하여서 사물을 감동시켰으며 효성과 우애는 신령과 통하였다. 밖으로는 화합하고(外諧)[1] 안으로는 명철하였다. 풍진 세상에서 장난스럽게 노닐었고…… 일을 만나면 시원스레 처리하여서 마치 널빤지 위에서 탄환이 구르듯 하였다(板上丸轉).[2] …… 자기를 알아주는 이가 비록 드물었으나 덕을 쌓으니 반드시 발휘하였던 것이다."[3] 하였다. 이 어찌 실제에 근거를 두고 묘사한 말이 아니겠는가!

또한 그가 더불어 교제하고 노닌 사람으로 예컨대 박사암朴思庵(박순)·고제봉高霽峰(고경명)·율곡·우계·윤월정尹月汀

(윤근수) 및 우리 송강松江(정철) 선조와 같은 분이 모두 일대의 명사였다. 교육을 하여서 성취를 시킨 사람으로서 예컨대 이명곡李鳴谷(이산보) 및 중봉·서치무徐致武·박춘무朴春茂·서기徐起와 같은 여러 사람들은 서로 취향이 맞았으며 기호가 독실하고 두터워서 지초와 난초(芝蘭)가 서로 어울리는 것과 다름이 없었다. 오직 간사하고 망령된 소인배의 무리만은 마치 뱀이나 전갈처럼 보았고 썩은 흙덩이처럼 내버렸다. 무릇 이와 같이 좋아하고 싫어함의 정확한 판단은 충성과 신의, 도덕과 의리에서 흘러나오지 않은 것이 없었다. 세상을 과감히 잊어버리고 마음을 세상 바깥에 두는 자가 어찌 이렇게 할 수 있겠는가!

『예기』에 이르기를 "사람을 평가할 때는 반드시 같은 부류로 해야 한다."[4] 하였는데 내가 선생을 보니 그는 거의 소요부邵堯夫(소옹邵雍, 1011~1077)와 같은 무리인가! 명도明道(정호程顥, 1032~1085)가 요부를 논하여서 말하기를 "의지가 호방하고 힘이 웅대하며, 거침없이 걷고 줄기차게 내달리며, 허공에 솟구치고 높은 곳에 오르며, 구석구석 환하고 두루두루 통하였다."[5] 하였다. 또 말하기를 "요부는 자유분방하다(放曠)."[6] 하였다. 또 말하기를 "요부는 바로 예가 없고 공손하지 않은 사람이다."[7] 하였다. 대체로 선생이 일생 늘 쓴 방법은 곧 요부의 타괴법문打乖法門이었으니[8] 한 시대를 흘겨보며 해학을 섞었던 것이다. '요사한 별을 상서로운 별이라' 하거나 '게으른 종의 간사한 질환이라' 한 말은 실로 요부의 '생강이 나무 위에서 난다'고[9] 하거나 '주장을 잊어버렸다'[10] 한 등의 말과 동일한 기틀이다. 그러나 요부는 그 자취를 은미하게 드러냈고 선생은 지나치게 드러냈으니 이것이 작은 차이점이다. 만약 이 두 현인이 세상에 나와서 쓰인다면 비록 법규와 규범에는 순수하지 않음이 있으나 어찌 충분히 한 세상을 다스리고 인민을 구제할 수 있지 않겠는가! 사상채謝上蔡(사양좌謝良佐, 1050~1103)가 말하기를 "요부는 곧 호걸의 재질이다. …… 풍진의 시절에는 바로 편패偏覇(한쪽으로 치우쳐서 제 마음대로 하다)의 수단이다."[11] 하였는데 나도 선생에 대해 역시 이렇게 말하겠다.

선생은 평소 저술을 좋아하지 않아서 집안에 남아 있는 원고가 겨우 낱낱으로 흩어진 몇 편 밖에 없는데 이런 글들로 어떻게 선생의(학술과 경륜의) 만에 하나를 엿볼 수 있겠는가? 그러나 원고 가운데 「도정절(도잠) 귀거래사의 운을 따르다」, 「욕망을 적게 함에 관하여」 및 「아산, 포천봉사」의 여러 편에서는 존양存養과[12] 시행 조치의 단서를 볼 수 있다. 고기 한 점으로 한 솥의 국물 맛을 알 수 있는[13] 법이니 어찌 반드시 많아야만 하겠는가! 지금 선생의 후손 계림의 대윤(경주부윤) 정익禎翊과 종형제들 및 부사 완浣 형제가 유고를 간행하려고 의논하고서 나를 찾아와서 한마디 머리말을 실으려 하였다. 나는 비록 감당하지 못하지만 역시 무슨 마음으로 끝내 사양하겠는가! 다만 평소 선배의 논의에서 얻어들은 것을 서술하여서 회답한다.

　숭정 후 경자년(1660) 중춘 하순에 후학 오천烏川 정호 삼가 서문을 쓰다.

土亭先生遺稿卷上

토정선생유고권상

• 시詩

송운장의[14] 운을 따르다
次宋雲長翼殉韻

  접때 운장을 처음 만남은

  실로 나에게는[15] 행운이었네

  옛 물을 길어 올리려

  그대에게 긴 두레박 빌렸네

  하늘과 땅의 이치 가슴에 들어 있고

  추나라(맹자) 노나라(공자)는 진실로 멀지 않구나

  줄과 대패는 내가 잡을 터이니

  모래와 숫돌로는 그대가 갈게[16]

  혹시라도 사사로운 정 생기면

  (도는) 가까이 있더라도 멀어지리니

• 사辭

도정절(도잠) 귀거래사의 운을 따르다
次陶靖節歸去來辭

돌아가자꾸나!

편안한 집[17] 넓고 넓으니 어찌 돌아가지 않으랴!

애초에 마음이 육체에 부림을 당하지 않았거늘

다시 무엇을 기뻐하고 무엇을 슬퍼하랴?

남쪽으로 깃발을 돌림에 누가 막으며

북쪽으로 수레를 달림에 누가 좇으랴?

귀로는 기리고 헐뜯는 말 듣지 않고

입으로는 옳고 그름 말하지 않으리

솜옷이 그럭저럭 따뜻함을 아는데

또 어찌하여 비단옷을 부러워하랴!

드넓고 넓은 큰길을 따라 가니

비치는 이 해가 희미하지 않네

저 서울 교외를 바라보니

새는 날아가고 짐승은 달아나네

깊은 산을 집으로 삼고

시냇가 골짜기를 문으로 삼으니

드나듦에 한가하고

타고난 성품은 언제나 그대로네

배고프면 나무 열매를 따 먹고

목마르면 웅덩이 물을 움켜 마시네

밭에 새가 있으나 간여하지 않음은

짐승 가운데 어진 이(原顔)기에[18]

어찌 가장 영험한 존재가 도리어 몽매해서

솥에 넣어 삶기면서 스스로 편안히 여기랴!

내가 내 몸을 속이지 않는데

누가 나를 귀관에[19] 불러들이랴?

온몸(百體)이 다 쾌적한데

여자처럼 엿보는 것이 부끄럽네[20]

드넓고 원대한 하늘과 땅을 내려다보고

떠서 오가는 흰 구름을 보고 웃네

소보는 어찌하여 요임금을 피하였고[21]

관중은 어찌하여 제 환공을 섬겼는고?

돌아가자꾸나!

중도를 밟고서 느긋하게 노닐 테라

가난해도 중자가[22] 달갑지 않고

부유해도 염구가[23] 달갑지 않네

향내 나는 술과 맛좋은 안주 없다 해도

오락을 즐기며 근심을 잊네

눈으로 보아도 오곡을 분별하지 못하니[24]

서쪽 밭두둑에서[25] 일을 하기는 어렵네

망망한 창해에

아득한 외로운 배를 띄워서

구름 사이로는 화하華夏(중국)를 지목하고

해 아래로는 청구靑丘(우리나라)를 바라보네

내 마음이 좋아하는 바를 따르고

타고난 대로 마음껏[26] 즐기며 온 사방을 두루 흘러 다니다

장차 풍파가 일어남을 알고서

고향 동산에 돌아와 때로 쉬려네

그만두자꾸나!

태평성대는[27] 어느 때 일이던가?

눈 깜짝할 사이 지나가는[28] 세월은 나에게 머무르지 않네

알아주지 않아도 성내지 않음은[29] 뉘라서 가능할까?

도연명의 고에는 본래 현이 없었으니

뉘라서 종자기가[30] 되려나?

단전에[31] 기장과 피를 심어

김매고 북돋기를 게을리하지 않네

글은 순임금 우임금의 글을[32] 궁구하고

시는 상나라 주나라의 시를[33] 읊조리네

이 마음을 마음으로 삼으니 꺼림칙하지 않아

귀신에게 따져보아도 의혹이 없네[34]

• 설說

대인에 관하여
大人說

  사람에게는 네 가지 소원이 있다. 안으로는 신령하고 강건하기를 원하며 밖으로는 부유하고 귀하게 되기를 원한다. 귀하기로는 작위를 얻지 않는 것보다 귀한 것이 없고 부유하기로는 욕구하지 않는 것보다 부유한 것이 없으며, 강하기로는 다투지 않는 것보다 강한 것이 없고 신령하기로는 지각하지 않는 것보다 신령한 것이 없다. 그러나 지각하지는 않지만 신령하지 않은 경우가 있는데 어둡고 어리석은 자가 그러하다. 다투지는 않지만 강하지 않은 경우가 있는데 나약한 자가 그러하다. 욕구하지는 않지만 부유하지 않은 경우가 있는데 빈궁한 자가 그러하다. 작위를 얻지는 않지만 귀하지 않은 경우가 있는데 미천한 자가 그러하다. 지각하지 않아도 신령하고 다투지 않아도 강하고 욕구하지 않아도 부유하고 작위를 얻지 않아도 귀하게 되는 것은 오직 대인이라야 그렇게 할 수 있다.

지음을 피함에 관하여

避知音説

선비가 출세해서 수레를 탐은 지음으로 말미암으나 말세에 지음은 재앙의 매개다. 왜 그러한가? 재용財用은 애초에 흉한 물건은 아니나 국가의 재앙은 대부분 재용에서 나온다. 권세는 애초에 흉한 물건은 아니나 대부의 재앙은 대부분 권세에서 나온다. 벽옥(懷璧)은 애초에 흉한 물건은 아니나 필부의 재앙은 대부분 벽옥에서 나온다. 지음은 애초에 흉한 물건은 아니나 현능한 선비의 재앙은 대부분 지음에서 나온다. 선맹(조돈)이 알아주지 않았더라면 정영이 어찌 재앙을 당했겠는가?[35] 연단이 알아주지 않았더라면 형경(형가)이 어찌 재앙을 당했겠는가?[36] 소하가 알아주지 않았더라면 한신이 어찌 재앙을 당했겠는가?[37] 서서가 알아주지 않았더라면 제갈량이 어찌 재앙을 당했겠는가?[38] 지음을 만나고서 재앙을 입지 않은 자는 드물었으며 곤경을 겪지 않고 욕을 당하지 않은 사람은 전혀 듣지 못했다. 이런 까닭에 사람들 중에 지음이 되기를 원하는 자가 있어도 현명한 선비는 우선 피하고 말 뿐이다. 서로 만나서 재앙을 입지 않는 관계는 오직 산수 간에서 만난 지음인가! 오직 논밭 들녘에서 만난 지음인가!

욕망을 적게 함에 관하여

寡欲説

　맹자가 말하기를 "마음을 기르는 데에는 욕망을 적게 하는 것 만한 것이 없다."[39] 하였다. 적게 한다는 것은 없앤다는 것이다. 처음에 적게 하고 또 적게 하여서 적게 할 것이 없는 데까지 이르면 마음이 비어서 신령하게 된다. 신령한 마음은 비추는 것이 밝다. 밝음의 실상은 성실함이다. 성실함의 도는 중中이다. 중의 발현은 화和이다. 중화中和라는 것은 공변됨의 아비이고 삶의 어미이다.[40] (이 마음은) 성실하고 극진하여서 안이 없으며 크고 드넓어서 바깥이 없다.[41] 바깥을 두는 것은 대상을 작게 한정한다. 처음 작게 하고 또 작게 하여서 마침내 형체에 얽매이게 되면 내가 있음은 알지만 남이 있음은 알지 못한다. 사람이 있음은 알지만 도가 있음은 알지 못한다. 온갖 사물에 대한 욕망이 서로 얽히면 해치는 것이 많아져서 욕망을 적게 하고자 해도 할 수 없는데 하물며 없기를 바라랴! 맹자가 말씀을 세운 뜻이 원대하도다!

• 소疏

포천에서 재직할 때 올린 소
莅抱川時上疏

  엎드려 생각건대 신은 바닷가의 일개 어리석은 백성(狂氓)으로 나이가 예순에 가까우며 재질도 덕망도 모두 없습니다. 스스로 평생을 돌아보니 내세울 만한 일이 하나도 없는데 유사有司가 잘못된 명성을 근거로 채택하여 천거하였고 주상께서는 잘못 은혜를 더하여서 백성을 기르는 일을 맡기시면서 기전畿甸(경기)의 땅을 나누어 임명해주셨습니다.[42] 신이 명을 들으니 두렵고 떨려서 다만 큰길을 피하고 담장을 따라가려고 하였으나(循墻)[43] 선뜻 돌이켜서 스스로 생각하기를 '성상은 등질 수 없으며, 맑은 조정은 쉽게 얻을 수 없다.' 하고서 장차 신의 노둔한 재주를 다하고 신의 천박한 능력을 다하여서 하늘과 땅처럼 살아가게 하고 성취하게 하는(乾坤生成) 임금의 은혜에 보답하려고 도모하였습니다. 그런데 뜻밖에 습증이 재발하여서 손발에 힘이 없고 몸을 일으켜서 걷고자 해도 지팡이가 없으면 쓰러져 버립니다. 보잘것없는 정성을 다하려 해도 절로 그 만분의 일도 바칠 수 없습니다. 그러므로 한 지방의 폐단을 상소로 진술하여서 나라를 흥하게 하는 계책에 도움이 되기를 바랄 뿐입니다. 엎드려 원하건대 전하께서는 조금이라도 살펴주시기 바랍니다.

포천이라는 현은 마치 어미를 잃고 추위에 떠는 거지 아이와 같아서 오장에 병이 나고 온몸이 초췌하며 기름기와 핏기가 없고 살가죽이 말라붙어서 아침이 아니면 저녁에 죽음이 닥칠 형편입니다. 비록 황제黃帝와 기백岐伯이라[44] 하더라도 반드시 사려를 다 짜내고 온갖 의술을 다 찾아낸 뒤에야 비로소 기사회생의 방법을 말할 수 있을 것입니다. 하물며 지금 신은 용렬하기에 비록 이 문제를 해결하려 하나 참으로 어떻게 해야 할지 알 수 없습니다. 그러나 차마 서서 그 죽음을 볼(立視其死) 수 없겠기에[45] 감히 상중하 세 가지 계책을 올립니다. 우선 재물과 곡식 조달의 어려움, 눈앞의 거대한 근심을 말씀드린 뒤 설명을 다 드리겠습니다.

팔도 가운데 쇠잔한 고을이 한둘이 아니지만 다른 고을은 재물과 곡식이 비록 적더라도 인민의 수도 적기에 굶주림을 쉽게 구휼할 수 있습니다. 포천의 경우 양정良丁은 겨우 수백 명이나 공사천公私賤의 남녀 노비와 노약자를 합하면 그 수가 만 인을 밑돌지 않습니다. 토지는 척박하여서 경작을 하더라도 식량을 대기에도 부족하니 공사채公私債를 납부하여 갚은 뒤에는 멱서리도 섬(碏石)도 모두 비어버리고 푸성귀를 먹고서 연명을 합니다. 풍년이 들어도 오히려 굶주릴 판인데 하물며 흉년이면 오죽하겠습니까? 참으로 이런 형편에서 구휼하려고 한다면 곡식 수만 섬을 풀지 않고서는 필시 넉넉하지 않을 것입니다.

현재 고을에 저장된 실곡實穀은 수천 섬에 지나지 않으며 실곡이 아닌 잡곡을 통틀어 계수해야 겨우 5천 석石이 됩니다. 인민이 이 관조官租로 거둔 벼를 내어서 종자로 삼고 공부貢賦(공물과 부세)의 비용으로 삼으면 나눠 먹을 식량은 1천 석에 차지 않습니다. 곡식 1천 석을 1만 인이 1년 양식으로 삼아야 하는데 역시 어려운 일이라 하겠습니다. 하물며 관조에서 빌린 곡식을 다 먹은 뒤에는 이리저리 떠돌며 빌어먹다 사망하는 사람도 역시 한둘이 아니니 (포천현에 책정된) 원곡元穀의 수를 축소할 수 없겠습니까?

하물며 고을이 도로 가에 있어서 변방에 파견된 장수가 지나가고 야인野人이 오가는 데 이에 제공해야 할 식량(供億)이 다른 고을의 배가 됩니다. 소모하는 비용이 적지 않아서 1년에 감소되는 회계의 비용이 1백여 석에 이르는데 10년 뒤에는 장차 1천 석이 감소하며 해가 가면 갈수록 곡식이 더욱 줄어들어서 그 뒤에는 고을이 어떻게 될지 알 수 없습니다.

지붕과 담은 멀쩡하지 않아서 창고에 쌓아둔 적은 곡식도 썩어서 없어질 것입니다. 군기軍器는 이가 빠지고 규격이 맞지 않아서 위급한 시기에 쓸 만한 물건이 하나도 없습니다. 이런 형편은 한 고을의 큰 근심거리입니다. 이런 곤궁한 인민을 거느리고서는 행정을 펼쳐나가기에도 어려운데 하물며 낡고 쓰러진 관청 건물과 허물어지고 부서진 감옥을 어느 겨를에 신경을 쓰겠습니까! 그러하니 수십 년이 못 가서 고을은 반드시 텅 빈 마을이 될 것입니다.

의견을 제시하는 사람들은 조정에 청하여서 경창京倉에 비축한 곡식을 발급하고 부유한 고을의 곡식을 옮겨온다면 이 문제를 해결하는 데 무슨 어려움이 있겠는가 합니다. 신은 옳지 않다고 생각합니다. 이전에 서울과 지방의 곡식을 포천에 옮긴 적이 있었는데 5, 6천 석 넘게 옮겼으나 인민의 굶주림과 곤궁은 이전과 다름이 없었습니다. 가령 현재 또 이전의 수효와 맞춰서 비축미를 다른 곳에서 옮겨와서 공급하더라도 역시 위축된 상황을 기름지게 하고 목마른 사람을 깨어나게 할 수 없음은 이로써 알 수 있을 것입니다.

경창의 곡식과 부유한 고을의 곡식은 그 수효에 한계가 있으며 팔도의 쇠잔한 고을이 진휼을 청하는 일은 끝이 없으니 창고를 열고 곡식을 옮기게 된다면 아마도 계속 이어갈 방법이 없을 것입니다. 옛 사람은 '바닷물을 다 길어 부어도 새는 잔을 채울 수 없다(滄海不能實漏卮)' 하였습니다. 지금 국가의 저축은 바다에 미치지 않고 수많은 고을의 비용은 새는 잔보다 많습니다. 신은 실로 이를 근심합니다.

쇠잔한 고을을 구제하려고 하면서 잘 조치를 취하지 못하고 한갓 곡식을 옮기는 것만 좋은 계책으로 삼는다면 반드시 곡식이 부족해져 끝내 경창과 부유한 고을에 폐단이 될 뿐입니다. 옛날 군자가 역시 혹 창고(倉廩)를 열어서 인민을 구제한 사례가 있기도 하였으나 이는 다만 불행한 때를 만나서 우연히 한 차례 실시한 일입니다. 어찌 이 일을 계속 이어가는 방도로 삼을 수 있겠습니까!

만일 부득이하여서 반드시 구제하는 방도를 찾으려 한다면 신에게 그에 관한 이론이 있습니다. 신은 듣건대 제왕의 창고(府庫)에는 세 가지가 있다고 합니다. 사람의 마음(人心)은 도덕을 갈무리하는 창고입니다. 그 크기는 바깥이 없어서 만물이 그 안에 구비되어 있으니 만약 이 창고를 열 수 있다면 더

할 나위가 없습니다. 왕이 된 한 사람이 (나라를 다스리는 궁극의) 표준을 세워서(一人立極) 먼저 창고를 열어서 '그 서민에게 널리 나누어주면' 그 서민도 저마다 자기 창고를 열어서 '너의 표준(極)에 맞춰서 네가 네 표준을 보존할 수 있게 해줄 것이다.'⁴⁶ 하는 것입니다. 그런즉 시절이 화평하고 농사가 풍년이 들어서 저마다 기뻐하며 편안하게 살 것입니다. 우리 인민의 재물은 남풍南風과 더불어서 함께 넉넉해지고 곡식은 마치 물과 불처럼 많아져서 지극히 풍족해질 것입니다. 이와 같이만 된다면 어찌 한 고을의 인민만 부유하겠습니까! 온 나라의 인민이 배불리 먹고 배를 두드리며, 다투어서 임금의 덕을 축복하지(華封之祝)⁴⁷ 않는 사람이 없을 것입니다. 이 어찌 상책이 아니겠습니까?

전조銓曹(인사를 담당하는 이조와 병조)는 인재를 갈무리하는 창고입니다. 인재가 모여드는 것은 마치 수많은 시내가 바다를 향해 흘러가는 것과 같아서 수레에 하나씩 실어가면서 세거나 말로 한 말씩 되면서 세어도 이루 헤아릴 수 없습니다. 참으로 이 창고를 열 수 있다면 역시 어찌 공평하게 처리할 수 없는 일이 있겠습니까? 우두머리(元首)가 현명하면 팔다리와 같은 신하(股肱)가 유능해지고 모든 일이 평강하게 이루어집니다. 이런 사례로 보자면 크게는 후직后稷을[48] 등용함에 여민黎民이 굶주림에 이르지 않았고 작게는 장감張堪을[49] 등용함에 보리가 한 포기에 이삭이 두 줄기 나서 풍년을 이룬 일이 있었습니다. 맑은 바람이 온 천지에 두루 불어서 탐욕의 샘(貪泉)[50]이 저절로 마르며 단비가 멀고 가까운 곳에 고루 내려서 초야에서 원망을 하던 인민이 저절로 소생할 것입니다. 이와 같이 된다면 어찌 한 고을의 인민만 구제하는 것이겠습니까! 온 나라 인민이 지극한 정치(至治) 가운데에서 노래하고 춤을 출 것입니다. 이는 중책이 아니겠습니까!

육지와 바다는 온갖 재용(百用)을 갈무리한 창고입니다. 이는 형이하形而下의[51] 것입니다. 그러나 이것을 자원으로 삼지 않고서 국가를 다스릴 수는 없습니다. 참으로 이 창고를 열 수 있다면 인민에게 돌아가는 이익과 혜택이 어찌 끝이 있겠습니까! 곡식을 심어 가꾸고 나무를 심는 일들은 본디 백성을 먹여살리는 근본입니다. 심지어 (육지와 바다에서) 은을 주조할 수 있고 옥을 캘 수 있으며 물고기를 잡을 수 있고 소금을 구울 수도 있습니다. 사사로운 사업을 경영하고 이익을 좋아하며 이익을 탐하고 두터운 이익을 찾는 일은 비록 소인들이 밝은 것이고[52] 군자가 달갑게 여기지 않는 것이지만 마땅히 취할 것은 취하여서 수많은 인민(元元)의 목숨을 구하는 일은 역시 성인의 권도權道입니다. 이는 하책이 아니겠습니까!

이 세 가지 계책을 버린다면 어떻게 인민을 구제하겠습니까? 아! 백대의 제왕 가운데 누군들 이 세 가지 창고를 열어서 민생을 넉넉하게 하려고 하지 않았겠습니까? 도덕의 창고를 열려고 하면 형기形氣의 사사로움이 닫아버리고, 인재의 창고를 열려고 하면 사특하고 아첨하는 신하가 닫아버리고, 온갖 재용의 창고를 열려고 하면 시기하는 무리가 닫아버립니다.

지금 우리 전하께서는 학문에 마음을 쏟으시고 큰 본체(大體)를 따르시니 인仁함은 하늘과 땅 같아서 사람 죽이기를 즐기지 않으십니다. 즉위하신 뒤로 한 사람도 극형(刑戮)에[53] 처하지 않았으니 살리기를 좋아하시는 덕이 민심에 무젖었습니다. 그러니 사사로운 형기가 닫을 수 없을 듯한데 도덕의 창고를 크게 열지 못하는 까닭은 무엇 때문입니까? 이는 신이 깨닫지 못하는 첫째 의문입니다.

전하께서 즉위하신 뒤 조정의 기풍은 맑고 밝아져서 사람이 모두 목을 늘이고 바라면서 말하기를 "후직(稷)이나 설契, 고요皐陶와[54] 같은 무리가 장차 저마다 자기 공적을 빛내서 옛날의 태평한 다스림을 오늘날에 다시 볼 수 있겠다." 합니다.

그러니 간사하고 아첨하는 신하가 닿을 수 없을 듯한데 인재의 창고를 크게 열지 못하는 까닭은 무엇 때문입니까? 이는 신이 깨닫지 못하는 둘째 의문입니다.

전하께서 즉위하신 뒤 인민을 다칠세라 돌보시고 공도를 크게 열어서 산과 숲과 시내와 못을 인민과 함께 공유하십니다. 그러니 시기하는 무리가 닿을 수 없을 듯한데 온갖 재용의 창고가 크게 열리지 않는 까닭은 무엇 때문입니까? 이는 신이 깨닫지 못하는 셋째 의문입니다.

도덕의 창고가 열리면 몸은 비록 가난하고자 해도 끝내 부유하지 않을 수 없습니다. 옛 사람이 이미 걸어간 행적으로 보자면 요순堯舜이 거처한 곳은 초가집(茅茨)이었으며 입은 옷은 짧은 베옷(短褐)이었고 마신 국은 명아주나 콩잎(藜藿) 국이었으며 담은 그릇은 질그릇(土簋)이었습니다.[55] 그런즉 요순은 마땅히 극히 빈궁한 필부와 같았으나 끝내 몸은 윤택하고 광채는 넘쳐서 사방에 미치고 위아래에 닿았으며[56] 수를 얻고 녹을 얻어서 자손을 보우하였고 백성이 오늘에 이르도록 존경하고 친밀하게 여기지 않음이 없습니다. 요순은 부유함이 지극하다 하겠습니다.

도덕의 창고가 닫히면 몸은 비록 부유하고자 해도 끝내 가난하지 않을 수 없습니다. 옛 사람이 이미 걸어간 행적으로 보자면 걸주桀紂가 거처한 곳은 화려한 궁궐이었고 입은 옷은 보배와 구슬로 장식되었고 먹은 음식은 여덟 가지 진미였으며 담은 그릇은 옥그릇이었습니다. 그런즉 걸주는 마땅히 극히 부귀한 천자와 같았으나 끝내 천하의 악평이 그에게 돌아가게 되었고 한 몸에 간직한 것은 아무것도 없었습니다. 오늘날까지 가장 빈궁하고 가장 천한 자라 불리는 사람이라도 그를 꼽아서 "너는 걸주 같은 사람이다." 한다면 누구나 발끈 분노하여서 그와 견줌을 당하는 것을 부끄러워합니다. 걸주는 가난이 지극하다 하겠습니다.

지금 우리 국가 도덕의 창고를 열어야 하겠습니까, 닫아야 하겠습니까? 성명께서 위에 계시는데 도덕의 창고가 어찌 끝내 크게 열리지 않는 것입니까? 생각건대 창고의 두꺼운 문은 이미 열렸으나 멀리 있는 신이 아직 들어서 알지 못하는 것입니까?

의론하는 자들은 또 말하기를 "인재의 창고는 아주 옛날부터 열리지 않았다. 다만 창고 가운데에는 인재가 없어진 지 이미 오래이며, 지금 창고에 들어 있는 자는 모두 재능이 없으니 비록 열어서 쓰려 해도 역시 한 시대를 부유하게 하기에는 충분하지 않다." 합니다.

신은 크게 옳지 않다고 생각합니다. 창고 가운데 어찌 인재가 없었던 때가 있었겠습니까? 해와 달과 별과 별자리가 하늘에 걸려 있는 것은 옛날에도 그러했고 지금도 그러합니다. 풀과 나무와 산과 내가 땅에 붙어 있는 것은 옛날에도 그러했고 지금도 그러합니다. 인재에 이르러서만 어찌 홀로 그러하지 않겠습니까?

하늘이 있으면 반드시 별과 별자리가 있고 땅이 있으면 반드시 풀과 나무가 있고 나라가 있으면 반드시 인재가 있습니다. 충직하고 신실한 사람을 열 집이 있는 고을(十室之邑)에서 구한다면[57] 역시 얻지 못할 리가 없습니다. 하물며 조정은 뭇 철인이 모여 있는 곳이니 그 가운데에서 가려 뽑는다면 군자인 사람이 반드시 많이 있을 터입니다. 인재가 많기는 한데 들어보지 못했다면 아마도 송곳이 주머니에 들어 있되[58] 끝이 너무 깊이 감추어져 있어서 그 끝이 드러나 보이지 않는 것일 뿐입니다. 그렇지 않다면 인재를 사용하기는 하나 재능을 엉뚱한 데 바꾸어 씀으로써 그 재능을 끝내 제대로 발휘하지 못하게 한 때문입니다.

이미 쓰고 있다고 한다면 어떻게 해야 그 재능을 엉뚱한 데 바꾸어서 쓰지 않는다고 하겠습니까? 매를 부려서 꿩을 잡고

닭을 부려서 새벽을 알리게 하고 말을 부려서 수레를 끌게 하고 고양이를 부려서 쥐를 잡게 하는데 이 네 동물은 모두 이런 일에 쓸 만한 기재입니다. 그렇지만 해동청은 천하의 뛰어난 매인데 새벽을 알리게 시킨다면 늙은 닭만 못할 것입니다. 한혈구汗血駒는[59] 천하의 뛰어난 말인데 쥐를 잡게 한다면 늙은 고양이만 못할 것입니다. 하물며 닭에게 사냥을 시키겠습니까, 고양이에게 수레를 끌게 하겠습니까? 이렇게 걸맞지 않은 일에 쓴다면 네 가지 동물은 모두 천하의 쓸모없는 동물이 될 것입니다.

사람의 한 몸으로 말하자면 보는 것은 눈의 기능(才)이며 듣는 것은 귀의 기능인데 사용할 때 그 기능을 혼동하지 않으면 귀나 눈이나 참으로 한 몸의 기이한 기능을 발휘합니다. 그렇지 않고 이루離婁의 눈은 천하에 지극히 밝은데 그를 시켜서 듣게 한다면 듣지 못하며 사광師曠의 귀는 천하에 지극히 밝은데 그를 시켜서 보게 한다면 보지 못합니다.[60] 손발과 온몸의 용도에 이르러서도 모두 그러하지 않음이 없습니다.

옛 사람이 말하기를 "그 직위에 있지 않으면 그 정사를 도모하지 않는다."[61] 하였습니다. 상, 중 두 계책은 고기를 먹는 자(肉食者, 관원)들과 논의해야 합니다. 신은 반드시 처음부터 끝까지 말을 하고 싶지만 자주 직위를 월권하는 죄를 짓게 되겠기에 우선 이 두 가지는 그대로 두고 말씀드리지 않고 현과 고을에 절실한 하책을 들어서 진달하겠습니다. 전하께서 만약 관련 기관에 명하셔서 채택하여 시행하신다면 실로 포천에 큰 다행이 될 것입니다.

신이 일찍이 여염閭閻에서 한 여자를 만났는데 나이가 마흔쯤이었습니다. 문 앞에 앉아서 자못 참담한 얼굴을 하고 있기에 까닭을 물었더니 답하기를 "집에 척박한 전지가 조금 있는데 작년에는 흉년으로 곡식을 거두지 못했습니다. 아침저녁 끼니거리도 끊어진 지 오래 되었습니다. 남편이 허기져서 괴로워하는 것을 차마 보지 못하여 야채를 삶아서 주었습니다. 남편은 억지로 몇 숟갈 넘기더니 한숨을 쉬면서 숟가락을 놓고 말하기를 다시 넘기기 어렵다 하였습니다. 다음날도 그러했고 또 다음날도 그러했는데 열흘 뒤 남편이 질병에 걸려서 죽었습니다." 말을 다 끝맺지도 못하고 흐느껴 울면서 말을 잇지 못했습니다.

한참 뒤 기운이 안정되자 말하기를 "저도 기혈이 마르고 초췌하여서 세 살짜리 아이가 목마르다고 울어도 젖을 먹이지 못한 지 역시 오래입니다. 단옷날 밤중에 아이가 마치 겨울에 추위에 떠는 형상으로 손발을 떨었습니다. 제가 즉시 놀라 일어나서 손을 입에 대어 보니 숨이 이미 끊어졌습니다. 고방으로 달려가서 손으로 항아리 밑바닥을 훑으니 요행히 쌀알이 있기에 급히 씹어서 물에 섞어 입에 흘려 넣었더니 잠시 뒤 호흡이 통했습니다. 앞으로 다시 며칠 더 살 수 있을지 알 수 없습니다." 그러고 나서 오열을 하며 그 말을 마저 하고자 하였으나 다시 할 수 없었습니다. 신은 그 말을 듣고 그 행색을 보고서 저도 모르게 눈물이 줄줄 흘렀습니다. 이는 추위에 떠는 한 여자의 사례일 것입니다. 흉년이 들어 굶주린 해에는 온 고을이 장차 모두 굶어 죽어서 구렁텅이를 채울 터인데 다시 무슨 말씀을 올리겠습니까!

진실로 굶주림을 진휼하려고 한다면 나라 창고(王府)의 재물도 오히려 아끼지 말아야 할 터인데 산과 들에 그대로 버려진 은을 어찌 아껴서 주조하지 못하게 금하고 구릉과 골짜기에 매장된 옥을 어찌 아껴서 채취하지 못하게 금하며, 바다의 무궁한 물고기를 어찌 아껴서 잡지 못하게 금하고 소금기 어린 무진장한 물을 어찌 아껴서 소금을 굽지 못하게 금하는 것입니까! 사사로운 사람이 이익을 도모하는 것을 금하는 것도 옳지 않다 하는데 하물며 현과 고을이 시행하는 일은 실로 만민의 목숨을 구하는 일이기에 참으로 금해서는 안 됩니다. 모든 생산된 산물은 다만 본 고을(本官)에서 취하여 쓰고 다른 고을에 있는 자들에게는 항상 금하여서 취하지 못하게 하는데 이 또한 잘못이 아닙니까? 비록 '다른 도, 다른 고을'이라 해도 왕의 땅 아님이 없습니다.[62] 포천에는 바다가 없으니 해산물은 다른 경내에서 취하는 것을 어찌 불가하다 하겠습니까?

신은 청컨대 은이나 옥이 나는 곳이 있는 곳을 듣거나 보거든 시험 삼아 은을 주조하고 옥을 채굴하게 하여서 쓰도록 하되 만약 공력과 노동이 많이 들고 소득은 많지 않다면 버려두고 하지 않으며 만약 소득이 많고 백성을 구제하는 용도에 쓸 수 있다면 그 사업의 전말을 기록하여 전하여서 임금께 보고하게 하소서.

은과 옥은 매장된 것이라 사업의 결과가 어떠한지는 미리 헤아리지 못하겠습니다. 그러나 어업이라면 전라도 만경현에 양초洋草라는 삼각주가 있는데 공으로도 사로도 소속되지 않았으니 만약 이를 잠시 포천에 속하게 한다면 물고기를 잡아 곡식과 바꾸어서 몇 년 안에 수천 석을 얻을 수 있습니다. 소금이라면 황해도 풍천부 초도椒島에 갯물 우물이 있는데 공으로도 사로도 소속되지 않았으니 이를 잠시 포천에 속하게 한다면 소금을 구워서 곡식과 바꾸어 몇 년 안에 역시 수

천 석을 얻을 수 있습니다. 이것을 포천의 창고 저축으로 삼아 백성을 구제하는 데 쓰고 관의 경상 비용에 쓴다면 회계상 원곡은 영구히 한 섬도 감소하지 않아서 쌀과 조가 점차 줄어드는 근심이 없고 영세토록 항상 풍족한 즐거움이 있습니다. 하물며 잘 조치한다면 수만의 물자도 어렵지 않게 비축할 수 있습니다. 이렇게 된다면 포천이 뒷날 국가의 큰 보장保障이[63] 되지 않으리라 어찌 알겠습니까? 또한 포천이 소생하여 회복이 되면 양초와 초도를 또 쇠잔하고 피폐한 여러 고을에 옮겨서 배당하면 모두 포천과 같이 될 테니 이는 은혜를 널리 베풀어서 뭇사람을 구제하는 데 일조하는 일이 아니겠습니까?

어떤 사람은 "군자는 의를 말하고 이익은 말하지 않는다. 어찌 감히 재물과 이익(財利)에 관한 일을 군부君父께 진달하는가?" 하고 말하기도 합니다. 잔인합니다, 어떤 사람의 말이여! 손님을 초대하여 잔치를 하는 처음(賓之初筵)에 관을 삐딱하게 쓰고 자리를 떠나 옮겨 다니는 짓은[64] 무례하다고 책망할 수 있으나 어린 아기(赤子)가 기어서 우물에 막 빠지려고 하면 마음이 저절로 왈칵 불안하여서 관을 바로잡지 않고 신발을 신지 않고 엎어질 듯 달려가서 구하는데 이를 두고 어찌 손놀림을 공손하게 하지 않고 발걸음을 무겁게 하지 않는다고[65]

책망할 겨를이 있겠습니까? 하물며 의와 이익은 사람에 연유해서 판단하는 것입니다. 만약 흉악한 사람에게 맡긴다면 이른바 예법이란 것은 모두 이익과 욕망(利欲)의 수단이 될 것입니다. 옛날 왕망이 육경六經을 외웠고[66] 왕안석이 주관周官(『주례周禮』)을 배웠는데[67] 그것이 의리에 무슨 소용이 있었습니까? 만약 착한 사람에게 맡긴다면 이른바 재물과 이익이라 하는 것도 모두 덕과 의의 수단이 될 것입니다. 옛날에 자사子思가 이익을 먼저 말하였고[68] 주자朱子가 조적糶糴에 힘썼는데[69] 이익을 추구하여서 무슨 문제가 있었습니까? 어떤 사람이 망녕된 말을 하여서 백성을 구제하는 모의를 저지한다면 하늘이 반드시 그를 미워할 것입니다.

여상呂尙과 교격膠鬲은[70] 모두 성인의 무리였는데 또한 고기잡이와 소금의 이익에 통달하였습니다. 하물며 오늘날 백성이 곤궁과 기아에 시달려서 물에 빠지고 불에 타는 듯한 울부짖음이 여상과 교격의 시대보다 더 심한 때이겠습니까! 대체로 덕이란 근본이며 재물은 말단입니다.[71] 그런데 근본과 말단은 어느 하나도 폐기할 수 없습니다. 근본으로 말단을 제어하고 말단으로 근본을 제어한 뒤에야 사람의 도리가 궁색하지 않습니다. 재물을 생산하는 방도에도 역시 근본과 말단이 있습니다. 농사(稼穡)는 근본이고 소금과 철은 말단이니 근본으로 말단을 제어하고 말단으로 근본을 보완한 뒤에야 온갖 재용이 결핍하지 않습니다.

포천의 사례로 말씀드리자면 근본(농경 생산)이 이미 부족하기에 더욱 마땅히 말단(어업, 광업 생산)을 취하여서 보완해야 합니다. 이는 어찌 할 수 있는데 하지 않는 것이 아니겠습니까? 고기잡이와 소금의 부역에 나가는 사람에 이르러서는 자원하는 사람을 모집하여서 생산한 이익을 백성과 더불어 나누게 하면 국가는 곡식 한 섬도 낭비하지 않고 인력 한 사람도 번거롭게 하지 않으면서 생명은 만인을 살릴 수 있으며 현은 백년을 보장할 수 있을 터인데 무엇을 꺼려서 하지 않겠습니까!

신은 남풍의 시를[72] 외면서 요순의 덕을 사모하였고 서한西漢의 역사를 열람하고서 상홍양桑弘羊의 사사로움을[73] 경계하였습니다. 지금 전하께서 진실로 억조의 재물을 안고 억조의 이익을 고르게 하여서 어린 아기 같은 인민을 춘대春臺와[74] 수역壽域에[75] 자리하게 한다면 사람들이 어찌 순임금의 덕만 사모하며 어찌 상홍양의 사사로움만 경계하겠습니까? 어찌 순박한 풍속을 회복할 수 없을까 두려워하겠습니까! 신은 다만 세월이 쉽게 흘러가버리는지라 틈새를 지나는 네 필 말과 같아서[76] 잡아매기 어려움을 생각하자니 만약 그럭저럭 데면데면 세월을 보낸다면 성취하는 것은 텅 빌 터이라 이는 우려할 만한 일입니다. 약은 보기에는 보잘것없어도 병에는 적합한 것이 있고 말은 듣기에는 거슬리나 시대에는 적합한 것이 있습니다. 엎드려 바라건대 전하께서는 어리석은 신하를 용렬하고 누추하다고 여기지 마시고 조금이라도 살펴주시기 바랍니다.

아산에서 재직할 때 폐단을 아뢰어 올린 소
莅牙山時陳弊上疏

엎드려 생각건대 비록 영험한 단약이 있어도 열병을 앓는 자가 먹으면 죽으며 비록 오줌이라도[77] 열병을 앓는 자가 복용하면 살 수 있으니 말을 사용하는 도리 또한 이와 같습니다. 엎드려 원하건대 전하께서는 어리석은 사람의 말이라 지극히 불결하다고 여기지 마시고 다만 밝게 살펴주셔서 한 시대 군민軍民의 병을 구제해주시기 바랍니다.

신이 듣건대 왕자王者는 백성을 하늘로 삼으며 백성은 먹을거리를 하늘로 삼는다고[78] 합니다. 지금 여러 고을이 크게 믿고 의지할 것이 다만 이 하늘(먹을거리)에 있음을 알지 못하고서 업신여기고 잔해함으로써 하늘(백성)로 하여금 그 하늘(먹을거리)을 잃게 한다면 하늘(하느님, 천명)의 위엄을 두려워하여 이에 보전하기가[79] 또한 어렵지 않겠습니까?

신은 청컨대 시험 삼아 한 고을의 한 가지 사례를 들어서 진술하겠습니다. 아산에는 송사의 문서가 번다하기가 다른 현의 배나 되어서 하루에도 소송을 하는 자가 4, 5백 인에 이른다고 들은 적이 있었습니다. 신은 생각하기에 사람이 많아서(物衆) 그러하고 풍속이 나쁘기 때문에 그러하리라고 여겼습니다. 신이 도임한 뒤에 관찰하니 이는 사람이 많고 풍속이 나빠서 그런 것이 아니라 원한을 품은 백성이 다른 현에 비할 바가 아닐 정도로 많았기 때문입니다.

신은 청컨대 그 까닭을 말씀드리겠습니다. 지난 계축년(1553)에 군적軍籍을 정리할 때 현을 맡은 신하가 쇄리刷吏를 독촉하고 다그쳐서 양정良丁을 많이 긁어모아 등록하게 하였는데 아전이 고충을 견디지 못하여 늙어서 병들고 거의 죽게 된 사람까지 충원을 하였고 나무와 돌과 닭과 개의 이름까지 적어 넣었습니다. 양정이 많아져서 만약 다른 현에 배가 되면 남는 장정은 다른 고을에 이적하여 보충하였습니다. 갑술년(1574)에 군적을 개정할 때에도 구액舊額을 그대로 두고 감히 고치지 못하였습니다. 실상은 본 현의 인민으로 본 현의 군적에 충원하기에도 오히려 부족한데 하물며 (장정이 남는다고 이적을 했던) 다른 고을의 군역에 세우겠습니까? 그러므로 위독한 질병에 걸려도 군역을 면하지 못하는 사람이 있으며 일흔이 되어도 군적에서 면제되지 못하는 사람이 있는 것입니다. 본 현에도 궐액闕額이 자못 많아졌는데 하물며 다른 고을의 군역을 지게 하겠습니까!

제색군諸色軍의 병졸과 관부의 노비로서 이미 신원이 없어지면 반드시 한 겨레에 대가를 징수하는데 가난한 백성이 갑자기 마련할 수 없으면 가두고서 독촉합니다. 남자 백성에게는 자기 번을 섰는데 또 한 겨레의 번을 세우고 여자 백성에게는 군포를 납부했는데 또 한 겨레의 군포를 납부하게 합니다. 그리하여 남자는 항오行伍에서 울부짖고 여자는 감옥에서 울부짖습니다. 농사와 누에치기에 때를 잃어버려서 옷과 식량이 모두 거덜났고 백성은 이리저리 떠돌며 달아나 숨어서 다른 고을을 떠돌다[80] 자취도 없이 사라져버리기까지 하니 참으로 측은합니다.

필부필부가 자기 살 곳을 얻지 못하면[81] 옛 사람이 부끄러워했습니다. 현의 백성으로서 족안族案에 군적이 등록된 자가 많게는 1천여 명이나 됩니다. 억울함을 하소연하는 자가 날마다 뜰을 채우고서 혹은 아무개와 촌수도 알지 못한다고 일컫고 혹은 아무개는 피붙이와 아무 상관이 없다고 일컬으니 군적을 정확하게 변별하고자 하면 궐번에 누구를 세울 것이며 변별하지 않는다면 병민兵民의 병폐를 끝내 구제할 수 없게 됩니다. 이 일을 장차 어떻게 해야 하겠습니까? 한 현의 원통한 백성이 이미 1천여 명인데 한 나라의 원통한 백성은 몇 만 몇 억(10만)인지 알 수 없습니다. 이런 까닭에 병민의 원통한 기운이 하늘과 땅 사이를 채우고 있어서 해와 달과 별(三光)이 흉변을 예고하고 유행병(癘氣)이 치열하게 유행하니 역시 두려워할 만합니다.

문왕文王이 기주岐周를 다스릴 때 어린데 부모가 없는 자나 늙었는데 자식이 없는 자나 늙었는데 아내가 없는 자나 늙었는데 남편이 없는 네 부류를 천하의 곤궁한 백성으로서 고할 데가 없는 자라고 하여 문왕이 정치를 펴서 인을 베풀면서 반드시 이 네 부류를 우선시하였습니다.[82] 지금은 곤궁한 백성이 문왕의 시대보다 배에서 다섯 배나 많은데 넉넉히 구휼하는 혜택을 입은 백성이 없습니다. 신은 그윽이 성명聖明(임금)을 위해 부끄럽게 생각합니다.

본 현의 사족士族에 김백남金百男이라는 자가 있습니다. 나이가 예순 하나인데 아직 짝을 얻지 못하였습니다. 신이 괴이히 여겨서 그 까닭을 물어보니 사람들이 말하기를 "본 현에는 인력人力이 부족하기에 사족이면서도 조례皂隸(관아에 속한 하인)의 제원諸員에 충족된 자가 매우 많습니다. 만약 이들이 다른 경내로 옮겨가 살게 되면 그의 겨레가 (그의 몫으로 인하여) 침해를 받는 근심을 당하니 같은 겨레를 피하기를 마치 함정을 피하듯이 합니다. 백남의 이름은 일찍이 군안軍案에 올라 있어서 사람들이 기꺼이 사위 삼으려 하지 않았기에 늙음에 이르렀던 것입니다." 하였습니다.

신이 그 말을 듣고 그 사람을 보니 탄식과 측은함을 금할 수 없었습니다. 또 어떤 사람이 말하기를 "백남은 형제 가운데 건실한 자입니다. 그의 여자 형제 김씨는 나이 쉰에 아직 출가하지 못하였으며 남자 형제 김견金堅이라는 자는 나이 쉰일곱인데 아직 아내를 얻지 못하여서 모두 백남의 집에 의탁하여 기거합니다." 하였습니다.

이뿐만이 아닙니다. 또 사족 박필남朴弼男이라는 자는 나이 쉰이고, 정옥鄭玉이라는 자는 나이 쉰다섯이고, 정권鄭權이라는 자는 나이 예순둘이고, 박유기朴由己라는 자는 나이 일흔하나인데 모두 남의 지아비가 되지 못하고 있습니다. 신이 들은 자가 이와 같은데 신이 알지 못하는 자는 어찌 여기에 그치겠습니까? 사족이 된 자가 이와 같은데 서인으로서 홀아비나 과부 된 이를 어찌 다 헤아리겠습니까!

아! 짝을 잃고서 홀아비나 과부가 된 자라도 곤궁하다고 하는데 저들은 애초에 천륜을 알지 못하였으니 실로 천하의 지극히 곤궁한 백성입니다. 다만 인정仁政의 혜택을 입지 못했을 뿐만 아니라 도리어 침해를 받은 자이니 가령 살아갈 도리가 더욱 이와 같이 곤궁하다면 어찌 관아에 소장 올리기를 그만두겠습니까?

백성은 나라의 근본입니다. 근본이 튼튼해야 나라가 평안해집니다.[83] 지금 밖에는 강한 적이 있고 안에는 원통한 백성이 많은데 혹시 위급한 일이 일어나면 구제할 수 있겠습니까? 근본이 튼튼하지 않으면 나라가 평안해지기 어려운 것은 필연입니다. 만약 이런 일을 굳이 염려할 것 없다고 여긴다면 그만입니다. 그렇지 않다면 일은 소홀히 함에서 일어나며 재앙은 뜻하지 않은 데서 생기니[84] 조치하는 방법을 느슨히 해서는 안 됩니다. 엎드려 바라건대 전하께서는 어서 빨리 팔도에 명하여서 군역을 지는 호수를 덜고 군액을 감하고 현재 군병을 잘 활용하시되 도를 따라 힘을 기르며 때를 보아 숨겨서[85] 후환이 없게 하소서.

대체로 백성이 흩어짐을 근심한다면 요컨대 모름지기 은덕으로써 어루만져야 하며 한갓 쇄환刷還하는 방법을 숭상해서는 안 됩니다. 병사가 적은 것을 근심한다면 요컨대 모름지기 의용義勇으로써 가르쳐야 하지 한갓 군사가 수풀 같이 많은 것만[86] 숭상해서는 안 됩니다. 옛날 주周가 쇠퇴하자 열국이 용병을 하여서 강함을 다투었는데 위魏나라 사람과 진秦나라 사람이 싸운다면 누군들 진나라가 이긴다고 하지 않았겠습니까? 무엇 때문입니까? 진나라는 병사가 많고 강하였으며 위나라는 병사가 적고 약했기 때문입니다. 많거나 적은 수효는 어리석은 남자라도 쉽게 알 수 있으나 강하고 약한 형세는 지혜로운 자라도 헤아리기 어렵습니다.

당시 위나라 신릉군信陵君은[87] 그 형세를 능히 헤아렸기에 한단邯鄲에서 진나라를 막았습니다. 그는 남들이 나를 위해 죽으려 한다면 몇 만의 군사로도 저들을 꺾을 수 있으며 남들이 나를 위해 죽으려 하지 않으면 비록 백만의 군사가 있더라도 홀로 선 것과 다름이 없다고 생각했습니다. 마침내 명령을 내려서 말하기를 "부자가 함께 군중에 있는 경우에는 아비는 귀환한다. 형제가 함께 군중에 있는 경우에는 형이 귀환한다. 독자로서 형제가 없는 자는 돌아가서 부모를 봉양하라." 하였습니다. 돌아간 병사가 2만이었으나 나머지 병력으로 진나라를 이겼습니다. 신릉군이 더해야만 하는 때를 만나서 덜어내고 또 덜어내었으나 마침내 성공에 이르렀던 까닭은 사람이 많은 것이 사람이 화합하는(人和) 것만 못함을 알았기 때문입니다.[88]

　지금의 유사有司는 이와 반대로 합니다. 태평한 시대에 처하여서 도적이 아직 오지도 않았는데 미리 나라의 근본(백성)을 착취하여서 위로하여 오게 하고[89] 편안히 모이게 하는 도리를 알지 못합니다. 오직 남의 아비를 가두고 남의 형을 가두는 것을 좋은 방법으로 삼고서 독자로서 형제가 없는 자를 자기 군역에 분주하게 할 뿐만 아니라 또 한 겨레의 군역을 복무하게 하며 한 겨레의 군역을 복무하게 할 뿐만 아니라 또한 닭과 개와 나무와 돌의 겨레의 군역까지 복무하게 하니 (백성은) '돌아가서 부모를 봉양하라'는 명령은 들어본 바가 드뭅니다. 그리고 늙은 남자 늙은 여자는 시집가고 장가드는 것을 알지 못하여서 홀아비가 되고 과부가 되며 곤궁한 가운데 죽는 자가 잇달아 있습니다.

　이러한 때를 당하여 산의 오랑캐(여진족)나 바다의 도적(왜구)으로서 지모와 계략이 있는 자가 수만 군중을 이끌고 우리나라를 침범해 온다면 나라는 반드시 와해될 것입니다. 무엇 때문입니까? 백성이 원통하고 번민하기가 하루 이틀, 한 달 두 달이 아니었기에 나라를 위해 죽으려는 남자가 한 사람도 없기 때문입니다.

아! 유사로서 전하를 섬기는 자가 가령 요순을 뛰어넘고 탕무湯武를 능가하게[90] 하지는 못하더라도 차마 성명으로 하여금 위나라 공자 무기無忌만 못하게 하겠습니까? 혹 한 겨레에게 전가하는 족징族徵의 법을 폐기할 경우 군역을 싫어하는 자가 뒷일을 염려하는 바가 없어서 혹시라도 다른 지역으로 옮겨가서 피하려는 마음을 갖게 되면 부족한 군액이 더욱 텅 비고 엉성해져서 근심이 이보다 큰 것이 없다고 여기는 자가 있습니다. 신은 그렇지 않다고 생각합니다. 한 겨레에게 족징을 하면 병민兵民이 어지러이 흩어져서 혹은 승려가 되거나 혹은 도적이 되어서 백성은 날로 적어지게 됩니다. 이로써 한 겨레에 족징을 하는 것은 백성을 흩어지게 하는 도리임을 알 수 있습니다. 군액이 어찌 텅 비고 엉성해지지 않겠습니까?

한 겨레에게 족징을 하지 않으면 백성이 편안히 거처하며[91] 생활하고, 어지러이 흩어진 자들이 돌아와 모여서 군액의 백 사람을 잃고서 백성 천 사람을 얻을 수 있으니 텅 비고 엉성한 군액은 당연히 근심할 바가 아닙니다. 또한 병민이 옮겨가서 정착한다 해도 모두 이웃 나라에 옮겨가서 정착하는 것이 아닙니다. 만약 그들이 귀의한 고을의 관원으로 하여금 하나하나 추쇄하여서 그 지역의 군역에 배정한다면 군역의 부담은 똑같을 것인데 어찌 본 현의 군역을 피하고서 다른 고을의 군역을 복무하겠습니까! 본토에서 족징을 하지 않고 다른 고을에 귀의해도 또한 안정을 얻을 수 없다면 비록 상을 주면서 옮기게 하더라도 끝내 옮겨가지 않을 것입니다.

엎드려 바라건대 전하께서는 안위의 형세를 살피고 생령의 곤궁함을 번민하셔서 어서 빨리 한 겨레 족징의 법을 폐기하소서. 좌우에서 모두 안 된다고 하더라도 듣지 마시고 여러 대부가 모두 안 된다고 해도 듣지 마소서. 신이 말씀드린 바는 나라 사람의 공론이며 백성의 곤궁은 전하께서 보시는 바이니 또한 어찌 의심하시겠습니까!

옛날 진秦나라 목공이[92] 진晉나라 군대에 의해 포위되어서 포로로 사로잡힘을 면할 수 없었는데 촌사람 300명이 진나라 군사에게 달려들어서 목공을 탈취하여 돌아갔습니다. 촌사람 300명이 어찌 억만의 정예병을 대적할 수 있었겠습니까! 지난날 자기를 살려준 은혜로 인해 그 의용을 격렬하게 일으켰기 때문입니다. 이로써 무리에게는 적이 있어도 인한 자에게는 적이 없음(仁者無敵)을 알 수 있습니다. 전하께서 만약 한 겨레 족징의 법을 제거하여서 억조를 이끌고 인을 할 수 있다면 천하에 적이 없을 것입니다. 맹자가 말하기를 "왕은 청컨대 의심하지 마소서."[93] 하였으니 신도 청컨대 전하께서는 의심하지 마소서.

신이 전하의 한 고을 병민을 받았으니 만약 정성으로 어루만지고 기르지 않는다면 장차 불충의 죄를 면하지 못할 터인데 한 겨레에게 족징을 하여서 평민을[94] 병들게 하는 짓을 신은 끝내 차마하지 못하겠습니다. 또한 옛날 현명한 임금은 백성의 산업을 제정하여서 십일什一(생산량의 10분의 1)의 조세 행정을 펼쳐서 백성으로 하여금 위로는 충분히 부모를 섬기고 아래로는 충분히 처자식을 먹일 수 있게 하였고 풍년에는 죽을 때까지 배부르고 흉년에는 사망을 면하게 하였습니다.[95] 그런 다음에 병졸을 출동시킬 때는 토지세를 내게 하였고 백성의 노동력을 쓸 때는 한 해에 사흘을 넘기지 않았습니다.

지금은 행정이 번잡하고 부세가 무거워서 백성은 지불을 견디지 못하고 밭과 집을 다 팔아서 사방으로 떠돌아 살며 평민으로서 밭을 가진 자는 거의 없으므로 부유한 사람의 토지를 경작하고 소득의 열에 다섯을 얻어서 호구지책으로 삼으니 비록 큰 걸왕[96]의 백성이라도 이보다 곤궁하지 않을 것입니다.

또한 그들을 군졸로 동원하면 처자식이 먹을거리를 헤아리지 않고 저축한 양식을 싹싹 털어서 군량을 채웁니다. 이를 상번上番이라 하는데 혹은 반년, 혹은 백 일, 혹은 한 달을 군역에 복무합니다. 하번下番 뒤에도 진상산행進上山行이라는 명목으로 혹 병영이나 진鎭, 혹은 군이나 현에서 부역을 지는 자가 그 수를 알 수 없습니다. 또 구마군驅馬軍, 별역군別役軍이라는 명목의 생각지도 못한 부역에 동원됩니다. 또 군사 장비를 수리하게 하고 무기고를 지키게 하여서 거의 부역을 지지 않는 날이 없으니 이런 부역 또한 이미 심한데 또 그들로 하여금 한 겨레의 부역을 대신 지게 하고 한 겨레의 군포를 납부하게 하니 이미 심한 데 더욱 심하다 하겠습니다. 그 끝의 형세는 끝내 어떠할지 알 수 없습니다.

아! 순舜은 그 백성의 힘을 극도로 다루지 않았고 조보造父는 그 말의 힘을 극도로 다루지 않았는데[97] 지금은 백성의 힘을 씀에 극도에 또 극도를 이루니 그 끝의 형세는 끝내 어떠할지 모르겠습니다.

아! 전하께서는 신의 말씀을 들어서 어서 빨리 명하여 군액을 감하고 한 겨레의 족징을 제거하여야 그나마 구제할 수 있을 터입니다. 그렇지 않으면 나중에 비록 뉘우친다 하더라도 아무리 후회해도(噬臍)[98] 소용이 없습니다. 신은 성상을 위하고 백성을 위할 뿐 어찌 백성만 위하고 성상을 위하지 않겠습니까! 다만 주인을 따르는 개와 말의 정성으로 말을 숨기고 내보이지 않을(括囊)[99] 수 없었을 뿐입니다.

아! 신의 이 상소는 천리가 존속하고 망하는 기틀입니다. 가령 전하께서 선택하신다면 종묘사직에 큰 다행이고 백성에게 큰 다행이 될 것입니다. 아! 신이 전하의 한 고을 병민을 받아서 비록 제나라 즉묵卽墨이나 조나라 진양晉陽에서처럼[100] 행정과 형벌을 공평하게 하지는 못하여도 한 겨레에게 족징을 하여서 평민을 병들게 하는 짓은 끝내 차마 하지 못하겠습니다.

土亭先生遺事卷下

토정선생유사권하

• 기문記

유사
遺事

  만력萬曆 원년 계유년(1573) 5월. 선조께서 탁월한 행실이 있는 선비를 천거하라고 명하셨다. 이조에서 선생을 기개와 도량이 범상하지 않고 효도와 우애가 남다르다고 하여 천거하였다. 선생이 어렸을 적에 부모를 바닷가 후미진 곳에 장사를 지냈는데 조수가 점점 가까워졌다. 오랜 세월이 지난 뒤에는 물이 반드시 묘를 삼킬 것이라고 예상하고서 방죽을 쌓아서 물을 막으려고 곡식을 늘리고 재물을 모으는 데 매우 부지런히 힘을 썼다. 사람들이 대부분 자기 역량을 헤아리지 못한다고 비웃었다. 선생이 말하기를 "사람의 힘이 미치건 못 미치건 나는 마땅히 이 일에 힘을 써야 한다. 일이 성공하고 성공하지 못하는 것은 하늘에 달려 있다. 사람의 자식이 된 자가 어찌 힘이 부족하다고 구실을 삼아서 후환을 방비하지 않을 수 있겠는가!" 하였다. 바다 어귀가 드넓어서 공력은 끝내 이루지 못하였으나 선생의 정성은 그치지 않았다. 타고난 자질이 욕심이 적었고 명성과 이익, 풍류와 여색에는 담담하였다. 때로 농담을 하여서 점잖지 않은 모습을 보이기도 하였으니 사람들은 그가 속에 온축한 바를 헤아릴 수 없었다."

-『석담일기石潭日記』

지금 임금의 조정에서 인재를 발탁하여 썼는데, 조목趙穆·이지함·성혼·최영경·정구鄭逑·김천일·유몽정柳夢井·유몽학柳夢鶴·김면金沔 등과 같은 사람들이었다. 학문과 행실을 근거로 차례차례 계급을 뛰어넘어서 6품직에 서용하였다.

- 참판 이정형李廷馨『동각잡기東閣雜記』

만력 2년 갑술년(1574) 8월. 선생이 포천 현감으로 있다가 벼슬을 버리고 돌아갔다. 선생은 포천의 곡식이 적어서 백성을 살릴 수 없음을 근심하고 다른 지역의 어량魚梁을 포천이 떼어 받아서 고기를 잡아 곡식과 바꾸어서 고을의 비용에 도움되게 하려고 하였다. 조정에서는 이를 따르지 않았다. 그러자 선생은 애초에 고을살이를 오래 할 계획이 없었고 다만 놀이 삼아 했을 뿐이었기에 선뜻 벼슬을 버렸다.

-『석담일기』

만력 무인년(1578) 3월. 선생이 율곡을 만났다. 이름난 선비가 많이 모였다. 선생이 좌우를 돌아보며 큰 소리로 말하기를 "성현이 하신 일도 자못 후세에 폐단을 지었군." 하였다. 율곡이 웃으면서 말하기를 "무슨 기이한 말씀을 그렇게까지 하십니까? 원컨대 선생님께서는 글 한 편을 지어서 장자莊子에게나 짝이 되십시오." 하였다. 선생이 웃으면서 말하기를 "공자께서는 질병을 핑계로 유비孺悲를 만나지 않으셨고[101] 맹자는 질병을 핑계로 제나라 왕의 부름에 나아가지 않으셨소.[102] 이 때문에 후세의 많은 선비들이 질병이 없는데도 질병이 있다고 핑계를 대었소. 질병을 핑계로 남을 속이는 일은 바로 남의 집 게으른 종이나 무책임한 머슴이 하는 짓인데 선비 된 자가 차마 이런 짓을 하면서 공자, 맹자의 자취를 따른다고 미루다니 어찌 성현이 하신 일이 뒷날의 폐단 지은 것이 아니겠소!" 하였다. 좌중에 있던 사람들이 모두 웃었다. 당시 율곡은 질병을 구실로 대사간의 자리를 사직하려고 했기 때문에 선생이 이런 말을 하였던 것이다.

또 말하기를 "작년에 나왔던 요사한 별을 나는 상서로운 별이라고 여긴다." 하였다. 율곡이 말하기를 "무슨 말씀이십니까?" 하였다. 선생이 말하기를 "인심과 세상의 도리가 무너지고 찢어져서 장차 큰 변고가 생길 터인데 별이 나타난 뒤에야 위아래가 두려워하여서 인심이 조금 변하여 겨우 큰 변고가 생기지 않았잖소. 이 어찌 상서로운 별이 아닌가!" 하였다.

선생이 또 여러 명사에게 말하기를 "지금 이 세상의 도리는 마치 사람이 원기가 이미 빠져서 손을 써서 약으로 구할 길이 없는 것과 같다. 다만 위태하여서 망하는 형세를 구제할 한 가지 기이한 계획이 있기는 하다." 하였다. 좌중에 있던 사람들이 그 기이한 계책을 물었다. 선생이 말하기를 "지금 세상은 틀림없이 이 계책을 쓰지 않을 터인데 무엇 때문에 말하랴!" 하고 일부러 놀리듯이 말하지 않았다. 좌중에 있던 사람들이 매우 간절히 묻자 한참 뒤 선생이 그제야 말하기를 "오늘날 숙헌 叔獻(율곡)을 조정에 남아 있게 하면 비록 큰일을 하지는 못할지라도 반드시 나라가 위태하여서 망하는 지경에는 이르지 않을 것이다. 이것이 바로 기이한 계책이다. 이 밖에 다시 무슨 계책이 있겠는가? 초楚와 한漢이 서로 겨루었을 때 한신韓信을 얻은 것이 기이한 계책이었고 관중關中을 처음 평정하고서 소하蕭何에게 맡긴 것이 기이한 계책이었다.^{주) 37 참조} 소하, 한신을 얻은 뒤에 어찌 다시 다른 계책을 말하겠는가!" 하였다. 온 좌중이 모두 웃었다.

선생의 말이 비록 실없는 우스개 같았으나 식자들은 적확한 평론이라 여겼다.　　　　　　　　　　　　　　　　　 -『석담일기』

4월. 율곡이 향리로 돌아갔다. 선생이 율곡을 책망하기를 "그대가 어찌 차마 떠나가는가?" 하였다. 율곡이 말하기를 "제가 과연 잘못하는 것입니까?" 하였다. 선생이 말하기를 "비유하자면 부모가 병이 극도로 위중하여서 죽음이 아침저녁에 달려 있을 때 자식 된 자가 약을 달여서 올리면 위독한 부모가 극도로 성을 내고 혹 약사발을 땅에 던지기도 하고 때로는 얼굴에 던지기도 하여서 코나 눈을 상하게 하는 것과 같소. 이럴 때 자식 된 자가 물러가는 것이 옳겠는가? 아니면 울면서 은근히 권하고 성을 낼수록 더욱 약을 올려야 옳겠는가? 이로써 그대가 옳은지 그른지 알 것이오!" 하였다. 율곡이 말하기를 "비유하신 말씀은 매우 간절합니다. 그러나 임금과 신하, 부모와 자식은 관계가 다르지 않겠습니까? 만약 우리 선생님 말씀 같으면 남의 신하에게는 어찌 물러갈 수 있는 의리가 있겠습니까?" 하였다.　　　　　　　 -『석담일기』

선생은 베옷을 입고 짚신을 신고 약립(藥笠, 갈대나 댓개비로

만든 삿갓)을 쓰고 솜옷을 걸치고 다녔다. 어쩌다 관료들 사이에서 무람없이 노닐었는데 마치 옆에 아무도 없는 듯이 행동하였다. 여러 학파(諸家)의 온갖 잡다한 학술에 통달하지 않은 것이 없었다. 쪽배 한 척을 마련하여 네 귀퉁이에 커다란 박을 잡아 묶어서 타고 세 차례나 제주에 들어갔는데 풍랑과 파도의 근심을 겪지 않았다. 손수 스스로 장사치가 되어서 아무것도 갖지 못한 백성을 시켜서 생업을 경영하게 하였다. 몇 년 안에 곡식 수만을 쌓아서는 가난한 백성에게 다 나누어주고 소매를 휘저으며 가버렸다. 바다 안 섬에 들어가 표주박 씨를 심었다. 수만 개가 달리자 이를 쪼개서 바가지를 만들어 팔아 곡식 몇 천 섬을 사서 경강의 마포에 운반한 뒤 강마을 사람을 모집하여서 진창에 흙을 쌓게 했는데 높이가 몇 자나 되었다. 흙집을 지어서 이름을 토정이라 하였다. 밤에는 방 안에서 자고 낮에는 옥상에 올라가 거처하더니 얼마 뒤 버리고 돌아갔다.

부모를 장사 지내게 되어서 매장할 산을 보았더니 자손에 응당 두 재상이 날 것이나 막내아들에게는 불길하였다. 막내아들이란 자기 자신이었다. 선생이 강행하면서 스스로 그 재앙을 당하겠다고 하였다. 나중에 산해山海, 산보山甫가 1품 관직에 이르렀고 선생의 자손은 요절하여서 현달하지 못하였다. 이에 앞서 사정思亭(지번의 호)이 토정에게 말하기를 "이 산은 오른쪽이 부족하니 네가 재앙을 당할 것이다. 이는 흠이 되겠다." 하였다. 선생이 말하기를 "내 자손은 가까운 세대에는 비록 영락하더라도 5, 6대 뒤에는 반드시 많아질 것이니 역시 현달하고 영화로운 보응이 없지는 않을 것입니다." 하였다.

선생이 포천 현감이 되었을 때 베옷을 입고 짚신을 신고 포립布笠을 쓰고 부임하였다. 관청 사람들이 식사를 올렸더니 한참 눈여겨보다 젓가락을 들지 않고서 말하기를 "먹을 게 없구나." 하였다. 아전이 뜰에 무릎을 꿇고서 말하기를 "읍에 토산물이 없어서 밥상에 별미가 없습니다. 다시 올리겠습니다." 하고서 이윽고 진수성찬을 차려서 올렸다. 또 눈여겨보더니 말하기를 "먹을 게 없구나." 하였다. 아전이 두려워 떨면서 죄주기를 청하였다. 선생이 말하기를 "우리나라는 민생이 곤궁하고 고통을 겪는데도 모두들 앉아서 먹고 마시기를 절도가 없이 한다. 나는 받아먹는 사람이 밥상을 사용하는 것을 미워한다." 하고서 낮은 아전에게 명하여 오곡을 섞어서 밥을 짓게 하고 밥 한 그릇, 우거짓국 한 그릇을 담고 갈모집에 얹어서 올리게 하였다. 다음 날 읍의 품관品官이 알현하러 왔는데 마른 나물로 죽을 쑤어서 권하였다. 품관이 고개를 숙이고 숟가락을 들었는데 먹는 대로 토해버렸다. 선생은 말끔하게 다 먹었다. 얼마 뒤 관직을 그만두고 돌아갔다. 읍의 백성이 길을 막고 붙들었지만 막을 수 없었다.　　　　　　－ 어떤 사람의 기록

　선생은 떠도는 백성이 헤어진 옷을 입고 걸식을 하는 것을 애처롭게 여겨 큰 집을 지어서 묵게 하고 그들에게 수공업을 가르쳤다. 선비나 농사꾼이나 장인이나 장사치를 어느 누구라도 차근차근 깨우치고 타일러서(面喩耳提)[103] 저마다 옷과 먹을거리를 마련하게 하였다. 그 가운데 가장 무능한 자에게는 볏짚을 주어서 짚신을 삼게 하고서 친히 그 공역을 감독하였다. 하루에 열 켤레를 만들 수 있었는데 이것을 시장에 팔았다. 이렇게 하여 누구나 다 하루의 공임으로 쌀말을 마련하였다. 나머지로는 옷을 만들게 하였다. 몇 달 사이에 옷과 먹을거리가 모두 풍족해졌으나 노작의 고통을 견디지 못하여서 많은 사람이 몰래 달아나버렸다. 이로 보건대 백성이 게을러서 굶주리는 것임을 알 수 있다. 비록 피로하고 느른하여서 백 가지 일에 한 가지 능력마저 없더라도 스스로 짚신조차 만들지 못하는 자는 없었다. 선생이 백성을 보살펴서 빠른 시일에 효험을 본 것이 신묘하다!　　　　　　－ 어떤 사람의 기록

병자년(1576) 겨울, 백사白沙 이항복 상국相國(재상)이 서평西平 한준겸韓浚謙과 함께 사마 초시에 합격한 뒤 강가 글방(江숨)에 나아가 글을 읽고 문장을 지으면서 준비하여 회시에 나아가려고 하였다. 이때 선생이 마포로 와서 겨울을 났다. 내(이항복)가 익지益之(한준겸의 자)와 아침저녁으로 오고가면서 강론을 하고 이야기를 나누었다.

하루는 선생에게 여쭈어 말하기를 "공은 고매한 인물과 숨은 선비를 보신 적이 있습니까?" 하였다. 선생이 말씀하시기를 "나는 일찍이 지방에 노닐어서 견문으로 알게 된 것이 많은데 최고로 꼽을 사람이 두 사람 있고 그에 버금가는 사람이 한 사람 있네." 하셨다.

내가 여쭈었더니 다음과 같이 말씀하셨다. "그 한 사람은 늘 바닷가에 살면서 물고기를 잡아서 먹고 사네. 충청도 바다에서 처음 보았고 십여 년 뒤에는 전라도 바다에서 다시 보았네. 거처에 정해진 곳이 없고 배를 집으로 삼고 있다네. 다만 처와 딸 하나가 있기에 큰 배는 소용이 없고 다만 중간 크기 배로도 쓸 만했지. 물고기를 잡는 여가에 때로 곡식을 운반하고 운반비를 받아서 생계에 보탰네. 그 배는 300석을 실을 수 있었지만 언제나 200석을 넘기지 않았고 더 이상은 싣지 않았네. 가볍게 실으면 배를 저어서 운반하기 편하고 너무 무겁게 실어서 생기는 근심이 없었지. 운반비를 많이 받고 적게 받는 것은 뜻을 두지 않았네. 일찍이 나를 초대해서 먼 데 고기를 잡으러 갔다네. 그를 따라갔더니 작은 배를 타고서 돛에 맡겨 흘러가는데 마치 하늘 바깥으로 나가는 것 같아서 거의 다른 고깃배는 닿을 수 없는 곳이었네. 키를 잡고 노를 저었는데 절대로 다른 고깃배는 미칠 수 없었네. 고기를 잡아서 구웠는데 삶고 익히는 법이 기가 막혀서 맛이 아주 좋아서 역시 보통 사람이 미칠 수 없는 것이었네. 일찍이 그가 외출을 하였는데 그 아내도 우연히 이웃집에 가고 그 딸만 혼자 있었다네. 어떤 사람이 고기를 사러 와서 아주 후한 값을 주었는데 시가의 배나 되었네. 그 아내가 돌아오자 딸이 값을 후하게 받았다고 자랑했다네. 아내가 놀라서 말하기를 '이 물고기의 시가는 얼마인데 배를 받았으니 네 아버지가 들으시면 반드시 노하실 것이다. 급히 좇아가서 받은 값의 반을 돌려드려라.' 하였다네. 이 또한 그의 인품을 보이는 것이니 나는 그 사람이 이인임을 아주 잘 알고 있었다네. 그러므로 머물러 기다렸다가 보려고 하였던 것이네. 하루는 저물녘에 배를 타고 와서 그 집안사람에게 말하기를 '내가 천문을 관찰하니 내일은 곧 동지절이다. 팥죽을 끓여라.' 했네. 나를 오라고 해서 그와 더불어 말을 하는데 해와 달과 별과 별자리의 운행과 변화에서 격물치지의 이치에 이르기까지 환하게 밝지 않은 곳이 없었네. 나라를 다스리는 도를 묻자 웃으면서 답을 피하며 말하기를 '손님께서 어찌 그리 관심이 많으시오!' 하였네. 은근히 성명을 물었더니 역시 말하지 않았네. 다른 날 또 찾아갔더니 이미 이사하여 가버렸네. 아마도 필시 내가 다시 오리라 알았기 때문일세.

그 한 사람은 서치무인데 은둔하여서 스스로 즐기고 겨우 글자 정도 알 뿐이었네. 일찍이 어떤 사람이 『청구풍아靑丘風雅』를[104] 그에게 주었는데 치무가 그것을 받아서 나에게 와서 배우기를 청하였네. 그래서 내가 가르쳤더니 하루 종일 게을리하지 않고 읽었네. 여가에는 반드시 물을 긷고 땔나무를 하여서 우리 집 노역에 공급하였다네. 내가 그만두게 했더니 치무가 말하기를 '어떤 사람이 이 책을 나에게 준 것은 나더러 읽게 하려는 것입니다. 내가 만약 읽지 않는다면 애초에 받지 않아야 했습니다. 지금 이미 받았으니 남이 준 것을 헛되게 할 수 없습니다. 그러므로 이와 같이 부지런히 읽는 것입니다. 이미 공에게 배움을 받으니 스승과 문생의 교분이 있는 것입니다. 독서

하는 틈에는 마땅히 한가하게 노닐어서는 안 되고 마땅히 스승 댁에 노역을 공급해서 제자의 직분을 다해야 합니다.' 하였다네. 나이가 예순에 가까웠는데 배움을 받은 지 1년이 되어가도록 처음부터 끝까지 조금도 게으르지 않았네.

그 다음은 서기인데 그 사람됨이 이 두 사람에 견주어 전혀 미치지 못하지만 자못 글을 할 줄 알았고 맑고 고요하게 자기 분수를 지켰으니 결코 세속의 무리가 아니었네."

− 백사 이상국(이항복)의 기록

선생이 일찍이 한라산에서 해남海南 이발李潑의 집에 갔다. 주인이 그를 존대하였다. 바닷길을 건너왔기에 여러 날 주리고 지쳤을 거라 염려하여서 몇 말이나 되게 밥을 지어서 올렸다. 공이 손을 씻고는 수저를 쓰지 않고 왼손과 오른손을 써서 밥을 주먹만 한 크기로 둥글게 뭉쳐서 한편으로 먹고 한편으로 빚어서 잠깐 사이에 다 먹었다. 먹기를 마치고 나서 한밤중이 되자 주인이 방에 들어가도록 권하였다. 이불과 홑이불이 모두 채단이었다. 함께 자려고 하였더니 선생이 혼자 자는 것이 편하다고 넌지시 일깨우면서 재삼 거부하여서 부득이 인사하고 나왔다. 선생이 이불과 홑이불에 흥건하게 오줌을

쌌다(遺失).[105] 그러고는 인사도 하지 않고 가버렸다.

전라 좌수영으로 향했다. 관문을 지키는 자가 공의 행색을 관찰하였더니 겨울철인데 홑옷에 맨발 차림을 하고서도 아무런 추위하는 기색도 없었고 폐양자를 쓰고 짚신을 끌었으며 말씨가 조금도 비굴하지 않았다. 이를 보고 괴상한 사람이라고 수상하게 여겨서 절도사 이 공에게 은밀히 알렸다. 절도사가 곧 대문을 나와서는 극히 존대하여 맞아들이고 저택에 10여 일을 묵게 하고 때로 김씨 성의 통인을 시켜서 시중들게 하였다. 그 사람은 어릴 때 이름이 순종順從이었는데 용모가 옥과 같았으며 자질이 영특하고 총명하였다. 밤낮으로 게을리하지 않고 글을 읽어서 공이 그를 아꼈다. 관청에 등록된 본역本役에서 제명하고 빼내어서 보령으로 데리고 갔다. 그를 가르친 지 오래지 않아 마침내 사마시에 합격하였다. 공이 곧 상당한 문벌의 집안에 사위를 삼게 하고 결성結城(홍성)에 집을 마련하게 하였다. 딸 셋을 낳아 길렀다. 이로써 사대부 가문이 되었다. 공이 인물을 배양한 방식(類)이 이와 같았다.

선생은 늘 보령에서 상경을 할 때 아침에 밥을 한 말 먹고서는 별도로 양식을 싸지 않고 걸어서 하루이틀 사이에 곧 서울에 도착하였는데 조금도 피곤하고 지친 기색이 없었다. 선생은 늘 대지팡이를 짚고서 길을 가다가 잠을 잤다. 피곤하면 두 손으로 지팡이에 의지하여서 몸을 굽히고 고개를 숙인 채 두 다리를 벌리고 반듯하게 서서 눈을 감았는데 코고는 소리가 우레와 같았다. 비록 소나 말이 다가와도 도리어 그들이 물러났다. 공은 산봉우리처럼 응연하였으며 끝내 아무런 동요도 하지 않고 놀라 깨지도 않았다.

10월에 풍랑이 일어서 나루의 배가 가라앉았는데 공이 물속에 헤엄쳐 들어가서 두 손으로 각각 떠다니는 사람을 구해내고 다시 물 밑바닥에 들어가 거의 죽게 된 사람을 건져내서 약을 써서 살려냈으므로 끝내 목숨을 잃은 사람이 없었다. — 어떤 사람의 기록

중봉 조 선생은 옛날의 일에 해박하고 오늘날 세상사에 통달하였다. 분명하게 결단하고 잘 판단하였으며 타고난 자질이 질박하고 두터웠다. 겉치레를 일삼지 않아서 세상에 그를 알아주는 사람이 없었다. 그를 아는 사람도 역시 절개를 지켜서 죽고[106] 정의를 위해 목숨을 바칠[107] 사람이라고 인정할 뿐이었다. 한 시대의 인재를 지극히 논하면 선생을 언급하지 않았는데 대체로 선생의 재능이 부족하여서 쓰기에 적합하지 않다고

의심하였기 때문이다. 비록 여러 노선생이라도 역시 그러했다. 오직 토정 선생만이 그를 알아보았다. 토정은 바로 중봉이 존경하는 스승이다.

토정이 어떤 사람과 이야기를 나눈 적이 있었다. 그 사람이 토정에게 묻기를 "지금 시대에 초야에 역시 인재가 있습니까?" 하였다.

토정이 말하기를 "모르겠습니다. 비록 그러하나 우리 지역에 조여식趙汝式(조헌)이라는 자가 있습니다. 안빈낙도하며 명성과 이익을 훌쩍 벗어났고 지극한 정성으로 임금을 사랑하고 나라를 사랑하니 옛 사람에게서 찾더라도 참으로 짝할 만한 사람이 드뭅니다. 내 생각에는 쓸 만한 인재라고 생각합니다. 이 밖에 다른 사람은 알지 못합니다." 하였다. 그 사람이 말하기를 "이른바 인재란 큰일을 당하여 능히 처리할 수 있는 사람을 말합니다. 조 공이 절개를 지키고 의리에 죽을 사람임은 사람들이 모두 압니다. 그러나 인재가 실용에 적합함을 지극히 논하자면 아마도 그에게 해당하기에는 충분하지 않은 듯합니다." 하였다. 선생이 말하기를 "예로부터 큰일을 감당할 수 있는 자는 항상 안빈낙도하며 임금을 사랑하고 나라를 걱정하는 사람 속에서 나왔습니다. 조 군의 사람됨은 본래 그

대들이 알 수 있는 바가 아닙니다. 세상은 모두 이 사람이 현실에 동떨어지고 무능하다고 하는데 뭇사람의 입이 같은 말을 합니다. 그러나 만약 내 말을 들으면 반드시 크게 웃을 것입니다. 그대는 다만 스스로 알고만 있고 남에게 전하지는 마십시오. 뒷날 내 말이 망령되지 않았음을 마땅히 알 것입니다." 하였다.　　　　　　　　　　　　　　　　　－ 안방준安邦俊의 기록

중봉 조 선생이 말하기를 "신이 스승으로 섬기는 이가 세 사람이니 이지함·이이·성혼입니다. 이 세 사람은 학문의 취향은 비록 서로 다르지만 마음이 맑고 욕심이 적으며 지극한 행실이 세상에 모범이 되는 점은 같습니다." 하였다.

또 말하기를 "이지함이 말하기를 '우리나라 사람들이 다행히 살아갈 방도가 있다. 주상께서 선을 좋아하시고 재상이 순수하고 청렴결백하여서 아阿 땅의 대부처럼[108] 영예를 구하는 뇌물이 감히 서울에까지 이르지 못하고 벼슬길이 맑다. 이는 아마도 백성이 소생할 시기인 것이다.' 하였습니다. 들뜬 의론이 다투어 일어나고 재상이 자주 흔들린 것을 언급하여서 이지함이 또 탄식하며 말하기를 '우리나라의 진정 충직한 신하(藎臣)[109]는 오직 박순朴淳이 있으나 역시 조정을 편안하게 하지는 못한다. 박순

이 만약 서울을 떠난다면 조정이 위태할 것이다.' 하였는데 오늘날에 이르러서 그 말이 크게 징험이 되었습니다." 하였다.

또 말하기를 "이지함은 청렴결백하기가 천고에 짝이 없습니다." 하였다.

또 말하기를 "우리 역대 임금 이래 길재吉再를 아름답게 표창하였고 정몽주鄭夢周에게 작위를 추증하였으니 거의 성명하신 것입니다. 김굉필金宏弼·정여창鄭汝昌·조광조趙光祖·이언적李彦迪에게 시호를 추서하였습니다.[110] 그리고 서경덕徐敬德·조식曹植·성운成運·박훈朴薰에게 치제하고 아름답게 표창하지 않음이 없었습니다. 이로써 유림을 지극히 격려하였던 것입니다. 유독 이지함은 세상에 드높은 행실이 있는데 언급된 바가 없으니 궁벽한 고을의 숨은 선비를 어떻게 장려하여 나아오게 하겠습니까! 지함의 사람됨은 타고난 자질이 기이하고 위대하며 효도와 우애가 무리에 뛰어납니다. 형 지번이 서울에서 위독하다는 말을 듣고 걸어서 보령에서부터 왔는데 그 노고를 꺼리지 않았으며, 일컫기를 '형은 스승의 도리가 있다.' 하고 삼년상을 받들었으니 선을 즐기고 의를 좋아함이 천성에서 나왔던 것입니다. 한 사람이라도 착한 행실이 있다고 들으면 천 리를 가볍게 여기고 가서 보았습니다. 안명세安名世가 죽자[111] 평생 추도하였습니다. 조식이 숨어 살았는데 그와는 정신으로 교유하여서 아주 돈독하였습니다. 성혼과 이이가 가장 존경하고 존중하였습니다. 정철鄭澈은 강직하였는데 그가 평소에 늘 하는 말로써 (雅言)[112] 칭찬하였으며, 더욱 후생을 장려하고 가르치기를 좋아하였습니다. 이산보의 효도와 우애, 충성과 신실함, 박춘무의 깨끗하고 고요하며 지조를 지킴이 모두 유래한 바가 있었던 것입니다. 예컨대 서기는 천한 사람이었으며 가난하여서 배움에 힘을 쓸 수 없었는데 그가 재물을 아끼지 않고 보태서 성취하게 하였습니다. 만년에 초빙을 받아 응하여 두 고을에 수령으로 나가서는 자기에게 박하게 하고 아랫사람을 후하게 대하였으며 폐단을 없애고 곤궁한 사람을 진휼하였는데 이런 일에 모두 원대한 규모를 세워서 시행했습니다. 간사한 사람을 단속하고 아전을 다스려서 미워하지 않아도 엄하였기에 온 경내가 모두 신명하다고 칭송하였습니다. 늘 한 사람이라도 제 삶의 자리를 잃음을 두려워한 것은 이윤伊尹이 품었던 뜻을[113] 자기 뜻으로 삼은 것이었고 털끝만큼도 스스로를 더럽히지 않은 것은 실로 동방의 백이伯夷입니다. 또 현학縣學에서 문무를 겸한 인재를 길러서 나라의 용도에 대비하게 하고자 하였습니다. 계책과 재주는 은연중에 공자, 맹자의 풍도가 있었습니다. 그런데 불행히도 병으로 죽었습니다. 아산 백성이 어린이나 어른이나 할 것 없이 마치 부모상을 당한 듯이 길을 막고 울부짖으며 곡을 하였고 다투어 조촐한 제물을 마련하여(鷄酒) 제사를 지냈습니다.[114] 그는 늘 미친 체하고 스스로를 숨겨서 재앙을 피하였는데 이는 밝은 시대에 재능을 시험해보려고 한 것이지 전혀 세상을 숨으려 한 것은 아니었습니다. 만약 조식, 박훈의 사례에 따라 그에게 작위를 추증하고 시호를 내려서 경박한 풍속을 돈독하게 하고 나약한 사내를 꿋꿋하게 세운다면 사람들이 실질의 행동은 숭상할 만한 것임을 알고 우러러보아 감화를 받고 저도 모르게 날로 진보하여 부모를 섬기고 형을 순종하게 되어서 반드시 볼 만한 성취를 이룰 것입니다. 그리고 이를 미루어서 임금을 섬기게 될 것입니다." 하였다.　　－ 중봉의 상소

　선생이 학문을 함에 일찍이 경건을 주로 하고 이치를 궁구함(主敬窮理)을 주로 삼았다. 일찍이 말하기를 "성인은 배워서 이룰 수 있다. 오직 미리 포기하고서 실천하지 않는 것이 근심일 뿐이다." 하였다. 선생이 자식과 조카를 가르칠 때 여색女色을 가장 경계하여서 여기에 엄격하지 않으면 나머지는 볼 만한 것이 없다고 하였다.

선생은 어려서부터 욕심이 적어서 물건에 인색하거나 집착하지 않았으며 타고난 기질이 보통 사람과 아주 달라서 추위와 더위, 굶주림과 목마름을 참을 수 있었다. 혹은 겨울철에 알몸으로 세찬 바람에 앉아 있기도 하고 혹은 열흘 동안 아무 것도 먹고 마시지 않아도 병이 들지 않았다. 타고난 성품으로 효도와 우애를 다하여서 있는 것 없는 것을 가리지 않고 형제와 나누어 쓰고 소유물을 사사로이 하지 않았다. 재물을 가벼이 여겨서 즐겨 베풀고 남의 위급함을 구제하였다. 세상의 화려한 영화와 풍류, 여색에 대해서는 담담하여서 좋아하는 바가 없었다.

성품이 배를 타는 것을 좋아하였는데 바다에 배를 타고 가다 위험을 당하여도 놀라지 않았다. 하루는 가볍게 훌훌 제주로 들어갔다. 제주 목사가 그의 이름을 듣고 나와서 맞이하여 객관에 묵게 하였다. 아리따운 기녀를 뽑아 잠자리에 들여 보내면서 창고의 곡식을 가리키며 기녀에게 말하기를 "네가 만약 이 군의 총애를 얻으면 마땅히 창고 하나를 상으로 주겠다." 하였다. 기녀는 그 사람됨에 호기심을 느끼고 반드시 유혹하고야 말겠다고 밤새도록 아양을 떨어서 못하는 짓이 없었지만 끝내 그를 더럽히지 못했다. 제주 목사가 그를 더욱 존경하고 중히 여겼다.

어렸을 때는 배우지 않았으나 성장한 뒤 형 지번이 권하여서 글을 읽었다. 이에 분을 내어서 부지런히 배웠는데 자는 것도 먹는 것도 잊을 지경이었다. 오래지 않아 글의 의리를 통달할 수 있었으나 과거를 일삼지 않았고 얽매이지 않고 자기 마음대로 하기를 좋아하였다. 율곡과 서로 매우 친숙하였는데 율곡이 성리의 학문에 종사하라고 권하였다. 선생이 말하기를 "나는 욕심이 많아서 할 수 없소." 하였다. 율곡이 말하기를 "명성과 이익, 번화한 영화는 우리 선생님께서 달갑게 여기지 않는 것입니다. 무슨 욕심이 있어서 학문을 방해한단 말입니까?" 하였다. 선생이 말하기를 "어찌 반드시 명성과 이익, 풍류와 여색이 욕심이겠는가! 마음이 향하는 바가 천리가 아니면 인욕이오. 내가 제멋대로 하기를 좋아하여서 법도로 묶어둘 수 없으니 이 어찌 물욕이 아니겠는가!" 하였다.

그의 형 지번이 죽자 선생은 마치 부친상을 당한 것처럼 애통해하였다. 기년복을 입은 뒤 또 일 년간(期年) 심상心喪을 입었다. 어떤 사람이 예에 지나친 것이 아닌가 하고 의문을 품으니 선생이 말하기를 "형은 나의 스승이다. 내가 스승을 위해 삼 년간 심상을 입은 것일 뿐이다." 하였다.

만력 6년 무인년(1578)에 아산 현감에 제배되었다. 친하게 지내던 사람들이 부임을 권하였다. 선생이 홀연 읍에 부임하여서 백성의 질병과 고통을 물었더니 물고기를 기르는 못이 고통이라고 하는 이가 있었다. 대체로 읍에는 물고기 기르는 못이 있었는데 백성을 시켜서 돌아가면서 물고기를 잡아서 납부하도록 하였기에 백성이 이를 매우 고통스럽게 여겼던 것이다. 선생이 이에 못을 메워버리고 영영 후환을 끊어버렸다. 명령을 내릴 때는 모두 애민을 주로 하였으며 간사한 일을 적발할 때는 귀신과 같았다. 비록 늙은 아전이 죄가 있더라도 그를 꾸짖어 말하기를 "너는 늙었으나 마음은 아이이다." 하였다. 관을 벗고 백발을 묶어서 아이 머리처럼 하고 벼루를 지니고 책상 앞에서 시중들게 하였다. 늙은 아전이 부끄러워서 매우 고통스러워했다.

얼마 뒤 갑자기 이질에 걸려서 졸하였는데 나이 예순둘이었다. 읍 사람이 비통해하고 애도하기를 마치 친척과 같이 하였다.

김계휘金繼輝가[115] 이이에게 묻기를 "형중馨仲(이지함의 자)은 어떤 사람인가? 어떤 사람은 제갈량에 견주기도 하는데 어떠한가?" 하였다. 이이가 말하기를 "토정은 실용에 적합한 인재가 아닌데 어찌 제갈량에 견줄 수 있겠는가? 사물에 견주자면 기이한 꽃이나 이상한 풀(奇花異草), 진귀한 짐승이나 괴이한 돌(珍禽怪石)과 같은 부류이며 베나 비단, 콩이나 조와 같은 부류가 아니다." 하였다. 선생이 듣고서 웃으며 말하기를 "내가 비록 콩이나 조는 아니지만 역시 도토리나 밤의 종류이다. 어찌 전혀 쓸 곳이 없겠는가!" 하였다. 대체로 선생의 성품이 어떤 상황을 오래 견디지 못하고 일을 벌이고 기이한 것을 좋아하였으며 상례를 따라서 일을 성사하는 자가 아니었다. 그러므로 이이가 그렇게 말한 것이다.　　　　　－『석담일기』

　선생은 총명하고 계교와 사려가 깊어서 근고近古의 여러 인물을 초월하였다. 여러 사상을 넘나들었고 자잘한 기술을 갈고 닦는 것은 일삼지 않았다. 천문·지리·의약·복서·율려·산수와 음률을 알았고 인물과 자연 사물의 형태와 특성을 관찰하고 신묘한 방술과 비결秘訣의 부류에 이르기까지 통달하지 않음이 없었지만 위로는 전수받은 바가 없었고 아래로는 전수한 바가 없었다. 선생의 키는 보통 사람보다 훨씬 컸고 골격이 건장하며 얼굴빛이 검고 둥글고 풍만하였다. 발은 길이가 한 자를 넘었고 눈빛이 남을 감동시켰다. 음성은 웅장하고 낭랑하였으며 말이 적었다. 기우氣宇는 당당하고 위풍은 늠름하였다. 항상 폐양자蔽陽子를 쓰고 짚신을 신었다. 한평생 걸어 다니면서 사방을 두루 다니고 명산대천을 다니면서 겸하여 풍속이 어떠한지 인물이 많고 적은지를 관찰하였다. 그에 관해서 기이한 일들이 흘러 퍼지고 있어도 억지로 다 기록하지는 않는다.   - 어떤 사람의 기록

선생이 폐양자를 쓰고 거친 삼베옷을 입고 걸어서 조남명曹南溟(조식)을 찾아뵈었는데 모시는 사람이 들어가서 알리니 남명이 즉시 계단을 내려와서 맞아들이고 아주 공경하여 대우하였다.

선생이 말하기를 "어째서 촌사람이나 나무꾼이 아님을 알고서 이와 같이 영접을 하십니까?" 하였다.

남명이 말하기를 "그대의 풍모와 골격을 내 어찌 모르겠소?" 하였다.

선생이 스스로 말하기를 성품은 추위와 굶주림을 견딜 수 있으며 혹은 바위틈 사이에서도 자기도 하고 며칠 동안 먹지 않아도 별다른 병이 없다 하였다.

남명이 말하기를 "타고난 기품이 이와 같으니 어찌 선도仙道를 배우지 않소?" 하였다.

선생이 얼굴빛을 거두고서 말하기를 "선생께서는 어찌 이다

지도 사람을 얕잡아 보십니까?" 하였다. 남명이 웃으면서 사과하였다.

어떤 천문을 잘 보는 자가 있었는데 하루는 새벽에 선생의 문을 두드리며 말하기를 "근래 소미성少微星[116]의 정기가 엷어진 지 오래이더니 지난밤에는 그 별이 홀연 정기가 가라앉았습니다. 그대에게 재앙이 있을 것입니다. 그래서 일부러 와서 문안을 하는 것입니다." 하였다.

선생이 말하기를 "아! 내 어찌 감히 이 보응에 해당하겠소. 반드시 남명 조 처사에게 재앙이 있을 것이오." 하였다. 얼마 뒤 역시 남명이 졸하였다.
　　　　　　　　　　　　　　　　　　　　－『남명사우록』

중봉은 선생이 바닷가 구석에 은거하고 미친 체하며 벼슬을 하지 않으려 한다는 말을 듣고서 속수束脩의 예를[117] 차려서 배움을 받았다. 선생이 그의 학문을 더듬어보고서 크게 놀라 말하기를 "그대의 덕과 그릇은 내가 가르칠 만한 사람이 아니다. 우리 무리에 이숙헌李叔獻(이이), 성호원成浩原(성혼), 송운장宋雲長(송익필) 세 사람이 있는데 이들은 모두 학문이 고명하고 지극한 행실이 세상의 모범이 된다. 내 조카 이산보와 내 문생 서기는 모두 충직하고 신실하여서 지팡이를 짚고 따를 만하며 그 성실함이 쇠와 돌을 뚫는다. 만약 이 다섯 사람과 더불어 길이 사우가 된다면 성현의 경지에 오르지 못할까 근심하지 않을 것이다."하였다. 중봉은 이로부터 우계와 율곡을 스승으로 섬겼고 구봉龜峯(송익필)과 고청孤靑(서기)에게는 반드시 절을 하였으며 명곡鳴谷(이산보)과는 교제가 아주 두터웠다.

중봉이 향을 피우고 소를 써서 올렸다가 파직된 뒤 선생과 부여 강변의 절에서 만나 함께 두류산(지리산)으로 고청을 방문하여 종용하게 강론을 하고 돌아오기로 약속하였다. 이 여행에는 길이 연산을 지나게 되었다. 선생이 채찍질을 재촉하여서 달려갔다. 중봉이 그 까닭을 물었더니 선생이 마을의 한 집을 가리키면서 말하기를 "저기는 김개金鎧의 집이다. 생각건대 바른 사람을 해치는 형상이다. 나도 모르게 달려서 지나갔던 것이다."하였다. 이때 선생의 문생 유복흥柳復興이 따라갔다. 선생이 유복흥에게 말하기를 "그대의 무리는 나 때문에 요즘 시대에 일등급 인물로 여겨지니 어찌 다행이 아니겠는가!"하였다.

중봉이 통진 현감이 되었다. 선생이 배를 타고 방문을 하고서 민심이 완악하고 사나운 것을 말했다. 며칠을 조용히 지내다 돌아갔다.

　중봉이 부평에 도형徒刑과 유배를 당하였는데 판서 공의 상을 당하였다. 선생이 가서 조문을 하였다. 이때 하늘에 장성長星[118]이 나타났다. 중봉이 길흉의 보응을 물었더니 선생이 답하기를 "긴 것은 느리고 짧은 것은 빠르다. 이 별은 마땅히 15년 뒤 천 리에 유혈이 낭자할 보응이다. 지금 15년을 앞서 공이 만약 옛 사람의 책을 많이 읽고 임금을 권하여서 재앙을 소멸하는 덕을 쌓게 한다면 거의 흉이 변하여서 길하게 되고 백성이 그 혜택을 입을 것이다." 하였다.

　또 말하기를 "근래 윤자앙尹子仰(윤두수)과 윤월정尹月汀(윤근수)이 그린 포은(정몽주)의 유상遺像을 보니 내 벗과 흡사하였다. 남의 신하와 자식이 된 이가 포은처럼 충성과 효도를 한다면 죽어도 유감이 없을 것이다. 다만 내 벗은 곤궁하여서 부모를 봉양할 자본이 없으니 이것이 염려된다." 운운하였다.
　　　　　　　　　　　　　　　　　－ 중봉의 아들 완도完堵의 기록

　선생은 젊었을 때 서화담徐花潭(서경덕)이 현자임을 듣고서 책 상자를 지고 송도(개성)로 갔다. 낮에는 화담花潭에게 수업을 받고 밤에는 사관에서 휴식을 하였다.

사관 주인의 처는 나이가 젊고 얼굴이 아름다웠는데 그 남편은 행상이었다. 하루는 그 처가 남편을 권하여서 장사를 나가게 하였다. 남편이 행장을 꾸려서 장사를 나갔다. 얼마 지나지 않아 남편이 문득 의아한 생각이 들어서 밤을 타고 몰래 돌아왔다. 모습을 숨기고 엿보았더니 그 아내가 과연 선생의 침소에 들어가서 교태를 짓고 음란한 얼굴을 하여서 이루 말로 할 수 없었다. 선생은 침소에서 일어나 앉아서 의관을 바로 잡고 엄숙한 안색으로 인륜의 엄중함과 남녀의 분별을 갖추어서 진술하면서 차근차근 반복하고 가르치고 책망을 하였다. 그 여인은 처음에는 웃다가 중간에는 부끄러워하였고 끝내는 울음을 터뜨렸다.

　그 남편이 급히 화담에게 알려서 말하기를 "집에 이러한 일이 있었습니다. 극히 기이하여서 혼자 보기는 아깝습니다. 그래서 감히 와서 알려드리는 것일 뿐입니다." 하였다. 화담이 나가서 엿보니 과연 그의 말과 같았다.

　화담이 즉시 들어가 손을 잡고서 말하기를 "그대의 학업은 내가 가르칠 바가 아니다. 원컨대 돌아가도록 하라." 하였다.

－ 박현석朴玄石(박세채)『동유사우록東儒師友錄』

이 아무개 선생은 한산 사람이다. 가정稼亭(이곡), 목은牧隱(이색)의 후예이며 도호道號가 토정이다. 타고난 품성이 으뜸이었고 몸가짐이 맑고 밝았다. 비록 규범과 법도에는 자질구레하게 얽매이지 않았으나 절로 넉넉하게 심오하고 오묘한 경지에 들어갈 수 있었다. 사람의 말을 듣고 기색을 보면 바로 길흉을 알았으며 일에 임하고 위태함에 처해서는 형적이 아직 드러나지 않았을 때 이미 알았다. 학문이 깊고 넓었으나 역시 강론을 하지 않았고 과거를 일삼지 않았으며 영화와 이익을 사모하지 않았다.

그의 친형 판사判事 이지번 공의 아내가 일찍이 아이를 낳은 경사(彌月之慶)[119]가 있었다. 관상을 보는 자가 있어서 토정에게 묻기를 "공의 백씨 부인에게 분만의 기한이 임박했습니까, 아니면 아들을 낳은 기쁨이(弄璋之喜) 있는 것입니까?" 하였다. 공이 말하기를 "어제 과연 사내아이를 낳았습니다. 한 나라의 재상감입니다." 하였다. 그 사람이 어떻게 알 수 있느냐 하고 물었더니 말하기를 "그 울음소리를 듣고서 알았습니다. 그 사내아기는 거위의 상이었습니다." 하였다.

또 상사上舍 윤준尹浚이 한 시대에 시를 잘 짓는다고 소문이 났다. 윤준이 시를 보내어서 판사에게 평을 물었다. 판사가 극구 칭찬하였다. 공이 말하기를 "흉하게 죽을 사람의 시인데 형님께서는 어찌 지나치게 칭찬하십니까?" 하였다. 판사 공이 책망하며 말하기를 "나이도 젊고 앞날이 있는 사람을 두고서 너는 어찌 그리 망령된 말을 하느냐?" 하였다. 공이 웃으며 말하기를 "뒷날 마땅히 내 말이 징험 될 것입니다." 하였다. 기유년(1549)의 재앙(이홍윤의 옥사)에 과연 철시鐵市에서 공개 처형 되었다.

갑술 연간(1574)에 남소문동의 어떤 사람 집에 와서 묵었는데 내가 가서 절을 하였다. 마침 아침 술을 마셔서 붉은 기운이 뺨에 올랐다. 손으로 살쩍을 쓰다듬으며 말하기를 "이 병이 왜 생겼는지 알기는 하지만 매우 고통스럽다." 하였다.

또 사람에게 『중용』을 말하기를 "'『시경』에 이르기를 하늘의 명이 아! 그윽하여 그침이 없다 하였으니 대체로 하늘이 하늘인 까닭을 말한 것이다. 아! 드러나지 않는가! 문왕의 덕의 순수함이여! 하였으니 대체로 문왕이 문왕인 까닭을 말한 것인데 문왕의 순수함 역시 그치지 않았던 것이다.'[120] 하였다. 그 『집주』에 말하기를 '하늘의 도가 그침이 없는데 문왕이 하늘의 도에 순수하여서 역시 그침이 없었다. 순수하면 둘로 나뉘지 않고 잡스러움이 없으며 그침이 없으면 중간에 끊어지지 않고 먼저도 나중도 없다.'[121] 하였다. 이 해설은 아마도 부족한 듯하다. 대체로 자사子思는 두 시를 인용하여서 하늘과 문왕이 하늘이고 문왕인 까닭을 풀이한 뒤 합하여서 판단하기를 이른바 순수함은 곧 그침이 없음이라고 하였다. 이는 비록 다른 사람에게 의탁한 것이지만 스스로 터득한 견해의 말이다." 하였다.[122]

보령에서 상경하였는데 양식을 갖고 가지 않았다. 겨울철 눈에 누워서도 추위를 타지 않았다. 막내아들 산휘山輝도 음률을 알았다. 하루는 어떤 사람이 와서 공에게 먹(陳玄)[123]을 빌리러 왔다. 공이 고를 타고 있었는데 산휘가 먹을 가지고 나갔다. 하루는 또 고를 타고 있는데 뜻이 노중련魯仲連[124]에게 있었다. 산휘가 말하기를 "대인께서는 노중련을 생각하십니다." 하였다.

공이 아산에서 전염병에 걸려 늘 구토를 하였다. 손으로 구리 대야를 두드려서 산휘가 듣게끔 하였다. 산휘가 무릎을 꿇고 말하기를 "소리가 매우 조화롭습니다. 대인께서는 필시 평안해지실 것입니다." 하였다. 문밖을 나가 발을 구르고 가슴을 치며 울음을 삼키면서 슬프게 울었다. 공이 과연 일어나지 못하였다.

아! 이 부자는 세상에 드문 기이한 선비라 하겠다.

－「태천기苔泉記」¹²⁵

정북창鄭北窓(정렴), 이토정은 모두 이인으로 일컬어졌으나 그의 평생 행적을 관찰하면 실로 인륜에 독실한 사람이다.

맑은 강 맑아라! 흰 갈매기 가에 날고
흰 갈매기 하얗구나, 맑은 강가에서
맑은 강은 흰 갈매기 희다고 싫어하지 않으니
흰 갈매기 길이 맑은 강가에 있네

淸江淸兮白鷗邊
白鷗白兮淸江邊
淸江不厭白鷗白
白鷗長在淸江邊

[선생이 소를 타고 낙동강을 지나는데 그때 영남 관찰사가 마침 도사都事와 함께 강에서 뱃놀이를 하고 있었다. 소를 타고 지나가는 것을 보고 사람을 시켜서 불러서는 그의 용모를

보고 마음속에 매우 이상하게 여기고서 묻기를 "시를 지을 줄 아는가?" 하였다. "대충 문자를 압니다." 하였다. 영남 관찰사가 가장자리 변 자를 셋으로 운을 불렀다. 선생이 즉석에서 입으로 이 시를 불러주었다. 그런데 이 이야기는 상주 윤씨 사인士人의 잡기에 기록된 것으로서 옳은지 그른지는 알 수 없다. 그러므로 끝에 덧붙여서 기록할 뿐이다.]

만력 6년 무인년(1578)에 승정원과 경연관 홍적洪迪이 작위를 증직하기를 청하였다. 세 정승이 아뢰기를 "이지함은 세상의 사람들 가운데 호걸이니 김범金範의 예에 따라 시행하소서." 하였다. 이때 나라에 일이 많아서 겨를이 없었다.

— 『승정원일기』

선생은 정덕 12년 정축년(1517) 9월 20일에 태어나서 만력 6년 무인년(1578) 7월 17일에 졸하였다. 묘는 보령현 서쪽 고만(고정리) 기슭 선영 오른쪽에 있다. 토정의 터는 지금 마포에 있다. 서원은 보령현 동쪽 청라동에 있다. 금상 11년 을축(1625)에 호서의 선비 진사 최문해崔文海 등이 상소하여서 병인년(1626) 3월에 화암花巖이라고 사액을 하였다.

• 부록附錄

선생이 지으신 「과욕론」과 「계주」를 보여주시고 한
마디를 청하여서 감히 내 생각을 말씀드린다
先生見示所著寡慾論 且戒酒 邀以一言 敢述鄙懷
　혼연히 밝은 명은 본래 사사로움 없고
　사람에게 형기는 질곡이 되네
　욕심이 적을 때 바야흐로 힘을 얻고
　마음을 놓쳤을 때 위태롭게 되네
　미친 물결 고요한 물 다른 물건 아니며
　사나운 말 날카로운 칼 다루기 어렵네
　성품 치우치면 극복하기 어려우니
　한마디 말도 끝내 엄한 규율 저버리지 않기를!

　混然明命本無私
　形氣於人有桎之
　慾到寡時方得力
　心才放後便成危
　狂瀾止水非他物

悍馬銛鋒未易持

最是性偏難克處

一言終不負嚴規 　　　　　　　　 - 고제봉高霽峰(고경명)

[병자년(1576) 겨울에 선생이 보령에서 한라산으로 갔다가 배를 타고 순천에 내려서 배를 버리고 걸어서 두루 송강(정철), 서하(김성원)를 방문하고 마침내 서석산瑞石山(무등산)을 오르고 증심사證心寺에서 묵었는데 엿새 간의 일이었다. 증심사에서 나의 설죽산와雪竹山窩에 들러서 밤새도록 할 말 안 할 말을 다하였다. 다음날 내가 재호齋號를 청하였더니 선생이 불이不已라고 하였다. 대체로 '하늘의 명이 다하지 않는다(天命不已)' 한 뜻에서 따온 것이지만 내 이름의 글자인 명 자를 땄기 때문이다. 선생에게 명문을 지어달라고 청하려는데 선생이 이미 가버리셨다. 또 짧은 율시 한 편을 지었기에 선생이 다녀가심에 받들어 올린다.]

또 짧은 율시 한 편을 지어서 선생님이 헌에 다녀가심에 받들어 올리다
又得短律一篇 奉呈先生行軒

영명한 어르신 세상을 바로잡을 터이나

붉은 벼랑은 송섭 때와 다르네[126]

바다로 들어갔다는 말 들었지만

소금 장사에서 등용되지 못했네

이미 출세의 얽매임 벗어났거늘

어찌 욕망에 혐의를 당하랴!

남쪽 하늘 자욱한 구름 속에서

공연히 다시 소미성[127] 점을 보네

英耋應匡世

丹崖異宋纖

徒聞入于海

不見擧於鹽

已脫簪纓累

寧遭物色嫌

南天雲霧裡

空復小微占

안면도를 지나며 토정 선생을 추억하다
過安眠島憶土亭先生

　안면도에서 서쪽을 보니 언덕이 겹쳤는데

　선생을 생각하고 두 줄기 눈물 흐르네

　사관의 붓은 절로 분명하거늘[128]

　어찌 오랜 세월 원수를 삼는가!

　安眠西望隔重丘

　却憶先生雙涕流

　自是分明安史筆

　如何千古作爲讐　　　　　　　　　　　　　－조중봉

보령 가는 길에 토정 선생을 추억하다
保寧途中憶土亭先生

　옛사람 천 리에 함께 놀았더니

　내 죽을 때까지 허물 적기를

　오늘 다시 와 옛 사람 생각하니

　가련하다, 누가 백성 구제할 계책 올리랴!

碩人千里昔同遊

期我終身少過尤

今日重來思不見

可憐誰進濟民謀

　　　　　　　　　　　　　　　　　　　- 이전 사람

서원을 건축하고 돌리는 통문 명곡 선생을 아울러 배향하다
書院營建通文 竝享鳴谷先生

　토정 이 선생은 실로 한 시대의 위인이시다. 식견이 고매하여서 하늘과 사람을 꿰뚫었으며 재질을 깊이 감추고 멀리 이끌어서 마치 규범을 벗어난 것처럼 보이지만 평소 그 행실을 살펴보면 규범과 법도를 충실히 따랐다.

　조카 명곡 선생은 토정의 가르침을 이어받아서 경전을 전공하여 힘썼으며 덕이 온전하고 행실이 완비하여서 겉과 속이 순수하시다. 평생 마음을 쓰고 사물을 접함에 한결같이 성실하고 거짓이 없었다. 친한 이나 버성긴 이나, 노인이나 어린이나, 현명한 이나 어리석은 이나, 귀한 사람이나 천한 사람이나 고르게 환대하지 않음이 없었다. 똑같이 깊은 인함과 굉장한 도량을 얻은 가운데 이익과 손해에 닥치고 대의를 잡을 상황에서는 엄연하게 지조를 빼앗을 수 없다. 설사 성인의 문에 노닐더라도 어버이를 섬김에 힘을 다하였고 임금을 섬김에 몸을 바쳤으니 자하子夏가 반드시 배우지 못했다고는 말하지 못할 것이며[129] 이른바 백 리 되는 고을을 맡기고 어린 고아를 맡기더라도[130] 역시 부끄러움이 없을 것이다.

아! 이 두 현인이 돌아가신 지 이미 오래이나 그 남기신 풍모와 남은 은택은 사람에게 깊이 스며들어 없앨 수 없는 바가 있다. 고을 선생이 돌아가시면 지역사회(社)에서는 제사를 지내는데 제사를 지낼 사람은 실로 이 사람이 아닌가, 실로 이 사람이 아닌가! 이에 우리 한두 어린 사람이 사우祠宇를 건축하기로 도모하여 스승께서 학문을 강론하던 곳에 세우기로 뜻을 두었으나 역량이 부족하여서(綿力)[131] 장차 일을 성취할(集事)[132] 수 없겠기에 이를 두려워하였다.

옛날 사람은 혹 백 세대를 건너뛰고 천 리에 떨어져서도 서로 감응하는 자가 있었는데 하물며 우리 호남, 호서의 여러 벗은 두 현인에게는 지역도 서로 가깝고 살아서도 같은 시대를 겪었으니 혹 반드시 보고 아는 자도 있고 풍문을 듣고서 사모하는 자도 있을 터인데 백 세대를 건너뛰고 천 리에 떨어진 자에게 견주어서 감화하는 바의 얕고 깊음이 당연히 어떠하겠

는가? 재물과 역량을 내어서 이 역사를 돕는 데에는 도모하
지 않아도 동조하는 자가 있으리라 생각한다.

- 정수몽鄭守夢

봄가을 제향의 축사
春秋祭享祝辭
  지극한 행실과 고매한 식견은
  삼대의 인물이라
  덕을 보고 심취하고
  풍문을 듣고 굳게 서네

  至行高識
  三代人物
  覿德心醉
  聞風亦立

- 이전 사람

서원 사액 때의 제문
書院賜額祭文

금상(숙종) 12년 세차 병인년(1686) 을묘가 초하루인 3월 18일 임신에 국왕이 신 예조좌랑 이적李葹을 파견하여서 고 현감 이지함, 충간공忠簡公 이산보의 영령에 제사를 지내게 하셨다.

명종, 선조 임금 덕화를 베푸심에

상서로운 기운이 광대하고 두터워서(鴻厖)[133]

경사스러운 구름과 경사스러운 별만이

그 상서로움을 오로지 차지하지는 않았기에

당연히 사람에게 모여서

나라의 빛이 되었으니

비범한 명현이

상서로운 세상에 계셨도다

깊이 쌓은 덕을 높이 내걸었고

백이도 유하혜도 아니나(不夷不惠)[134]

기이하고 위대하며 탁월하여서 삼대의 인물과 같았으니

뜻과 기운은 신과 같고

얼음 항아리에 가을 달같이(氷壺秋月)[135] 맑고 맑았도다

어찌 오로지 성품이 아름다웠기에

이에 도를 탐구하였겠는가!

경을 주로 함을 근본으로 삼고

몸에 돌이켜서 진실로 실천했네

지혜는 온갖 변화에 두루 미치고

행실은 신명을 꿰뚫었도다

갈고 닦은 뛰어난 선비는

소강절과 정이천 같았고

탐구한 도는 오묘하여서

두루 통달하고 극도에 나아갔네

때로 남은 단서를 내보이며

경세제민에 노닐었네

바탕은 맑은데 꾸밈은 탁하여서

그 자취가 넓고도 기이하였네

혹 법도에 어긋난 듯하나

계책의 실행에는 징험할 만하였도다

여러 차례 천거를 받아

군수에 특별히 제수되어

백 리 고을을 맡아 보니

백성은 부모라 일컬었네

세상은 밝고 융성하여

뭇 선비가 조정에서 드날렸는데

시류에 어긋나도 화를 당하지 않았고(詭時不逢)[136]

홀로 그윽하고 곧음을 지녔도다

하늘이 속박을 벗겨주었고(天脫覊羈)[137]

텅 비고 고요함은 타고난 본질이라

하늘과 땅을 항아리로 여기고

만물을 쭉정이 겨로 여기며

바람이 불고 구름이 걷히는 듯하여

무어라 이름 붙일 수 없었네

용이 노닐고 봉이 교태를 짓 듯하니

누가 새장 속에 잡아둘 수 있을까!

그 뒤로 충간공이 있어

그 가정에서 나왔는데

아이 마음 버리지 않아

조화하고 두터우며 깊고 굉대하였고

어려서 가르침을 이어받아

몸을 편안히 하고 독실하게 배워서

선을 잡아 악이 없었으니

절지竊脂는 원래 곡식을 먹지 않는다네[138]

비록 공자 문하에 있더라도

충직하고 신실하여 부끄러움이 없으리

시대의 사표로서 조정에 올라

임금께 진달하여 크게 열어주고

올바른 기색과 드넓은 도량으로

조화와 굳셈을 나란히 하니

선에 훈습을 받은 자는 일어나고

덕을 본 자는 복종하였네

비록 남들이 질투하고 시새움을 해도

아무런 흠과 처벌을 받지 않았네

학문이 성취됨에

뒤늦게 헐뜯는 말로 참소를 당하여(謠諑)[139]

앞에서는 항의하는 말을 하고

통렬하게 그 억울함을 밝혀냈네

임금이 젖어 들듯 들으시니

사림이 부지하였고

임금이 피난 가는 일을 당하여

더욱 독실하게 도와서

발탁을 받아 총재가 되니

은혜로 돌아봄이 날로 넉넉하였다

충성과 의리로 분발하니

나라만 생각하고 자기 몸은 잊었네

강개하여 눈물을 뿌리니

중국 사람 감동하여

중흥의 업을 이룸에

더불어 그 공을 함께 했네

분주하다 피곤이 쌓여

끝내 충성으로 삶을 마쳤네

한 가문에서

같은 때에 위대한 철인이 났네

내 매양 듣고 일어나며

풍렬風烈을 깊이 마음에 새겼네

저 호서 고을을 돌아보니

고향의 마을이라

선비와 관리가 일어나 사모하고

사당을 지어서 영령을 모시고

함께 자리하여 같이 흠향하니

대대로 위인이 있네

엄연히 제사하니

지금 십여 년이라

이로써 거듭 호소하여

총애를 베풀어 영화로운 편액을 내려 달라 하니

멀리 보내고 예로써 술을 올려

나의 정성을 펼치나이다

- 지제교知製教 서종태徐宗泰가 지어서 올리다

토정 선생을 제사하는 글
祭土亭先生文

나무가 빽빽이 우거져도

그 사이 대춘나무(大椿)가[140] 우뚝 솟고

풀이 무성하게 우거진 틈에서

혹 신령한 지초(靈芝)가[141] 빼어나기도 합니다

선생이 강생하심은

실로 빼어난 기운이 모여서

정회는 물에 비친 달과 같고

속은 태갱大羹처럼 담담하셨습니다[142]

충직하고 신실함이 사물을 감동하고

효성과 우애는 신명과 통하였습니다

외양은 어린아이 같았으나(外孩)[143] 속으로는 명철하여서

풍진 세상을 놀이 삼아 보내셨습니다

몸뚱이를 흙과 나무처럼 맡겨두고

벼슬(軒冕)을 진흙길로 여겼습니다[144]

일을 만나면 시원스레 처리하여

비탈길에서 탄환이 구르는 듯하였고[145]

얻고 잃으며 영화와 욕됨을

눈에 끓는 물을 부은 듯이 여겼습니다

풍류와 여색과 맛있는 음식은

절지가 조를 쪼는 듯이 하였네[146]

다섯 수레 서적을[147] 어디에 쓰랴!

한 뼘 단검(寸鐵)만[148] 지녔습니다

알아주는 이 비록 드물어도

덕을 쌓으면 반드시 드러나나니

왕이 말하기를 네가 협력하여

고을의 수령으로 다스리라 하셨습니다

아이나 백성이나 노비나 아전이나

모두 즐겁게 받들었습니다

어찌하여 하룻밤에

달이 소미성[149] 침범하여

대춘나무 꺾이고

지초가 시들었습니다

하늘에 해가 빛을 잃었으니

아! 선생이여!

이에서 그치시나이까!

성대한 충기沖氣는[150]

유연히 흩어져서 어디로 가시나이까!

제가 비록 뒤에 태어났으나

일찍이 물리치지 않음을 입어서

간과 쓸개가 서로 조응하듯

툭 트여서 장애가 없었습니다

선생이 저를 경계하여

사람의 바람을 저버리지 말라 하셨고

저는 선생께 말씀을 올리되

자유분방함(天放)을[151] 조금 거두시라 하였습니다

이렇게 서로 선으로 규제하여

늦게라도 공을 세우시기를 기대하였더니

지금 이제 돌아가신지라

제 슬픔과 충정이 격동합니다

빈소에 몸소 가지 못하고

장례에 상여 끈을 잡지 못하는데

남쪽 하늘이 아득히 어두워지고

비바람이 소슬하니

짧은 글로 애통함을 써서

멀리서 보잘것없는 제물로 제를 올리나이다

감동이 있으면 반드시 보응하나니

부디 오셔서 흠향하소서!

- 이율곡

토정 선생을 제사하는 글

祭土亭先生文

만력 8년(1580) 세차가 경진인 해 기해가 초하루인 윤4월 13일 신해에 후학 은천銀川 조헌이 감히 토정 이 선생의 영령께 아룁니다.

아! 선생이 계심은 나라가 의지하는 바요, 백성이 의지하는 바요, 도가 의탁한 바요, 선비가 귀의한 바였습니다. 지금 선생께서 돌아가심에 나라에는 삼강三綱의 기둥이 없어졌고 백성은 크게 인자한 지도자(四乳)[152]의 바람을 잃어버렸으니 우리 도는 쓸쓸해졌고 후학은 나아갈 방향을 잃어버렸습니다. 저와 같은 어리석은 사람이 의심스럽고 막히면 어디에 우러러 질정할 것이며 죄와 허물이 있다면 누구에게 고개를 숙여서 훈계를 받겠습니까! 그런즉 선생의 가심이 어찌 저로 하여금 실성하여 통곡하며 하늘을 우러러 눈물을 흘리게 하지 않겠습니까!

아! 선생의 나심은 참으로 한 하늘이 명하여 나신 것이니[153] 타고난 자질과 품성이 특이하였고 완전하게 길러서(完養)[154] 쓰이기를 예비하셨으며 경학을 연구하되 통달하지 않고서는 그만두지 않으셨으며 총명이 남을 아득히 뛰어넘었으나 공부를 배나 하였으며 조예가 깊이 나아갔고 도가 내 몸에 말미암는다는 성현의 격언을 모두 가슴속에 지녔습니다. 일찍이 서울에 노닐되 백씨와 함께 높이 명성을 드날렸으나 때를 만남이 크게 어려웠습니다. 내 벗이 죽었구나 하고(我友云亡)[155] 기미를 보아 일어나서(見幾斯作)[156] 높이 강과 바다에 숨었고 이윤처럼 밭을 갈고[157] 부열처럼 담장을 쌓으며[158] 여러 차례 양식이 떨어져도 뉘우치지 않았고 오직 효도하고 우애하여서 정성스러운 마음을 다하였습니다.

어버이를 위하여 광중을 마련하였는데 몸소 흙과 돌을 져 날랐으며 천추만세를 위해 오직 조수가 쓸어버릴까 두려워서 제방을 쌓을 도모를 하였으나 재물을 늘리기 위함이 아니었습니다. 사람들이 비록 시비하는 말을 하더라도 인한 사람의 허물이었습니다(仁者之過).[159] 백씨의 위독함을 듣고서 천 리를 멀다 않고 가서 편하게 살피려 하였습니다. 자주 이사를 하였고 자주 곤궁하였으나 쇠잔한 포천을 소생시킨 것은 영화를 위함이 아니었습니다. 스승으로 여겨 상을 입어 삼 년 동안 메조미 밥을 먹었고 중씨가 일찍 서거하자 시신을 끌어안고 통곡하였습니다. 고아를 어루만지되 은근하였으며 가르치고 기르되 선으로 이끌었습니다(式穀).[160] 형수의 상에 애통하기를 절실히 하여서 마치 아들처럼 마음 아파하고 병을 무릅쓰고 긍휼히 여겼으며 죽다가 다시 살아났습니다.

남이 선하다는 말을 들으면 달려가 보기를 마치 목마른 듯이 하였고 남의 곤핍함을 만나면 너그럽게 나누어서 진휼하였습니다. 자기를 극복하고 의를 좋아하여서 나라 안에서 반드시 소문이 났으며 여러 차례 임금의 부름을 사양하였지만 자기를 높여서 격렬하지는 않았습니다. 조정에 혹 어긋남이 있으면 근심하는 기색이 나타났고 왕이 덕스러운 말을 하면 기쁨이 얼굴에 드러났습니다.

만년에 아산에 나아가 백성의 간난을 구제하려 하였으며 수레 하나로 종자를 물리치고 멀다고 가지 않은 일이 없었습니다. 폐막의 원인을 강구하여서 행정에 하소연할 곳 없는 사람을 먼저 선처하였습니다. 강의 물고기를 영구히 살려주었는데 하물며 핏덩이 아기 같은 백성이었겠습니까! 교활한 아전이 손을 맞잡아 두려워하였고 영구히 간사한 꾀를 끊었으며 몇 달이 되지 않아 먼 데 사람이 마음으로 복종함에 깊은 속마음을 얻은 듯하였고 백성이 아울러 복을 받았습니다.

그런데 어인 일로 한번 앓으심에 뜻을 품은 채 돌아가셨습니까! 거리에 곡소리가 서로 이어졌고 원통하게도 갑자기 인민에게서 선생을 빼앗아가니 거지 아낙네도 제사를 올릴 생각을 하였고 상여꾼이 멀리에서 왔습니다. 하늘과 땅이 장구하여도 끝이 있지만 남기신 사랑은 사라지기 어렵습니다. 아! 선생이시여! 여기에서 그치십니까!

　저는 어리석고 몽매하여 늦게 산골 호수에서 절을 하였더니 부지런히 장려해주시고 자주 굽혀서 가르치심을 꺼리지 않으셨습니다. 안면도 승경을 찾고 멀리 두류산을 방문하심에 저를 끌어서 함께 갔는데 일을 당하면 이치에 밝았고 움직이고 고요하고 말을 하고 행동을 함에 가르쳐 보임 아닌 것이 없었습니다. 내가 완고하고 둔한 것을 안타깝게 여겨서 십 년을 처음처럼 이끌어주셨습니다. 통진通津에 수령으로 나가게 되었는데 사려가 짧고 재질이 엉성하여서 걱정을 하였더니 일엽편주로 오셔서 머물며 온갖 상황을 들어 가르쳐주셨습니다. 가서 강가 누대에서 절을 하니 백성의 완악함을 탄식하시고 벼슬을 버리지 않으면 큰 화가 반드시 이르리라 하셨는데 얼마 지나지 않아 과연 이루어졌으니 선견지명이 귀신같습니다.[161] 적소謫所에서 상을 당하여[162] 산이 텅 빈 것처럼 비통하게 애도하였으나 한 필 말로 멀리 돌아가 보고자 해도 갈 수 없어서 눈물만 줄줄 흘렸습니다. 그런데 몸을 보호하는 방법과 효도를 마치는 이치를 예에 의거하여 부지런히 깨우치셔서 끝내 제 몸을 훼손하지 않게 하셨습니다.

어찌 알았겠습니까? 이날 삶을 마치고 영결할 줄을. 덕스러운 용모를 마음속으로 생각함에 남쪽을 바라보며 애절하게 통곡합니다. 아! 경세의 의지가 끝났도다. 영재를 기르는 계책이 영영 바랄 수 없게 되었도다! 인한 사람은 반드시 장수한다는데(仁者必壽)[163] 어찌 여기에서 그치는가? 그 지위는 덕에 걸맞지 않았으니[164] 하늘은 믿을 수 없도다. 인한 사람에게는 후손이 있다[165] 하는데 현명한 자식을 어찌 잃었는가? 범을 기르고 효를 손상하였으니[166] 하늘은 헤아릴 수 없도다.

아! 애통하다. 시운인가, 운명인가! 사방을 둘러보니 뉘라서 다시 나를 아낄까! 험난한 길을 걸어 비록 부지런히 힘쓰더라도 지극한 말을 듣기 어렵고 무덤 아래 배회하니 묵은 풀이 뿌리를 얽었네. 거동과 모습을 영영 떨어지니 통곡하여 사모함에 지탱하기 어렵도다. 통곡하여 사모함에 어찌할 수 없어서 거친 말을 주워 모아 영결사를 올리며 애오라지 조촐한 제물로[167] 제사를 지내 저의 미미한 정성을 드리나이다. 아! 선생이여, 저의 충정을 살피소서.　　　　　　　　　　－ 조중봉

묘갈명과 서문
墓碣銘竝序

숙부는 휘가 지함之菡이며 자가 형중馨仲이시다. 거처하는 곳에 흙으로 쌓고 그 위를 평평하게 하여서 정자를 지었으므로 스스로 호를 토정土亭이라고 하였으니 곧 내 선인先人(아버님)의 막내아우이시다.

어려서 부모님을 여의고 내 선인에게서 글을 배웠다. 성장해서는 모산수毛山守 정랑呈琅의 사위가 되었다. 초례를 치른 다음날 나가서 날이 저문 뒤에 돌아왔다. 새로 지어 입은 도포가 없는 것을 깨닫고 집안사람이 그 까닭을 묻자 "홍제교弘濟橋를 지나는데 구걸하는 아이들이 추위에 떨면서 신음하고 있는 것을 보고 도포를 나누어서 세 아이에게 옷으로 주었다." 하였다. 이 말을 들은 자가 기이하게 여겼다.

평소에는 거의 글을 읽지 않았지만 일단 책을 펴들면 반드시 낮이 지나고 밤이 새도록 보았다. 얼마 뒤 광릉 촌장廣陵村莊으로 나가서 종을 보내 등불 기름을 가져오게 하였다. 모산毛山이 말리며 말하기를 "사위가 글을 너무 지나치게 즐기는구나. 그러다 몸이 상할까 염려된다." 하였다. 허리에 도끼를 차고 산중으로 들어가 관솔(松明)을 찍어서 아궁이에 불을 지폈다. 연기가 자욱하고 불이 뜨거웠다. 사람들이 다투어서 피하였지만 공은 홀로 단정하게 앉아서 몸가짐이 흐트러지지 않았다. 한 해 남짓 그렇게 하였다. 경전(經)과 해설서(傳), 역사서(史)와 제자서(子)에 수많은 학자들(百氏)의 서적을 두루 천착하여서 섭렵하지 않은 것이 없었다. 이윽고 붓을 들어서 글을 지으면 말이 마치 물이 용솟음치고 산이 솟아나는 것처럼 활기차고 자연스러웠다.

장차 과거를 위한 공부를 할 것처럼 하더니 이웃에서 신은新恩의 응방應榜 행사로 연희宴戲를 벌이는 것을 보고 마음으로 천박하게 여기고는 마침내 그만두고 말았다. 뒷날 비록 과거 시험장에 들어가기는 하였으나 번번이 제술製述에 응하지 않았고 답안지(製紙)도 바치지 않았다. 사람이 그 까닭을 따져 물었더니 답하기를 "사람이란 저마다 좋아하는 바가 있다. 나 스스로는 이렇게 하는 것이 즐거워서 그만두고 싶어도 그만둘 수 없다." 하였다. 이는 대체로 (과거에 매달리는 현실의 세태를) 조소한 것이었다.

하루는 내 선인에게 이르기를 "제가 처갓집 가문(婦門)을 살펴보니 길한 기운이 없습니다. 떠나지 않으면 화가 장차 몸에 미칠 것입니다." 하고서 처자를 거느리고 서쪽으로 갔다. 다음

해에 화가 발생하였다.[168]

나중에 돌아와서는 선롱先壟이 바닷가에 있어서 세월이 오래되면 조수의 침해를 받을까 염려하여 제방을 쌓으려고 하였는데 수천 석 곡식이 없이는 불가능한 일이었다. 그래서 고기를 잡고 소금을 굽는 곳에 나가서 몸소 장사(取辦)를 하였는데 하지 않는 일이 없었다. 그러나 소득을 얻으면 혹은 불에 태워 버리기도 하고 혹은 산처럼 쌓아 놓았으나 처자식은 굶주린 기색이 있었다.

배 부리기를 좋아하여서 큰 바다를 다니기를 평지를 걷듯이 하였다. 무릇 국내 산천은 멀다고 하여 가지 않은 곳이 없었고 험하다고 하여 건너지 않은 곳이 없었다. 간혹 여러 차례 추위와 더위가 지나도록 간 곳을 알 수가 없었다.

평소에 우애가 돈독하여서 멀리 떠나 있을 때가 아니면 하루라도 형제와 거처를 달리하지 않았다. 제사에는 정성을 극진히 하였는데 모두 『문공가례文公家禮』에 의존하지는 않았으며 돌아가신 선조를 섬기기를 살아계시는 어른을 섬기는 것처럼 하였다.[169] 남을 대할 때에는 훈훈한 봄날처럼 하였고 자기 처신은 천 길 절벽이 우뚝 서 있듯이(壁立千仞)[170] 하였다. 평소 자식과 조카를 가르칠 때 여색女色을 가장 경계하여서 늘 말하기를 "여기에 엄격하지 못하면 나머지는 족히 볼 것이 없다." 하였다.

극기克己에 더욱 힘을 쏟았는데 배고픔을 참을 때는 열흘 동안 익힌 음식(火食)을 먹지 않았고 목마름을 견딜 때는 무더운 여름철에 물을 마시지 않았고 고달픔을 참을 때는 발이 부르트도록 걷기도 하였으나 오히려 자기를 감추고 세속에 묻혀 살면서 규각圭角을[171] 드러내지 않았다. 그래서 사람들은 왜 그렇게 하는지 알지 못하였다. 그러나 이따금 사람을 놀라게 하는 특이한 행동이 한두 번이 아니었다. 예컨대 폐양자(蔽陽)를 쓰고 거친 베옷(麤葛)을 입고 나막신(木屢)을[172] 신고 짐승에 길마(木鞍)를 얹어서 타고 관부官府나 성시城市에 들어가면 손가락질하면서 비웃지 않는 사람이 없었는데 오히려 태연자약 하였다.

학문을 함에 늘 경건을 주로 하고 이치를 궁구하며(主敬窮理) 독실하게 실천하는(踐履篤實) 것을 우선하였다. 일찍이[173] 말하기를 "성인은 배워서 이룰 수 있다.(聖可學)[174] 오직 자포자기하고서 실천하지 않는 것이 근심일 뿐이다." 하였다. 의리를 논하고 시비를 변별할 때에는 논리가 명확하고 당당하였으며 통찰력이 탁월하였다. 사물을 인용하고 유사한 사례로 비유할 때에는 미세하게 분석하여서 사람들로 하여금 귀담아 듣고 마음속에 흠모하게 함으로써 혼매한 자는 밝아지고 의혹을 가진 자는 의혹이 풀리고 취한 자는 깨우침을 얻었으니 그 은혜가 후학에게 미친 것이 많았다.

재주는 한 시대를 구제하기에 충분하였지만 세상에서 아무도 시험해보지 않았다. 행실은 세속의 규범이 되기에 충분하였지만 세상에서 아무도 지표로 삼지 않았다. 지혜는[175] 미세한 것까지 밝히기에 충분하였지만 세상에서 아무도 알지 못했다. 도량은 민중을 수용하기에 충분하였지만 세상에서 아무도 헤아리지 못하였다. 덕은 남들을 누르기에 충분하였지만 세상에서 아무도 높일 줄 몰랐다. 그리하여 한갓 그 외양만 보고서 혹은 고인高人이나 일사逸士라고도 하고 혹은 사람됨이 무리에 탁월하여서 어디에 얽매이지 않는 자라고도 하였는데 이런 말이 어찌 내 숙부를 알고 하는 말이겠는가? 그리고 숙부에게 무슨 관계가 있는가!

일찍이 말씀하기를 "백 리 되는 고을을 얻어서 다스리게 되면 가난한 사람을 부자로 만들 수 있고 야박한 풍속을 돈독하게 하고 어지러운 것을 다스려지게 하여서 충분히 (나라의) 보장保障이 되게 할 수 있을 것이다." 하였다. 말년에 한 번 세상에

나간 것은 그 의도가 대체로 여기에 있었으나 불행히도 병환으로 관직에서 졸하였다. 이는 하늘의 뜻인가, 팔자 때문인가!

수壽는 육십이 세였다. 선조부先祖父의 묘 오른쪽에 장사를 지냈다. 아들이 넷이었는데 모두 장수하지 못하였다. 손자는 거인據仁이며 아들 술述을 낳았다.

불초하여 보잘것없는 내가 일찍이 책 상자를 지고 스승을 찾아가서 배우지 못하였고 가정에서 배워서 훈도를 받아 성취한 효과는 없었지만 문호門戶를 유지하여서 죄악에 빠지지 않은 것은 모두 숙부의 영향을 받은 것이다. 흐느끼면서 명을 쓴다.

다음과 같이 명한다.

아,
하늘이 이분을 내신 것이
우연이 아닙니까
아니면 우연입니까!
우연이라면 어쩔 수 없지만
아니라면 어찌 이렇게 되고 말았습니까!
현달한 것은 애초에 바라지 않았으니
곤궁함을 스스로 즐기고

성인은 배울 수 있다 하셨습니다

자기를 극복하고

오만한 듯하나 공손하며

두루뭉술한 듯하나 반듯하였습니다

좌우를 황홀하게 하여서

남들이 아무도 헤아리지 못했습니다

만년에 한번 일어나

조금 시행하였으나

끝을 보지 못하였습니다

하늘이여! 슬프도다!

噫!

天之生

不偶耶

其偶爾耶

偶則無奈

不偶則胡寧已耶

達固非願

窮自樂

謂聖可學

己能克

似傲而恭

若和而方

悅惚左右

人莫能量

晚一起

爲少[176]施

亦不終

天乎可悲

- 조카 산해

민진후가 아뢰다, 을유년(1705) 6월
[閔鎭厚所啓 乙酉六月]

을유년 6월 일. 판윤 민진후閔鎭厚가 아뢰기를 "고 현감 이지함은 곧 선묘宣廟(선조) 시대(朝)의 유명한 사람입니다. 선정신 조헌의 상소에서 선정신 이이, 성혼과 아울러 진술하기를 '세 사람의 학문은 취향이 비록 같지 않지만 그 마음을 맑게 하고 욕심을 적게 함과 지극한 행실이 세상의 모범이 됨은 같습니다. 모두 여러 선현을 포장하는 예에 따라 제사를 지내고, 청컨대 작위를 증여하고(贈爵) 시호를 내려서(賜諡) 경박한 풍속을 돈독하게 하고 나약한 사내를 굳게 세우게 하소서.' 하였습니다. 만력 무인년(1578)에 승정원과 경연관 홍적이 역시 증작贈爵을 청하였으며 세 정승이 시행을 계청하였으나 당시 국가에 여러 일이 많아서 겨를이 없었다고 한 내용이 선배의 기록에 나와 있습니다. 이러한 사람들을 아직 포상하고 증작하지(褒贈) 않은 것은 실로 성스러운 조정의 흠전欠典입니다. 대신에게 물어서 처리하는 것이 어떻겠습니까?" 하였다.

임금이 말하기를 "우상의 뜻은 어떠한가?" 하였다.

우상 이유李濡가 아뢰기를 "건의하는 자가 없어서 이러한 사람들을 포상하고 증작하는 전례를 궐하여서 거행하지 않았는데 지금 만약 시행을 허락한다면 어찌 성스러운 조정에 빛이 나지 않겠습니까?" 하였다.

판윤 민진후가 아뢰기를 "이지함의 관직은 현감에서 그쳤으나 실로 세상에 고매한 사람이며 그 기이한 행적이 지금까지 많이 전해지고 있습니다. 또한 조헌의 현명한 안목으로써 평생 인정한 바가 적었는데 칭찬하여 일컬은 바가 이와 같음에 이르렀으니 역시 그가 명현임을 알 수 있습니다. 어찌 포상하고 증직하는 거조가 없겠습니까?" 하였다.

상이 말하기를 "해당 조에 분부하여서 거행하는 것이 좋겠
다." 하였다.

김우항이 아뢰다, 계사년(1713) 5월 23일
[金宇杭所啓 癸巳五月二十三日]

계사년 5월 23일. 인견할 때 예조판서 김우항金宇杭이 아뢰기
를 "고 현감 이지함은 곧 선묘 시대의 명신입니다. 선정신 조헌
의 상소에서 선정신 이이, 성혼과 아울러 진술하기를 '세 사람의
학문은 취향이 비록 같지 않지만 그 마음을 맑게 하고 욕심을
적게 함과 지극한 행실이 세상의 모범이 됨은 같습니다. 모두
여러 선현을 포상하여 장려하는(褒獎) 예에 따라 제사를 지내고,
청컨대 작위를 증여하고 시호를 내려서 경박한 풍속을 돈독하
게 하고 나약한 사내를 굳게 세우게 하소서.' 하였습니다. 조헌
의 현명한 안목으로써 평생 인정한 바가 적었는데 칭찬하여 일컬
은 바가 이와 같음에 이르렀으니 그가 명현임을 알 수 있습니
다. 을유년에 판윤 민진후가 경연에서 포상과 증작을 청하여서
아뢰었는데 상께서 대신에게 물으니 대신이 역시 시행을 청하여

서 해당 조에 분부하라고 교시하셨습니다. 이지함은 세상에 드문 선비이니 증작에서 그쳐서는 안 됩니다. 아마도 마땅히 역명易名(시호를 내림)의 전례를 특별히 시행하도록 다시 대신에게 물어서 처리하는 것이 어떻겠습니까?"하였다.

상이 이르기를 "이 말이 어떠한가?"하였다.

영상 이유가 아뢰기를 "예판禮判이 아뢴 바가 옳습니다. 이지함은 실로 세상에 드문 재질이며 선배가 인정한 바가 범상하지 않습니다. 이러한 사람은 오히려 포상하고 증작하는 전례를 궐하면 진실로 흠 있는 일입니다. 특별히 작위를 증여하고 시호를 증여하도록(贈諡) 허락함이 마땅할 듯합니다."하였다.

좌상 ○○○가 아뢰기를 "이지함은 명종, 선조 사이의 명인입니다. 다만 조헌의 말뿐만 아니라 선정이 인정하지 않은 사람이 없었으며 사림에서 지금까지 중한 명성이 있습니다. 일찍이 증직贈職하라는 전교가 있었습니다. 해당 조에서 아직 거행하지 않고 있으니 참으로 흠전입니다. 이러한 사람은 증직에 그쳐서는 안 됩니다. 특별히 역명의 전례를 시행하는 것이 마땅하겠습니다."하였다.

상이 이르기를 "특별히 시호를 증여하는 것이 좋겠다."하였다.

• 토정유고부록시장土亭遺稿附錄諡狀

증 자헌대부 이조판서 지의금부사 오위도총부도총관
성균관좨주 세자시강원찬선 행 선무랑 아산현감 이 공
시장
贈資憲大夫吏曹判書兼知義禁府事五衛都摠府都摠管成
均館祭酒世子侍講院贊善行宣務郎牙山縣監李公諡狀
　선생은 휘가 지함이고 자가 형중이다. 스스로 호를 토정이
라고 하였는데 거주하는 집에 흙으로 쌓아서 정자를 지었기
때문이다. 한산이씨韓山李氏는 대대로 이름난 사람이 있었는
데 시호는 문효공文孝公이요, 휘는 곡穀인 가정稼亭, 시호는
문정공文靖公이요, 휘는 색穡인 목은牧隱에 이르러서 부자가
고려조高麗朝에서 벼슬하여 큰 명성이 있었다. 가정(이곡)은
바로 선생의 7대조이다.
　문정(이색)은 휘 종선種善을 낳았다. 종선은 본조本朝에 들
어와서 벼슬이 좌찬성左贊成에 이르렀는데 시호는 양경良景
이다. 성품이 지극히 효성스러웠다. 옛터에 정표비旌表碑가 있
다. 찬성은 휘 계전季甸을 낳았다. 계전은 한성부원군漢城府院
君으로서 영의정領議政에 추증되었다. 시호는 문열文烈이다.

문렬이 휘 우墒를 낳았다. 우는 대사성大司成을 지냈고 참판에 추증되었다. 참판은 휘 장윤長潤을 낳았다. 장윤은 현감을 지냈고 판서에 추증되었다. 판서는 휘 치稺를 낳았다. 치는 현령을 지냈고 좌찬성에 추증되었으며 바로 선생의 아버지이시다. 정덕正德 12년 정축년(1517, 중종 12) 9월 20일에 선생을 낳았다. 선생은 나면서부터 재질이 남달랐고 정신과 기운이 맑고 밝았으며 목소리가 크고 또렷하여서 보는 사람들이 기이하게 여겼다. 어려서 아버지를 여의고 맏형 성암공省庵公(이지번)을 따라 배웠다. 장성하여서 모산수 이정랑의 집안에 장가 들었다. 초례醮禮를 치른 다음 날 외출했다가 저녁에 돌아왔는데 집안사람이 새로 지어서 입은 도포가 없어진 것을 보고 그 까닭을 물었더니 구걸하는 아이들이 추위에 떠는 것을 보고 잘라서 세 아이에게 입혀 주느라 도포를 다 썼다고 하였다.

평소에 글을 읽었는데 낮이 지나고 밤을 새웠다. 광릉 촌장으로 나가서 종을 보내 등불 기름을 가지고 오게 하였다. 모산이 말리며 말하기를 "사위가 글을 너무 지나치게 즐기는구나. 그러다 몸이 상할까 염려된다." 하였다. 허리에 도끼를 차고 산중으로 들어가 소나무를 찍어서 방에 불을 지폈다. 연기가 자욱하고 불이 뜨거웠다. 사람들이 다투어서 피하였지만 선생은 단정하게 앉아서 몸가짐이 흐트러지지 않았는데 한 해 남짓 그렇게 하였다. 뭇 성인의 서적과 여러 학파(百家)의 문장을 천착하지 않음이 없었다. 붓을 잡고 문장을 지으면 물이 용솟음치고 산이 솟아나는 것처럼 활기차고 자연스러웠다.

장차 과거를 위한 공부를 할 것처럼 하더니 이웃에서 급제하여 연회를 베풀고 기뻐하며 노는 것을 보고서 마음속으로 천히 여겼다. 뒷날 비록 과거 시험장에 들어가기는 하였으나 번번이 제술을 하지 않았고 제술을 하더라도 답안지를 제출하지 않았다. 사람들이 그 까닭을 묻자 "사람이란 저마다 좋아하는 바가 있다. 나 스스로는 이렇게 하는 것이 즐겁다." 하였다.

하루는 성암공에게 말하기를 "제가 처갓집 가문을 살펴보니 길한 기운이 없습니다. 떠나지 않으면 화가 장차 미칠 것입니다." 하고서 처자를 거느리고 보령에 임시로 거처하였는데, 이듬해 부인의 집안이 과연 화를 당했다.[177]

부모를 장사 지내게 되었는데 그 묏자리를 살펴보니 응당 재상 둘이 날 것이나 막내아들에게는 이롭지 않다고 하였다. 선생은 바로 막내였기에 이를 강행하면서 스스로 그 재앙을 감당하였다. 뒷날 형의 아들 아계 이산해와 충간공 이산보는 벼슬이 1품에 이르렀으나 선생의 아들은 요절하여서 현달하지 못했다. 선생이 범상하게 말하기를 "내 자손이 지금은 비록 영락零落하나 뒷날 반드시 많아질 것이니 현달하는 자가 있을 것이다." 하였다.

부모의 무덤이 바닷가에 있었기에 세월이 오래되면 조수의 침해를 받을까 염려하여서 제방을 쌓으려고 하였는데 수만 석 곡식이 없이는 불가능한 일이었다. 그래서 고기를 잡고 소금을 굽고 장사하는 사람들 사이에서 몸소 장사를 하였는데 하지 않는 일이 없었으며 일이 성취되지 않고서는 그만둘 마음이 없었다. 지성스러운 효도에 독실하기가 이러하였다.

다음 해에 큰 흉년이 들자 개연히 만인을 구제하려고 힘껏 곡식이 있는 곳에서 없는 곳에 교역을 하여서(懋遷有無)[178] 곡식을 산더미처럼 쌓아두고 모두 가난한 백성에게 흩어 주었으나 처자식은 굶주린 기색이 있었다. 일찍이 넓은 집을 지어서 헐벗은 걸인들을 머무르게 하고 그들에게 수공업을 가르쳐서 저마다 입을 거리와 먹을 거리를 마련할 수 있도록 하였다. 가장 무능한 자에게는 볏짚을 주고 짚신을 만들게 하였는데 하루 일로 쌀 한 말을 마련하지 못하는 사람이 없었다.

맏형, 작은형과 우애가 돈독하여서 멀리 떠나는 일이 아니면 하루라도 거처를 달리하지 않았다. 제사를 지낼 때는 반드시 『주문공가례朱文公家禮』에 따라 정성을 극진히 하였는데[179] 돌아가시고 안 계신 선조를 섬기기를 살아계시는 어른을 섬기는 것처럼 하였다.[180]

자손을 가르칠 때 여색을 가장 경계하여서 말하기를 "여기에 엄격하지 못하면 나머지는 족히 볼 것이 없다." 하였다. 일찍이 배를 타고 바다를 건너 제주에 간 적이 있었다. 제주 목사가 그의 이름을 듣고서 객관에 맞아들였다. 아름다운 기생을 뽑아서 잠자리를 시중들게 하면서 곳간의 곡식을 가리키며 "만약 이 군의 총애를 얻는다면 이것을 상으로 주마." 하였다. 기생이 기필코 그를 어지럽히려고 밤새도록 아양을 떨었으나 끝내 더럽히지 못하였다. 제주 목사가 더욱 존경하였다.

성암공이 서울에 있었는데 병에 걸렸다는 소식을 듣고, 보령에서 도보로 찾아가 뵈었고 성암공이 세상을 떠나자 "형님에게는 스승의 도리가 있다." 하고 삼 년간 심상을 입었다.

선생은 스스로 다스림에 엄격하여서 천 길 절벽이 우뚝 서 있듯이(壁立千仞)[181] 하였으나 남을 대할 때에는 화기애애하였다. 다른 사람에게 한 가지 좋은 점이라도 있다고 들으면 천

리를 멀다고 여기지 않고 가서 만나 보았다. 안명세가 죄 없이 죽자[182] 추도하기를 마지않았다. 박춘무가 담담하고 고요하게 스스로를 지켰고 서치무가 은거하여서 도를 즐긴 것은 선생이 처음부터 끝까지 권면하여서 성취시킨 것이다.

선생은 타고난 기품이 남달랐으며 극기의 공부에 힘을 써서 추위와 더위, 굶주림과 목마름이 침입할 수 없었다. 겨울철에 벌거벗은 몸으로 눈 덮인 바위에 앉아 있기도 하고 한여름에 물을 마시지 않기도 하고 열흘 동안 익힌 음식을 먹지 않기도 하였다. 혹은 도보로 수백 리를 갔는데 지친 기색을 보이지 않았다. 일찍이 대지팡이를 짚고 길을 가다가 잠을 잘 때 두 손으로 지팡이를 짚고 몸을 구부리고 고개를 숙이고는 두 다리를 벌리고 반듯하게 섰는데 코 고는 소리가 우레와 같았다. 말과 소가 부딪혔다가 뒤로 물러났지만 선생은 꼼짝도 않고 산처럼 서서 조금도 동요가 없었다. 남명이 일찍이 선생이 굶주림을 참고 추위를 견디는 것을 보고 농담하기를 "타고난 기운이 이와 같은데 어찌하여 신선을 배우지 않는가?" 하였다. 선생이 용모를 가다듬고 말하기를 "어찌 사람을 이다지도 얕잡아 보십니까?" 하였다. 남명이 웃으며 사과하였다.

선생이 세상을 잊는 데 과감한 것은 아니었지만 마침 허자許

磁와 이기李芑가 일으킨 칼부림을¹⁸³ 겪은 나머지 덕을 감추고 화를 피하여서(儉德避難)¹⁸⁴ 사람들로 하여금 그의 인품의 크기(畦町)를 알게 하려고 하지 않았으므로 재능을 감추고 세상에 뒤섞여서 살았던 것이다. 누차 조정의 부름을 사양했지만 일찍이 말하기를 "백 리의 고을을 얻어서 다스린다면 가난한 사람을 가멸하게 하며 야박하고 풍속을 중후하게 하고 어지러운 것을 다스려지게 하여서 충분히 국가의 보장이 되게 할 수 있을 것이다." 하였다.

만년에 조정의 부름에 응하여 포천 현감이 되었을 때 소를 올려서 바로 도덕·인재·온갖 재용(百用)에 관한 설로 세 가지 대책을 설정하여서 정치의 표준을 세우고 백성에게 복을 내리는(建極錫福) 도리를 간곡하게 언급하고 임금(元首)과 신하(股肱)의 의리를 반복하여서 설명하였다. 그리고 끝에 가서는 재화를 생산하여서 백성을 구제하는 임무를 다시 부연 설명하기를 "포천의 백성은 어미 없이 헐벗은 거지아이 같아서 오장이 병들고 온몸이 야위었습니다. 어찌 차마 그들이 죽어가는 것을 서서보고만 있겠습니까! 지금 만약 바다 속의 무궁한 물고기를 잡아 올리고 무진장한 소금물을 굽는다면 몇 년 안에 수천 휘(斛)의 곡식을 얻을 수 있습니다. 이 어찌 널리 은혜를 베풀어서 백성을 구제하는(博施濟衆)[185] 데 일조가 되지 않겠습니까? 어떤 사람은 "군자는 의를 말하고 이익은 말하지 않는다. 어찌 감히 재물과 이익(財利)에 관한 일을 군부君父께 진달하는가?" 하고 말하기도 합니다. 잔인합니다. 이 말이여! 손님을 초대하여 잔치를 하는 처음(賓之初筵)에 관을 삐딱하게 쓰고 자리를 떠나 옮겨 다니는 것은[186] 무례하다고 책망할 수 있으나 어린 아기가 기어서 우물에 막 빠지려고 하면 관을 바로잡지 않고 엎어질 듯 달려가서 구하는데 어찌 손놀림을 공손하게 하지 않고 발걸음을 무겁게 하지 않는다고[187] 책망할 겨를이 있겠습니까? 옛날에 자사가 이익을 먼저 말하였고 주자가 조적糴糶에 힘썼으며 여상呂尙(강태공)은 성인의 무리인데도 또한 물고기와 소금의 이익을 유통하였습니다. 어떤 사람이 망언을 하여서 백성을 구제하는 정책을 저지하니 하늘이 반드시 그를 미워하실 것입니다." 하였다.

　누누이 아뢴 수천 마디 말은 임금을 사랑하고 백성을 걱정하는 간절한 정성에서 나온 것으로서 그 계책을 낸 것은 문왕文王이 기주岐周를 다스리고 추나라 성인鄒聖(맹자)이 생업을 제정한 것과 은연중에 부합하였으니 참으로 이른바 '인한 사람의 말은 그 이익이 넓다.'[188]는 것이다. 어찌 허황하고 쓸데없는(廓落)[189] 빈말과 견줄 수 있겠는가! 조정에서 그 계책을 써주지 않자 곧 관직을 버리고 돌아갔다.

뒤에 아산 현감이 되어서 또 소를 아뢰어서 군액軍額을 줄이고 부세를 겨레에게 징수하는 법(一族法)을 없앨 것을 청하였는데 역시 말이 명백하고 딱 들어맞았으나 나라에서는 버려두고 쓰지 않았다. 고을에 물고기를 기르는 못이 있어서 백성들에게 해마다 물고기를 관아에 바치도록 하여서 백성들이 매우 괴로워하였다. 선생이 못을 메워서 후환을 끊어 버렸다. 아산 향교 유생(章甫)의 무리를 가르치고 타일러서 문무의 재주를 강습하여 국가의 쓰임에 대비하려고 하였는데 얼마 되지 않아 관아에서 질병으로 졸하였다. 만력 6년(1578, 선조 11) 7월이었다. 향년 육십이 세이다. 온 고을 사람들이 달려가 울부짖으며 곡을 하였는데 마치 친척의 상을 당한 듯이 슬퍼하였다.

선생은 인품이 뛰어나고 위대하며 고매하고 시원시원하였다. 마음을 맑게 하고 욕심이 적었다. 식견이 탁월하게 빼어나서 하늘과 사람의 이치를 꿰뚫어 보았다. 재능을 깊이 감추고 멀리 세속을 벗어나서 마치 규범을 벗어난 듯하였지만 평소 그 행실을 살펴보면 진실로 법도(規矩)를 따랐다. 그 학문은 경건을 주로 하고 이치를 궁구하며 독실하게 실천하는 것을 우선으로 삼았다. 일찍이 이르기를 "성인은 배워서 이를 수 있다. 오직 자포자기 하여 행하지 않을까 걱정될 뿐이다." 하였다. 의리를 논하고 시비를 변별할 때에는 논리가 명확하고 당당하며 통찰력이 탁월하였다. 사물을 인용하고 유사한 사례로 비유할 때에는 미세하게 분석하여서 사람들로 하여금 귀담아 듣고 마음속에 흠모하게 함으로써 혼매한 자는 밝아지고 의혹을 가진 자는 의혹이 풀렸다. 천문·지리·의약·복서·율려·산수와 음률을 알았고 형상을 관찰하는 등의 잡술雜術에도 세세한 부분까지 이해하고 널리 통탈하였으나 이는 다만 학문의 남은 실마리를 더듬은 것일 뿐이었다.

재주는 한 시대를 구제하기에 충분하였고 행실은 세속의 규범이 되기에 충분하였고 지혜는 미세한 것까지 밝히기에 충분하였고 도량은 민중을 수용하기에 충분하였고 덕은 남들을 누르기에 충분하였으나 속에 쌓인 포부를 펴보지 못했다. 만년에 작은 고을을 맡아 시험해보았으나 역시 한두 가지도 발휘하지 못하고 뜻을 지닌 채 졸하였다. 어찌 하늘의 뜻이 아니겠는가!

선생은 저술하기를 좋아하지 않아서 집안에 전하는 것이 거의 없다. 선생의 「대인에 관하여(大人説)」에 "사람에게는 네

가지 소원이 있다. 안으로는 신령하고 강건하기를 원하며 밖으로는 부유하고 귀하게 되기를 원한다. 귀하기로는 작위를 얻지 않는 것보다 귀한 것이 없고 부유하기로는 욕구하지 않는 것보다 부유한 것이 없으며, 강하기로는 다투지 않는 것보다 강한 것이 없고 신령하기로는 지각하지 않는 것보다 신령한 것이 없다. 그러나 지각하지는 않지만 신령하지 않은 경우가 있는데 어둡고 어리석은 자가 그러하다. 다투지는 않지만 강하지 않은 경우가 있는데 나약한 자가 그러하다. 욕구하지는 않지만 부유하지 않은 경우가 있는데 빈궁한 자가 그러하다. 작위를 얻지는 않지만 귀하지 않은 경우가 있는데 미천한 자가 그러하다. 지각하지 않아도 신령하고 다투지 않아도 강하고 욕구하지 않아도 부유하고 작위를 얻지 않아도 귀하게 되는 것은 오직 대인이라야 그렇게 할 수 있다." 하였다.

그「욕망을 적게 함에 관하여(寡欲說)」에 이르기를 "맹자가 말하기를 '마음을 기름에 욕망을 적게 하는 것 만한 것이 없다.' 하였다. 적게 한다는 것은 없앤다는 것이다. 처음에 적게 하고 또 적게 하여서 적게 할 것이 없는 데까지 이르면 마음이 비어서 신령하게 된다. 신령한 마음은 비추는 것이 밝다. 밝음의 실상은 성실함이다. 성실함의 도는 중中이다. 중의 발현은 화和이다. 중화中和라는 것은 공변됨의 아비이고 삶의 어미이다. (이 마음은) 성실하고 극진하여서 안이 없으며 크고 드넓어서 바깥이 없다. 바깥을 두는 것은 대상을 작게 한정한다. 처음 작게 하고 또 작게 하여서 마침내 형체에 얽매이게 되면 내가 있음은 알지만 남이 있음은 알지 못한다. 사람이 있음은 알지만 도가 있음은 알지 못한다. 온갖 사물에 대한 욕망이 서로 얽히면 해치는 것이 많아져서 욕망을 적게 하고자 해도 할 수 없는데 하물며 없기를 바라랴!" 하였다. 여기에서 선생의 한 글자 한마디가 인욕을 막고 천리를 보존하는 뜻이 아닌 것이 없음을 볼 수 있고 그 마음에 보존한 바를 알 수 있다.

아, 명종과 선조의 재위 기간에 하늘이 이 문화(斯文)를 도우셨다. 이때에 율곡(이이), 우계(성혼) 두 선생 같은 도덕과 조중봉(조헌) 같은 절의가 한 시대에 함께 빛났는데, 선생이 이에 도덕과 의리(道義)로써 그들과 사귀어서 곁에서 주선할 때 그 권면하고 훈계하는(勸戒) 뜻과 장려하고 칭찬하는 말이 똑같이 지극한 정성에서 나왔다.

중봉은 타고난 자질이 질박하고 두터우며 겉치레를 일삼지 않아서 세상에 알아주는 자가 없었다. 비록 (율곡, 우계와 같은) 여러 선생들이라 하더라도 그 재주가 부족하여서 쓰기에 적합하지 않다고 의심하면서 다만 절개를 지켜서 죽고[190] 정의를 위해 목숨을 바칠[191] 사람이라고 인정하였는데 선생만은 "예로부터 큰일을 맡는 사람은 항상 가난을 편안히 여기고 도를 즐기며(安貧樂道) 임금을 사랑하고 나라를 걱정하는 사람 속에서 나왔다. 조 군의 사람됨은 보통 사람이 알 수 있는 바가 아니다." 하였다.

하루는 중봉의 집에 갔는데 그때 장성長星이 하늘에 뻗쳐 있었다. 선생이 말하기를 "별의 응험應驗이 십수 년 뒤에 있을 터인데 천 리에 피가 흐를 것이다. 그대가 옛사람의 책을 많이 읽어서 임금께 재앙을 소멸시킬 수 있는 방도를 권면한다면 거의 흉변을 길조로 바꿀 수 있을 것이다." 하였다. 16년 뒤 과연 임진왜란이 일어났다.

율곡이 향리로 돌아가려고 하자 선생이 꾸짖으며 "그대가 어찌 차마 떠나가는가? 비유하자면 부모가 병이 위중하여서 약을 달여서 올리면 부모가 노하여서 혹 약사발을 땅바닥에 던진다고 해서 자식 된 자가 물러가 약을 드리지 않을 수 있겠는가?" 하였다.

중봉이 상소하기를 "신이 스승으로 섬기는 이가 세 사람이니 이지함, 이이, 성혼입니다. 이 세 사람은 학문의 취향은 비록 서로 다르지만 마음을 맑게 하고 욕심을 적게 한 것과 지극한 행실이 세상에 모범이 된 점은 다르지 않습니다." 하였다. 또 아뢰기를 "이 아무개는 선善을 즐기고 의리(義)를 좋아함이 천성에서 나왔으며 성혼과 이이가 가장 존경하고 존중하였습니다. 두 고을에 수령으로 나가서는 폐단을 없애고 곤궁한 사람을 진휼하였는데 원대한 규모를 수립하여서 시행하였으며 간사한 사람을 단속하고 아전을 다스렸는데 미워하지 않아도 엄하였기에 온 경내가 신명하다고 칭송하였습니다. 늘 한 사람이라도 제 삶의 자리를 잃음을 두려워한 것은 이윤과 같은 뜻을 품은 것이었고 털끝만큼도 스스로를 더럽히지 않은 점은 동방의 백이입니다." 하였다.

율곡이 일찍이 칭송하기를 "선생은 타고난 자질이 욕심이 적었고 명성과 이익(名利), 풍류와 여색(聲色)에는 담담하였다. 때로 농담을 하여서 점잖지 않은 모습을 보이기도 하였으니 사람들은 그가 속에 온축한 바를 헤아릴 수 없었다." 하였다. 또 말하기를 "형중馨仲(이지함)을 사물에 견주자면 기이한 꽃이나 이상한 풀, 진귀한 짐승이나 괴이한 돌과 같다." 하였다. 또 말하기를 "선생은 물에 비친 달과 같은 정회에 태갱처럼 속이 담담하였으며,[192] 충직하고 신실함이 사물을 감동하고 효성과 우애는 신명과 통하였으며, 얻고 잃음, 영화와 욕됨을 눈에 끓는 물을 부은 듯이 여겼다."하였다.

선생의 마음을 아는 사람으로서 세 선생만 한 이가 없었는데 그들이 이와 같이 칭찬하였으니 천년 뒤에도 이를 통해 선생의 인품을 알 수 있을 것이다. 그 유풍과 여운의 향기가 지금까지 사라지지 않았으니 사림士林은 덕행이 높은 스승으로 우러르지(高山景行)¹⁹³ 않는 이가 없다.

우재尤齋(송시열) 선생이 선생의 문집에 발문跋文을 쓰기를 "선생은 재주가 높고 기질이 맑아서 늘 사물의 바깥에서 초연하였다. 평생의 저술로서 오늘날까지 남아 있는 것은 몇 편뿐이지만 봉황의 깃털 하나만 보아도 오채五采의 무늬가 이루어졌음을 충분히 알 수 있으나 그 근본을 거슬러 올라가 보면 모두 마음을 맑게 하고 욕망을 적게 한 데서 나온 것이다."하였다. 아! 이야말로 학자를 잘 관찰하였고 적절하게 표현했다고 하겠다. 세상에서는 한갓 그 외양만 보고서 혹은 고인高人이나 일사逸士라고도 하고 혹은 사람됨이 무리에 탁월하여서 어디에 얽매이지 않는 자라고도 하였으니 역시 천박하게 선생을 안 것이라고 하겠다.

선생에게는 네 아들이 있었는데 장남 산두山斗는 일찍 죽었

고 차남은 산휘山輝이며 나머지 아들은 장성하지 못하고 요
절하였다. 선생이 늘 칭찬하기를 산두는 내 벗으로 삼을 만하
고 산휘는 내 스승으로 삼을 만하다고 하였다. 선생이 병석에
누웠을 때 몸소 질장구(缶)를 치면서 산휘더러 질장구 소리를
듣고 길흉을 점치게 하였다. 산휘가 짐짓 말하기를 "소리가 매
우 고르니 병은 근심할 만한 것이 아닙니다." 하고서 얼른 문
밖으로 나가서 가슴을 치고 울면서 "병은 손쓸 수 없게 되었
다." 하였다. 얼마 뒤 선생이 별세하였다(易簀).[194]

　장손은 거인據仁인데 별제別提이다. 2남 2녀를 낳았는데 아
들 둘은 술述이고 체達이다.[195] 맏딸은 참봉 조석趙碩에게 시
집을 갔고 둘째딸은 정랑 이대숙李大淑에게 시집을 갔다. 술
은 1남 1녀인데 아들 경의敬誼는 승지에 증직되었고 딸은 이시
창李時昌에게 시집을 갔다. 달은 6남 3녀인데 맏아들 필천必
天은 생원으로서 첨추僉樞(첨지사)와 오위장五衛將을 지냈다.
그 다음은 필명必明이고 그 다음 필진必晉은 진사이다. 그 다
음 필형必亨은 무과 출신이다. 그 다음 필괴必烠는 첨추와
오위장을 지냈다. 그 다음은 필상必相이다. 맏딸은 최우성崔
友聖에게 시집을 갔고 그 다음은 정덕항鄭德恒에게 시집을 갔
고 그 다음은 정규鄭奎에게 시집을 갔다. 조석은 아들 하나

를 낳았는데 (이름은) 세환世煥이며[196] 문과 출신으로서 감사를 지냈다. 이대숙은 아들 하나를 낳았는데 (이름은) 이형以馨이며 찰방을 지냈다.

경의는 아들 셋 딸 하나를 낳았다. 맏아들은 정오禎五이다. 그 다음 정래禎來는 문과 출신이며 정랑을 지냈다. 그 다음은 정지禎至이다. 딸은 심필영沈必英에게 시집을 갔다. 필천은 아들 둘을 낳았다. 맏이 정석禎錫은 생원이다. 그 다음 정익禎翊은 문과 출신이며 헌납을 지냈다. 필명은 아들 둘 딸 셋을 낳았다. 맏아들은 정린禎麟이고 그 다음은 정봉禎鳳이다. 맏딸은 한홍기韓弘基에게 시집을 갔고 그 다음은 김하정金夏鼎에게 시집을 갔고 그 다음은 구효민具孝閔에게 시집을 갔다. 필진은 딸 셋을 낳았다. 맏딸은 군수 박기조朴起祖에게 시집을 갔고 그 다음은 임행원任行遠에게 시집을 갔고 그 다음은 조정趙偵에게 시집을 갔다. 필형은 아들 하나 딸 둘을 낳았다. 아들은 정윤禎胤이며 맏딸은 권수權須에게 시집을 갔고 그 다음은 김익서金益瑞에게 시집을 갔다. 필괴는 아들 넷 딸 하나를 낳았다. 맏아들은 정식禎植이다. 그 다음 정억禎億은 문과 출신이며 정언을 지냈다. 그 다음은 정만禎萬, 그 다음은 정달禎達이다. 딸은 유언필俞彦弼에게 시집을 갔다. 필상은 딸 둘을 낳았다. 맏딸은 조이룡趙爾龍에게 시집을 갔고 그 다음은 박태수朴台壽에게 시집을 갔다. 최우성은 아들 넷 딸 넷을 낳았다. 문해文海는 진사이며 그 다음 응해應海는 무과 출신이다. 나머지는 모두 어리다.

정오는 아들 둘 딸 둘을 낳았다. 맏아들 직溭은 문과 출신이며 첨지를 지냈다. 그 다음은 집潗이다. 정래는 아들 다섯 딸 셋을 낳았다. 맏아들 만滿은 문과 출신이며 도사를 지냈다. 그 다음 심深은 문과 출신이며 장령을 지냈다. 그 다음 완浣은 문과 출신이며 지평을 지냈다. 그 다음은 해海이다. 그 다음 자滋는 문과 출신이며 좌랑을 지냈다. 정석은 아들 하나 딸 하나를 낳았다. 아들 한澣은 진사이며 딸은 심정혁沈廷赫에게 시집을 갔다. 정익은 아들 셋 딸 둘을 낳았다. 맏이는 도濤, 그 다음은 언漹, 그 다음은 현灦이다. 맏딸은 진사 김철근金鐵根에게 시집을 갔고 그 다음은 윤득화尹得和에게 시집을 갔다. 정린은 아들 둘 딸 둘을 낳았다. 맏아들 준濬은 진사이고 그 다음 융瀜은 진사이다. 맏딸은 소상기蘇相琦에게 시집을 갔고 그 다음은 한창흠韓昌欽에게 시집을 갔다. 정식은 아들 하나 딸 하나를 낳았다. 아들은 홍泓이고 딸은 조상정趙尙鼎에게 시집을 갔다. 정억은 아들 셋 딸 하나를 낳았다.

맏아들은 진津이고 그 다음은 수洙이고 그 다음은 혼混이다. 딸은 어리다. 정만은 아들 둘 딸 하나를 낳았다. 맏아들은 보溥이고 그 다음은 주澍이다. 딸은 어리다. 정윤은 아들 셋 딸 둘을 낳았는데 모두 어리다. 박기조는 아들 넷을 낳았다. 맏아들 성집聖輯은 좌랑을 지냈다. 그 다음 성로聖輅는 문과 출신이며 집의를 지냈다. 그 다음은 성재聖載이고 그 다음은 성보聖輔이다.

직은 아들 셋을 낳았다. 맏아들은 명석命錫이다. 그 다음 경석慶錫은 문과 출신이며 전적을 지냈다. 그 다음은 웅석應錫이다. 집은 아들 넷을 낳았다. 맏아들은 붕석鵬錫이고 그 다음은 봉석鳳錫이고 그 다음은 학석鶴錫이고 그 다음은 곡석鵠錫이다. 만은 아들 하나를 낳았는데 익등翼登이다. 심은 아들 셋을 낳았다. 맏아들은 성등聖登이고 그 다음은 선등先登이고 그 다음은 시등時登이다. 완은 아들 하나를 낳았는데 수등壽登이다. 해는 아들 하나를 낳았는데 형등馨登이다. 문과 출신이다. 한은 아들 다섯을 낳았다. 맏아들은 대춘大春이고 그 다음은 대수大受이고 그 다음은 대제大濟이다. 나머지는 어리다. 언은 아들 둘을 낳았다. 맏아들은 대유大圉이고 그 다음은 어리다.

선생의 자손이 처음에는 어려서 해를 입었으나 (天橫)[197] 실낱같이 끊어지지 않아서 백 년이 지난 지금에 이르러서는 쓰러진 나무에서 움이 트듯 내외 손자와 증손이 날로 더욱 번성하여서 모두 백여 인이나 되니 모두 기록할 수 없다. 세상이 모두 아름답게 칭송한다. 어찌 선생이 남기신 음덕의 보응(不食之報)이 아니겠는가! 그러니 선생의 말씀이 또한 징험이 된 것이다.

아산은 일찍이 벼슬을 한(簪笏)[198] 땅이며 보령은 부모가 사시던(桑梓)[199] 고을로서 선비와 벼슬아치(儒紳)가 사모하는 마음을 일으켜서 사당을 짓고 영령을 편안히 모셨다. 금상(숙종) 12년 병인년(1686)에 화암서원花巖書院이라고 사액하였다. 중봉이 선묘조(선조)에 소를 올려서 선생의 시호를 청하였고, 만력 무인년(1578, 선조 11)에 경연관 홍적洪迪이 증작을 청하였는데 삼공三公이 국가에 일이 많다 하여서 끝내 시행하지 못하였다. 금상 31년 을유년(1705)에 판윤 민진후가 아뢰어서 포상하고 증작하기를(褒贈) 청하여서 계사년(1713)에 이르러 이조판서吏曹判書에 추증되었다. 판부사判府事 김우항이 또 시호를 내려 주기를 청하자 임금이 특별히 윤허하셨다. 생전이나 사후에 영예롭게 해주는(哀榮)[200] 은전에 다시 서운함이 없게 되었다.

내(不侫)가 근래 일찍이 선배의 문장에 잡다하게 나오는 선생의 고상한 의론과 기이한 행적을 취해 보고서 무릎을 치고 탄복하며 주제넘게 옛사람을 평론하기를(尚論)[201] "내성외왕 內聖外王의 학문으로[202] 한가한 세월 속에 초연히 스스로 즐긴다는 평이야말로 선생의 뜻을 먼저 알았다고 할 만하다. 그런데 우리나라에서는 조예가 고명한 화담(서경덕)이나 입지가 확고한 남명(조식)과 백중을 이룬다 하지 않겠는가!"하였다.

삼가 선생의 현손 헌납 정익禎翊이 기록한 가승家乘을 가지고 이상과 같이 찬술하여서 시호를 내려 주는 은전을 청한다.

– 가선대부 사헌부 대사헌 이관명李觀命 삼가 글을 쓰다

태상시에서 시호를 의정하여 세 시호를 올리다. 문강文康, 문청文清, 청헌清憲인데 상이 문강으로 비점을 내리다.

도덕이 있고 견문이 넓음을 문이라 하고, 연원이 깊고 두루 통달함을 강이라 한다.

道德博聞曰文 淵源流通曰康

土亭遺稿跋識

토정유고발지

■ 토정유고발문, 송시열
土亭遺稿跋 宋時烈

나는 세상에 늦게 나서 토정 선생의 문하에서 직접 가르침을 받지는(灑掃)[203] 못했지만 그러나 선배와 어른들(長者)에게서 그 풍도와 명성(風聲), 사업과 행적(事爲)을 가만히 듣고서 높이 흠모하고 힘써 사모하지 않은 적이 없었다. 그 가운데 가장 근거로 삼을 수 있는 것은 중봉 조 선생이 일찍이 선조대왕께 아뢴 말이다. "신이 스승으로 섬기는 이가 세 사람이니 이지함·이이·성혼입니다. 세 사람이 덕에 나아간 것은 비록 같지 않지만 마음을 맑게 하고 욕심을 적게 한 것과 지극한 행실이 세상에 모범이 된 점은 다르지 않습니다."

아! 옛 세상의 성현으로부터 정자와 장횡거(程張, 정호·정이와 장재)[204] 같은 여러 위대한 유학자에 이르기까지 남을 가르치고 스스로 행함에 누가 마음을 맑게 하고 욕심을 적게 하는 것을 지극한 요령으로 삼지 않았겠는가! 대체로 그 마음이 맑지 않으면 본원本源이 병들 것이다. 그 욕심이 적지 않으면 사물의 얽매임(物累)이[205] 일어날 것이다. 사람이 비록 수식을 하여서 외양에 억지로 힘을 써서 스스로 현명한 체하려고 해도 먼지와 더러운 때가 마음속에 날로 쌓여서 끝내 천리가 소멸하고 인욕이 함부로 날뛰는 데 이를 것이다. 그렇다면 세 선생이 도를 행하고 배움을 삼은 것은 지극한 요령이었다 하겠다. 그러나 조 선생 역시 잘 관찰하고 잘 배운 자라 하겠다. 저 네 선생이 사람은 같지 않으나 도를 같이하여서 같은 세상에 서로 빛남으로써 나라의 융성함을 크게 떨쳤으니 어찌 아름답지 않은가! 세상에서 선생을 일컫는 이는 혹 실없고 허황한 부류에 갖다 붙이는데 어쩌면 선생의 재질이 고상하고 기질이 맑아서 늘 사물의 바깥에 초연하고 혹 포백숙속布帛菽粟(베와 비단, 콩과 조. 생필품)과 규구준승規矩準繩(컴퍼스와 직각자, 수준기와 먹줄. 법도, 규범)에[206] 순일하지 않았으므로 알지 못하는 사람이 은을 철이라고 부르는 것인가! 오직 율곡 선생이 기이한 꽃과 이상한 풀에 견준 것이 어쩌면 딱 들어맞는 것이 아닌가!

선생은 평소 저술을 좋아하지 아니하여서 지금 남아 있는 몇 편은 대체로 이른바 부득이한 것이었다. 이번에 현손 필진과 정래, 외현손外玄孫 조세환 억망嶷望(조세환의 자)이 힘을 합하여 수집하여서 겨우 1책을 만들었다. 그러나 봉황의 깃털 하나만 살펴보아도 오채五彩의 무늬가 이루어졌음을 충분히 알 수 있으나 그 근본을 거슬러 올라가 보면 모두 마음을 맑게 하고 욕망을 적게 한(淸心寡慾) 데서 나온 것이다. 아! 세상이 쇠퇴하고 도가 은미해져서(世衰道微)[207] 사람들이 이욕에 뒤엉켜(紛拏)[208] 있을 때 이 책을 말미암아 오직 이 청심과욕(淸心寡欲) 네 글자를 세상에 밝혀서 배움에 뜻을 둔 자로 하여금 향락(臭味)과 부귀(醲豢)에[209] 얽매이지 않고 우뚝하게 서도록 한다면 사물의 이치를 궁구하여 참다운 앎을 얻으며(格致)[210] 본심을 보존하고 본성을 길러서(存養)[211] 앎을 몸소 실천하고(踐履) 본심을 넓히고 채움으로써(擴充)[212] 날로 고명하고 광대한(高明廣大)[213] 영역에 이를 것이다. (이 책으로) 조정에서 벼슬하는 자도 청렴함을 기르고 치욕을 멀리하며, 인함에 뜻을 두고 의리를 행하여서 한결같이 일을 부지런히 하고 백성을 비호하며, 임금을 사랑하고 나라를 근심하는 것을 도리로 삼으며 감히 곁눈질하면서 자기 이익(自營)에 뜻을 두지 않게 된다면 세상의 교화에 만에 하나라도 도움이 되기를 바랄 수 있을 것이다. 이 때문에 나는 여기에 간절히 기대하고 감히 저속한 사람들과는 말하지 않는다.

후학 은진 송시열은 삼가 쓴다.

■ 토정유고발문, 권상하
土亭遺稿跋 權尙夏

　해동海東에 기이하고 위대하고 뛰어난 선비가 있었으니 세상에서는 그를 토정 선생土亭先生이라 일컫는다. 나는 일고여덟 살 때(髫齔)부터[214] 이미 그분의 풍문과 명성을 듣고서 덕행이 높은 스승으로 우러르는(高山景行) 마음이 있었으나 그 언론의 만에 하나도 얻어 볼 길이 없어서 늘 그것을 한으로 여겼다. 그러다 (선생이) 포천과 아산의 현감으로 있을 때 올린 봉사封事를 읽어 보니 참으로 온통 인하고 의로운 말씀이었다. 임금을 사랑하고 백성을 걱정하는 마음은 지극한 정성과 측은히 여기는 마음에서 터져 나왔으며 계책을 세운 것은 한결같이 문왕이 기주를 다스리던 규모에서 나왔다. 가령 그 말씀이 당세에 쓰였더라면 어찌 다스림이 상고시대만 못함을 근심했겠는가!

　옛날 율곡 선생이 선생을 기이한 꽃과 이상한 풀(奇花異草)에 비유하였으므로 일찍이 그 분의 타고난 품성은 비록 고상했으나 실용에는 혹 부족했다고 생각했다. 지금에 보니 반드시 그런 것은 아닌 듯하다. 이 어찌 선생이 자기 재능을 깊이 감추려고(韜晦) 일부러 익살스러운 말과 괴이한 행동을 해서 남들로 하여금 그분이 온축한 바를 헤아리지 못하도록 한 것이 아니겠는가! 그 세상을 고찰해보면 대체로 당시 허자, 이기가 일으킨 칼부림을 겪은 나머지 어쩌면 덕을 검소하게 하여서 환난을 피하려는(儉德避難)²¹⁵ 뜻에서 나온 것인가! 요부堯夫(소옹)와 같은 세상을 뒤덮은 호걸도 일생의 경륜經綸이 다만 풍화설월風花雪月²¹⁶ 사이에 있었으니 어찌 천고의 한이 아니겠는가!

선생이 저술한 것으로서 집안에 남아 있는 초고는 없고 전해들은 데서 얻은 것이 겨우 쓸쓸하여 몇 편뿐이지만 글자마다 모두 후학들에게 약과 침(藥石)이 되지 않은 것이 없었다. 애석하다! 그 아름다운 말과 착한 행실이 세상에 다 전해지지 않으니. 장령 이정익李禎翊 공, 정언 이정억李禎億 공, 감사 조세환趙世煥 공은 선생의 내외손이다. 그들이 이미 우암 노선생에게서 발문을 얻은 뒤 또 서문(弁卷)을 청하였더니 선생께서 승낙을 하였는데 마침 기사년(1689)의 재앙이²¹⁷ 일어나서 서문을 짓지 못했다. 지금 두 분 이 공이 다시 나에게 글을 부탁하였다. 나의 누추하고 졸렬한 글솜씨를 돌아보니 어찌 부처의 머리에 똥을 바르는 격(佛頭鋪糞)이²¹⁸ 아니겠는가! 그러나 선생을 사모해온(景仰) 지 이미 오래이므로 여기에 한마디 하지 않을 수 없기에 마침내 권말卷末에 위와 같이 감개의 뜻을 쓴다.

숭정 후 임진년(1712) 정월 초이레(人日) 후학 안동 권상하權尙夏 경건하게 제하다.

■ 토정유고지, 이정익
土亭遺稿識 李禎翊

우리 선조 토정 선생께서는 평소 글을 짓기를 좋아하지 않았고 혹 글을 짓더라도 집안에 원고를 남겨 놓지 않았기에 세상은 그 문장이 있음을 알 수 없었다. 선조께서 세상을 숨어서도 번민하지 않은 덕(避世无悶)이[219] 있어서 실로 문장이 있고 없음에 관심을 두지 않으셨기에 어떤 사람은 역시 불후의[220] 성대한 업적에 혐의가 없지 않다고 여겼다. 예전에 이 시중侍中(이선李選)이 옥서玉署(홍문관)에 선발되었을 때 전현의 유집遺集과 기술記述을 찾아서 열람하던 중에 선조께서 실제로 지은 글이 있어서 이를 모아서 한 질을 만들고 『토정유고』라고 이름을 붙이고 운각芸閣에 소장하였다. 내(不肖)가 취하여서 보고 집안에 간직한 옛 문건과 참조하여 교차 대조하고 고증하니 그 가운데 실상을 기록한 문자가 혹 이곳에는 있고 저기에는 없거나 저기에는 있고 여기에는 없는 것이 있었다. 이에 깎아내고 운문을 한 뒤 합하여서 하나로 편집하였다. 마침내 당대의 선생과 어른(長者)에게 질정을 하였더니 우암 송 선생이 발문을 쓰고 수암遂庵 권 선생이 또 끄트머리에 제발題跋을 써 주었다. 상서를 지낸 장암丈巖 정호鄭澔가 역시 책머리를 꾸미는(弁卷) 문장을 지었다. 이에 목판에 새겨서 길이 전하기로 도모하였다. 내가 이때 마침 동도東都(경주)의 부윤으로 나가게 되어서 창고의 남은 재용을 출연하고 공역을 감독하여서 10만에 공역이 끝나게 되었다. 선조의 아름다운 말씀과 착한 행실이 마침내 사라져서 들리지 않는 지경에 이르지 않게 되었으니 역시 때가 되어서 그러한 것인가! 선조께서 평생하신 일은 이미 전현이 드높이 찬양한(揄揚)²²¹ 데서 드러났으니 역시 어찌 우리 무리가 감히 입을 놀리겠는가!

　경자년(1720) 봄 3월 상순(上浣)에 현손 통정대부 수守 경주부윤 정익 두 번 절하고 삼가 기록하다.

土亭遺稿補遺

토정유고보유

토정 이지함이 선생을 방문한 적이 있었는데 우계에 와서 타이르기를 "공의 병이 이와 같은데도 책을 보기를 그치지 않고 있으니 책 읽기가 거의 성벽性癖이 되었소. 옛날 당의 명황明皇(현종)은 여색에 빠져서 몸을 망쳤기에 사람들이 모두 비웃었소. 이제 공은 독서에 탐닉하여 병을 키우고 있소. 책과 여색은 비록 청탁淸濁의 다름이 있으나 생명을 해치고 본성을 손상시키는 점은 한 가지라오. 그러니 오늘날 경서經書와 제자서(子書) 등 성현의 글은 역시 공에게 나쁜 물건이오." 하였다. 선생이 웃으면서 사례하였다.[222]

병술년(1586, 선조 19) 7월에 나주의 선비 양산숙梁山璹(1561~1593)이 찾아와서 5, 6일 동안 머물다가 돌아갔다. 서로 대화해 보고서 그가 학문에 뜻을 둔 선비인 줄 알았다. 그는 공부에 힘을 쓰는 방법을 알지 못한다고 하였다. 벗들 가운데 뛰어난 이를 물었더니 대답하기를 김광운金光運은 학문을 하려는 의지가 결연하고, 담양의 김언욱金彦勖(1545~1596)은 배움에 가장 오로지 정진하며, 송제민宋濟民(1549~1602)은 뜻과 기운이 맑고 높은데 모두 이토정李土亭(이지함)에게 배우려고 서당을 세우고 벗들을 모아 그곳에서 독서한다고 하였다.[223]

숙헌이 다음과 같이 말했다. 조대남趙大男 형이 착한 종을 얻기가 어렵다고 탄식하자 토정이 말하기를 "착한 선비도 쉽게 얻지 못하는데 하물며 종들이겠는가! 착한 종을 얻는 집은 만에 하나 있는 다행일 것이오. 반드시 착한 종을 구하려고 한다면 마음만 수고롭고 무익하오. 착하게 부리는 방도를 찾아야지 착한 종을 구해서는 안 되오. 종으로 하여금 착한 주인의 종이 되게 할 것이지 어찌 반드시 착한 종의 주인이 되려고 할 것인가!" 하였다. 이 말이 매우 좋으니 자기를 책망하고 남을 용서하는 뜻이 있다.[224]

청주 동쪽 20리에 상당산성이 있다. 토정 이지함이 우리나라의 강토를 분별해보고 가장 높은 곳이라고 평하였다. 산이 그다지 험준하지 않은데도 가장 높다고 한 까닭은 그 지형이 높은 데 자리 잡았기 때문이다.[225]

부사府使 이경우李慶祐를 보고서 아침은 검수역劍水驛에서 들었다. 조여식(조헌)과 함께 서헌西軒에 앉았는데, 조여식이 홍주洪州 사람 서치무의 행적을 이야기하였다. 서치무는 본래 사천私賤이었다. 천성이 개결介潔하여서 가을서리 같이 늠름

하고 털끝만큼도 남에게서 취하지 않았고 사람됨이 지극히 효성스러웠다. 선왕조先王朝에서 주의 목사(州牧)가 그의 행적을 적어서 조정에 올렸더니 포백布帛을 내려서 장려하라는 명이 있었다. 서치무는 스스로 생각하기를 어찌 실행이 없는데 헛되이 크나큰 은혜를 받겠는가 하고 굳게 거절하며 받지 않았다. 목사가 억지로 이를 주었더니 서치무는 부득이 받아 가지고 돌아와서는 대들보 위에 얹어 놓았다. 지금도 봉한 표지가 완연하다. 또한 서치무는 자식이 없었다. 그 주인이 극히 사나워서 몸소 그 집에 가서 재산을 빼앗아 수레 가득 싣고 갔다. 서치무는 돌아갈 곳이 없어서 그 아내와 함께 사방으로 걸식할 지경에 이르렀다. 토정 이지함이 듣고서 사람을 시켜 불러서 그의 재산을 관리하게 하여 떠돌지 않게 하였다. 대체로 서치무는 토정이 좋아하여 서로를 인정하였고 일찍이 함께 바다로 나가서 한라산을 유람한 자였다. 아! 이 사람이야말로 여러 세대에 걸쳐 얻기 어려운 자라고 하겠다. 학력이 없이도 이와 같았으니 그 자질의 아름다움을 볼 수 있다. 그 일을 들으면 사람들로 하여금 마음을 시원하게 한다.[226]

헌평공憲平公 이봉李封(1441~1493)은 목은牧隱(이색)의 증손이다. 글을 잘하여 명성이 있었고 성품이 엄격하고 굳세어서 사람들이 아무도 감히 사정으로 청탁을 하지 못하였다. 형조판서가 되어서 옥사를 다스릴 적에 법을 몹시 준엄하게 썼다. 이 때문에 억울하게 죽은 사람도 많았다. 같은 겨레붙이인 토정 이지함 공이 늘 말하기를 "헌평공이 돌아가신 뒤 지금 백여 년이 되었는데 그 자손이 미약해서 겨우 비렁뱅이를 면하고 있으니 어찌 형옥刑獄을 준엄하게 다스린 응보가 아니겠는가! 형관刑官이 된 자는 삼가지 않으면 안 된다." 하였다. 나는 두 번 형조판서를 지냈는데 매양 토정의 말을 생각할 때마다 깜짝 놀라 두려워하고 깊이 신경을 썼다. 이 어찌 한 가지 도움이 아니겠는가?

우리 일가(吾宗)의 이지번李之蕃·지무之茂·지함之菡 공은 모두 동복 형제간이다. 맏이와 막내는 재주와 행실이 일찍부터 드러나서 명성이 매우 자자했다. 맏이(長公)는 퇴계(이황)와 우정이 깊어서 자못 훌륭한 벗을 통해 인격의 좋은 영향을 받는(蓬麻) 유익함이 있었다. 막내(季公)는 이학理學에 통달하여서 학문을 하는 사람들이 그를 토정 선생이라고 일컬었다.

형제가 모두 지리地理를 알았다. 어머니 상을 당하여서 맏이가 막내에게 말하기를 "한산韓山에 계신 아버님 산소(先墓)는 산세가 낮고 미약해서 일찍이 비습卑濕한 것을 걱정하였다. 이번에 다른 땅을 골라서 이장을 하는 것이 좋겠다." 하였다. 마침내 형제가 호우湖右(호서)의 여러 산을 두루 돌아보았는데 여러 달이 지나도록 결정하지 못하였다. 그러다 홍주洪州 오서산烏棲山에 올라가서 사방으로 근처 고을의 산과 물의 형세를 바라보고서 탄식하며 말하기를 "이런 명산이 우리 고을 가까이에 있는 줄은 생각지도 못했다!" 하였다. 대체로 공의 형제가 늘 보령을 왕래하였는데 이 때문에 이곳을 보게 되었던 것이다.

그 땅은 주산主山에서 10여 리를 뻗어 내리는 동안 솟구치기도 하고 낮아지기도 하여서 마치 말이 빨리 치달리는 것 같았는데 형세가 꼭 바닷속으로 달려 들어가는 듯하다가 바다에 다다라서 멈추어서 천 길이나 되게 우뚝 솟았다. 또다시 산세는 구불구불 흘러 내려가다가 들 복판에서 맺혀져서 작은 언덕을 이루었는데 형상이 마치 누운 소와 같았다. 앞으로는 끝없이 넓고 큰 바다에 다다라 있었다. 또 봉우리가 깎아지른 듯이 뾰족한 섬이 하나가 바로 정면에 있었는데 이름을 고만高巒이라고 하며 혹은 고려 때 만호보萬戶堡라 불리기도 했

다. 맏이가 올라가 보고서 흔쾌하여서 비로소 묏자리(宅兆)를
정하였다.

날이 저물어서 산 아래 있는 어촌에서 잤다. 그 이튿날 주인
할멈이 맏이에게 묻기를 "손님은 어디서 오셨소? 어젯밤 꿈에
머리털이 하얀 늙은이가 모양도 기이하게 생겼는데 울면서 말
하기를 '너희 집에 온 손이 장차 내 집을 뺏으려고 한다.' 합디
다." 하였다. 맏이는 이 말을 듣고 마음속으로 기뻐하며 필경
산신령일 것이라고 생각했다. 장례를 모시려 할 때 그 아우 토
정에게 이르기를 "장례를 모시고 난 뒤 기해년(1539)에는 우
리 삼형제가 모두 귀한 아들을 얻을 것이다. 다만 네 아들은
불행할 텐데 이것이 한스럽다." 하였다. 그 뒤 기해년에 맏이가
과연 아들을 낳았으니 바로 상공相公 아계鵝溪 이산해이다.
가운데 분(仲氏)도 또 판서 산보山甫를 낳았다. 토정도 아들
을 낳았는데 총명하고 재주가 있어서 그 가운데에서도 두드
러지게 뛰어났으나 나이 겨우 스무 살에 세상을 떠났다. 그의
시편詩篇을 호서지방에서 전하며 읊조리고 있다.

상공 이덕형李德馨은 아계의 사위인데 그도 풍수설을 믿었
다. 하루는 내(이덕형李德泂)가 마침 가서 뵈었더니 상공은 한
창 땅의 풍수를 보는 승려 성지聖智와 함께 앉아서 산에 관해

이야기를 나누고 있었다. 내가 묻기를 "땅의 이치(地理)란 밑도 끝도 없이 아득한 것인데 어떻게 믿을 수 있겠습니까?" 하였다. 상공이 말하기를 "이미 천문天文이 있는데 어찌 지리가 없겠소? 다만 세상에 안목을 갖춘 자가 없어서 알지 못할 뿐이지요. 내가 일찍이 처가 쪽 선대의 고만산론高巒山論을 본 적이 있었는데 수십 년 뒤에 귀신같이 들어맞았으니 전혀 분명히 징험하지 않는다고 할 수는 없소." 하였다. 세상에서 풍수를 숭상하여 믿게 된 것은 실상 이씨李氏 집안에서부터 시작되었다. 맏이는 시정寺正 벼슬을 하다 돌아가셨고 가운데 분은 일찍 돌아가셨으며 막내 토정은 아산 현감으로 관에서 돌아가셨다.

아계 이산해가 처음 태어났을 때 토정이 우는 소리를 듣고서 맏형(伯氏) 이시정李寺正(이지번)에게 말하기를 "이 아이는 기이하니 모름지기 잘 기르도록 하십시오. 우리 가문이 이로부터 다시 일어날 것입니다." 하였다. 다섯 살이 되자 처음 병풍 글씨를 썼는데 붓놀림이 신과 같았고 글자 획이 완연히 용이 하늘로 올라가고 뱀이 기어가는 것 같았으므로 신동이라고 지목하여 명성이 자자하였다. 당시 공경公卿들이 와서 보지 않는 이가 없었다. 일찍이 먹물을 발바닥에 칠하고 종이 끝에 찍어서 어린 아이의 발자국임을 표시했는데 인가에서 지금도 전해오면서 보고 있다. 나이 13세에 충청우도忠淸右道의 향시 鄕試에서 장원으로 뽑혔는데 그때 지은 글이 바로 「만초손 부滿招損賦」이다. 글의 뜻이 노숙해서 식자들은 이미 그 문 장의 수단을 알 수 있었다. 나이 겨우 약관에 과거에 급제하여 서 오랫동안 문형文衡을 맡아보았고 여러 번 이조판서가 되었 으며 벼슬이 영의정에 이르렀고 공훈으로 부원군에 봉해졌다. 청렴하다는 명성이 있었다.[227]

청풍淸風 이지번과 그의 아우 토정 이지함은 세상을 피하여 숨어서 고상하게 살았으나(避世高樓) 본래 학술이라고 할 만 한 것이 없었다. 퇴계가 그 풍모를 높이 평가하여 벗을 삼고서 조금씩 성리性理의 학설로 깨우쳐 주었다. 두 분이 모두 이 를 믿고 따라서 자못 학문에 힘을 썼기 때문에 이단으로 흘 러 들어가지 않았다. 토정은 행적이 몹시 기괴해서 알기 어려운 점이 있었다. 그러나 효도와 우애의 진실한 행동이 있었으며 시 대를 걱정하고 세속을 안타깝게 여기는 선비였다.

토정이 처음 포천의 수령으로 나갔다가 곧 그만두고 나서 다시 아산의 수령이 되었는데 간사한 아전을 엄하게 단속하다 가 어느 날 갑자기 세상을 떠났으므로 사람들이 혹시 독살

당한 것이 아닌가 의심하기도 하였다. 그러나 토정은 사람을 살펴볼 줄 알았고 기미幾微를 파악할 수 있었으며 그 의지와 기운이 귀신같았으니 응당 그 삶을 흉하게 마치지는 않았을 것이다. 일찍이 선영先塋을 조성할 적에 바다의 파도가 가까이까지 침식할까 봐 산을 조성하고 항만港灣을 메우려고 하였다. 소요되는 비용이 수만금이었는데 모두 노쇠한 몸을 이끌고 사방을 돌아다니면서 장사를 하여(轉販) 모은 돈으로 충당하였다. 산이 거의 완성될 무렵에 허물어지고 말았다. 그가 죽고 난 뒤에도 아직 남은 재산이 천금千金이었으므로 문인들이 그 일을 이어받아서 공사에 착수하였으나 실패하였다. 어떤 사람이 말하기를 이 노인이 재주를 안고서 쓰이지 않으니 자기 재간을 시험해보려고 이런 바다를 메우려는(精衛)[228] 계획을 꾸며 본 것이라고도 한다.[229]

12일 경진. 아침에 흐리고 저녁에 맑게 개었다. 이른 아침에 정사가 말을 전하기를 "오늘 환술幻術을 하는 사람을 불러오게 했는데 함께 구경하시겠습니까?" 하였다. 내가 답하기를 "뜰에서 벌이는 일일 테지요. 병이 났지만 잠깐 나가 보는 것이야 안 되겠습니까?" 하였다. 식사를 마치고 정사가 왔다. 나

는 나가서 판문板門 밖에 의자를 놓고 나란히 앉았다. 서장관
도 왔다. 마침내 그 사람을 뜰로 들어오게 해서 환술을 펼치
게 하였다. …… 이런 얘기를 들었다. 토정 이 공이 박마(樸馬,
갈기를 다듬지 않은 말)로 동대문을 지나고 있었다. 성안 사람
이 모여서 다투어 구경하였는데 환술을 부리는 사람이 큰 항
아리를 문안에서 던져 놓고 문밖에서 받는다고 다투어 얘기하
였다. 토정이 봤더니 어떤 사람이 옹기를 지고서 들고나고 할
뿐이었다. 오늘 우리는 이것을 세상에 드문 구경거리로 여기
며 집안이 떠들썩하게 웃는데 토정과 비교하면 어떠한가? 부
끄러울 뿐이었다.[230]

　하서河西(김인후)와 퇴계는 같은 시대에 살면서 교분이 매우
두터웠다. 하서가 퇴계에게 지어준 시에 "선생님은 영남의 수
재이니 이백과 두보의 문장에 왕희지와 조맹부의 필체를 지녔
네."라고 읊기까지 하였으나 을사사화(1545) 이후에 출처出處
의 길을 달리하여서 하서는 종신토록 스스로 편안하게 자족하
였고(自靖) 퇴계는 힘써 벼슬길에 나아갔다. 하서가 토정에게
퇴계의 일을 말하고 그를 위해 안타까워하였다. 토정이 퇴계를
뵙고서 이를 말하자 퇴계가 겸연쩍어 하면서 마치 몸을 가누지

못할 듯이 하였으니 또한 선을 받아들이는 도량을 확인할 수 있다.[231]

계유년 만력 원년 우리 선조대왕 7년(1573) 7월 6일. 허태휘 許太輝(허엽)와 이여수李汝受(이산해)가 찾아왔다. 내가 미처 품계가 올라 이조 참판의 후보에 들지 못했는데 이를 위안하려는 뜻이었다.

◎ 대사간 이산해를 통해 듣기를 '숙부 지함은 호가 토정이다. 형 지번의 병환 때문에 서울로 들어와서 문병을 하였다. 자기에게 6품의 관직이 내렸다는 소식을 듣고 귀를 씻고 곧장 돌아가 버렸다.' 하였다. 벼슬과 녹봉을 뜬구름처럼 보는 사람이니 참으로 세상에 없는 고결한 선비이다.[232]

강가에 나가서 찾아뵈니 선생께서 작은 종이 두 쪽을 내보이셨다. 하나는 토정이 고청孤靑(서기)에게 보낸 편지인데 거기에는 아이의 병이 바야흐로 심하다 하였고 끝에는 내일 조카 산보를 데리고 탐라耽羅에 가서 유람을 하려는데 같이 가겠는가 하고 묻는 내용과 함께 아래에 고청의 사적 가운데에서 토정과 더불어 탐라를 유람한 일을 베낀 것이었다. 하나는 고청이

한 말인데 이르기를 '젊어서 토정에게 배울 때 집이 30리 밖에 있었으나 매일 한 번씩 왕래하여서 바람이 불고 비가 와도 폐하지 않았다. 오래되자 하루 걸러서 가게 되었고 더욱 오래 되니 며칠에 한 번씩 가게 되었다. 이것은 비록 까닭이 있어서 그렇게 된 것이나 역시 시작할 때는 부지런해도 끝에 가서는 게으른(始勤終怠) 태도를 면하지 못하였다. 후학은 마땅히 경계할 줄 알아야 한다.' 한 것이다. 선생께서 말씀하시기를 "내가 이 두 글을 매우 좋아하는데 군은 그 뜻을 알겠는가?" 하셨다. 내가 인하여 들려주시기를 청하니 이렇게 말씀하셨다. "지금 사람이 비록 가까운 교외(莽蒼)에 가더라도 반드시 날짜를 정하고 양식을 찧어서 가지고 가는데 그럼에도 오히려 병고가 서로 잇따라서 기약을 질질 끌다가 시기를 놓치는 수가 있다. 지금 토정은 바야흐로 바다를 건너서 섬에 들어가려고 하는데 아이의 병이 바야흐로 심한 데도 돌보지 않고 천 리를 가겠다고 하며 다음날로 기약을 하였다. 하룻밤 사이에 사람과 말, 노자와 양식(資糧)을 어떻게 마련해낼 것인가? 고청의 사적을 보면 역시 이 때에 종유從游하였다. 오늘날 사람으로 보면 두 분의 일이 어찌 현실에 소홀하고 물정에 어둡기가 심하다 하지 않겠는가? 또 군의 무리는 서원에 하루 걸러서 한

번 오는 것도 오히려 어렵게 여기니 고청에 비하여 어찌 부끄럽지 않은가? 옛사람이 일하는 데 용감하고 과단성 있고 독실하게 선을 좋아했음을 여기에서 볼 수 있다."[233]

토정 이 선생이 선생에게 편지를 보내서 말하기를 "근래 학문의 진보가 어떠하오? 이 아이가 감기에 걸려서 위중하니 마음이 아프고 안타깝소. 내일 조카 산보를 데리고 탐라로 가려고 하는데 그대도 함께 유람할 생각이 없소? 이에 알리는 것이오." 하였다.

토정 이 선생이 공산公山(공주)에 유람을 하려고 하여 공암孔巖을 지나게 되었는데 고청에게 말하기를 "성成 아무개에게 찾아가 보세." 하였다. 이리하여 함께 문밖에서 불렀다. 성동주(성제원)가 음성을 듣고서 즉시 대답하여 말하기를 "이 아무개가 오셨군!" 하였다. 함께 이끌고 창암蒼巖의 풍광을 완상하였다. 동주는 말을 탔고 토정과 고청은 걸어서 뒤따라갔다. 말이 달려도 두 사람은 개의치 않았다. 이렇게 가면서 담소를 나누었는데 하루 종일 흥겹게 노닐다가 돌아왔다. 두 현자 같으면 참으로 지음, 지기로서 마음과 덕이 딱 들어맞는다 하겠다.

토정 선생이 일찍이 세상을 피하여 동학사東鶴寺 귀명암歸

命菴에 숨었다. 선생(서기)이 밤을 타고 가서 놀다가 이른 새벽에 돌아왔다. 김상사金上舍라는 자가 그 기미를 알고서 돌아가겠다고 하였다. 선생이 그 까닭을 묻자 대답하기를 "제자가 멀리서부터 와서 종유하는 까닭은 다만 수업을 하기 위함이 아니라 대체로 선생의 일동일정을 배우고자 함입니다. 지금 선생님께서는 밤에 나가서 문인들이 알지 못하게 하십니다. 이 때문에 떠나가기를 구하는 것입니다." 하였다.

선생이 웃으면서 말하기를 "토정 선생이 바야흐로 산사에 계시는데 아마도 자취가 드러나 샐까 봐 걱정하여서 내가 숨기는 것이다." 하였다. [234]

주석

1 외해外諧.『예기禮記』「예기禮器」. 그러므로 군자는 예가 있으면 밖으로 는 화합하고 안으로는 원망이 없다. 故君子有禮, 則外諧而內無怨.

2 판상환전板上丸轉. 이 성어는 원래 판상주환阪上走丸에서 유래한 것으로 보인다.『한서漢書』「괴통열전蒯通列傳」. 반드시 서로 이끌고 투항하기를 마치 비탈에 탄환이 구르듯 할 것이다. 必相率而降, 猶如阪上走丸也.

3 정호가 인용한 율곡의 제문 가운데 '밖으로는 화합하고 안으로는 명철하였다', '마치 널빤지 위에서 탄환이 구르듯 하였다'에 해당하는 원문 外諧內明, 板上丸轉은『栗谷全書』卷14「제토정이공지함문祭土亭李公之菡文」에는 각각 外孩內明, 坂上丸轉으로 되어 있다.『장암집丈巖集』에 근거하여 일단 본문과 같이 옮겼다.『토정유고』권하에 부록 율곡의「토정선생을 제사하는 글」참조.

4 『禮記』「禮器」. 사람을 견줄 때에는 반드시 그 무리를 근거로 한다. 儗人 必於其倫.

5 『이정문집二程文集』卷4「소요부선생묘지명邵堯夫先生墓誌銘」. 志豪力雄, 闊步長趨. 凌空厲高, 曲暢旁通.

6 『이정유서二程遺書』卷6. 堯夫放曠.

7 『二程遺書』卷2上「원풍기미여여숙동견이선생어元豐己未呂與叔東見二先生語」. 堯夫直是無禮不恭.

8 『이천격양집伊川擊壤集』「안락와중호타괴음安樂窩中好打乖吟」. 안락와에서 내키는 대로 하니 / 내키는 대로 해도 세월은 저절로 흘러가네. 추위가 심하고 더위가 성하면 문을 닫아걸고 / 따뜻할 때 서늘할 때 거리로 나가네. 安樂窩中好打乖, 打乖年紀合挨排. 重寒盛暑多閉戶, 輕暖初涼時出街.

9 『二程遺書』卷18「유원승수편劉元承手編」. 生薑樹上生.

10 소백온邵伯溫,『문견록聞見錄』卷18. 忘却拄杖矣.

11 『상채어록上蔡語錄』卷1. 堯夫直是豪才, …在風塵時節, 便是偏覇手段.

12 存養. 조존함양操存涵養. 착한 마음의 본심을 보존하고 본성을 길러내다. 『주자전서朱子全書』卷40 「답하숙경答何叔京」. 二先生拈出敬之一字, 眞聖學之綱領, 存養之要法. 두 선생은 경이라는 할 글자를 끄집어냈는데 참으로 성학의 강령이며 존양의 중요한 방법입니다. 주) 209 참조.

13 『회남자淮南子』「설림훈說林訓」. 嘗一臠足知一鑊之味也. 秦觀, 『淮海集』卷30 「與參寥大師簡」. 嘗一臠足知一鼎之味也.

14 송운장宋雲長. 송익필宋翼弼(1534~1599). 조선 전기의 학자, 문인. 자는 운장雲長, 호는 구봉龜峰. 아우 송한필과 함께 일찍부터 문장으로 이름을 떨쳤다. 아버지 송사련宋祀連이 서녀인 어머니의 주인 집안 아들인 안처겸安處謙을 역모로 고변하여서 출세한 이른바 신사무옥辛巳誣獄의 행적 때문에 평생 풍운의 삶을 살았다. 성리학에 조예가 깊었고 예학禮學에도 밝았다. 율곡 이이, 우계 성혼과 절친이었으며 문하에서 김장생金長生(1548~1631)을 배출하여서 조선 후기 예학의 중요한 학파를 이루었다. 기축옥사己丑獄事 때 막후에서 서인의 중요한 모사로 활동했다고 한다.

15 운운芸. 이지함의 처음 이름은 지운之芸이었다.

16 『대학장구大學章句』. 傳3章. 줄과 대패로 갈고 모래와 돌로 윤을 내니 모두 사물을 다스려서 매그럽고 윤택하게 하는 것이다. 뼈와 뿔을 다루는 자는 자르고 나서 갈고 옥과 돌을 다루는 자는 쪼고 다시 윤을 낸다. 모두 다룸에 실마리가 있으며 더욱 그 정교함을 이루는 것이다. 礎以鑢錫, 磨以沙石, 皆治物使其滑澤也. 治骨角者, 旣切而復礎之. 治玉石者, 旣琢而復磨之. 皆言其治之有緒而益致其精也.

17 안택安宅. 『맹자孟子』「이루離婁·上」. 인함은 사람의 편안한 집이요 의는 사람의 올바른 길이다. 仁, 人之安宅也. 義, 人之正路也.

18 원안原顔. 공자의 제자 원헌原憲과 안회顔回. 안빈낙도하고 덕이 뛰어났다. 원헌은 노나라에 살았는데 집이 극도로 가난하였다. 자공子貢은

큰 말이 끄는 수레를 타고 와서 골목에 들어갈 수 없었다. 자공이 걸어 들어가서 원헌을 만났다. 원헌은 아주 허름한 차림으로 마중을 나갔다. 자공이 왜 그렇게 병들고 지쳤느냐고 물었다. 원헌이 이렇게 대답했다. "내가 듣기에 재산이 없는 것을 일러 가난이라 하고 배우고서 행하지 못하는 것을 일러 병이라 한다. 나는 지금 가난한 것이지 병이 든 것이 아니다." 자공이 머뭇거리며 부끄러워하였다. 원헌이 웃으며 말하기를 "세상에 좋은 평판을 바래서 행동하고 패거리를 지어서 벗을 삼고 남에게 보이려고 배우고 자기 이익을 위해 가르치며 인과 의를 내세우고서 나쁜 짓을 하고 수레와 말을 치장하는 일을 나는 차마 하지 못한다." 하였다. 『장자莊子』「양왕襄王」. 子貢曰, 嘻! 先生何病? 原憲應之曰, 憲聞之. 無財謂之貧, 學而不能行謂之病. 今憲貧也, 非病也. 子貢逡巡而有愧色. 原憲笑曰, 夫希世而行, 比周而友, 學以爲人, 敎以爲己, 仁義之慝, 輿馬之飾, 憲不忍爲也. 안회는 광주리에 밥을 담아 먹고 술이 없어 바가지로 물을 퍼서 마시며 골목에 살아도 즐거움을 바꾸지 않았다. 『논어論語』「옹야雍也」. 賢哉回也! 一簞食, 一瓢飮, 在陋巷, 人不堪其憂, 回也不改其樂. 賢哉回也!

19 귀관鬼關. 鬼門關. 중국 광서廣西 북류北流에 있는 험한 관문. 이 작품에서는 인생의 험악한 질곡을 비유한다.

20 『주역周易』「관觀」. "6·2는 엿봄이다. 여자의 곧음이 이롭다. 상에 이르기를 엿보는 여자가 곧으나 역시 부끄러울 만하다 하였다."[六二. 闚觀. 利女貞. 象曰闚觀女貞, 亦可醜也.] 음으로서 어둡고 부드럽고 약한(陰暗柔弱) 여자가 엿보는 것은 순종의 태도로서 바른 길이지만 군자가 굳으며 양이며 중도를 추구하고 올바른(剛陽中正) 대도大道를 밝게 보지 못하고 여자처럼 엿보는 것은 부끄러운 일이라는 뜻이다.

21 소보巢父. 황보밀皇甫謐, 『高士傳』. 요임금이 허유에게 천하를 물려주려고 하였는데 허유는 이를 받아들이지 않고 달아나서 영수潁水의 북

쪽, 기산의 아래에서 밭을 갈아먹고 살았다. 요임금이 또 전체 중국 지방관의 우두머리(九州長)를 삼으려 하자 들으려고 하지도 않고 영수 물가에서 귀를 씻었다. 이때 소보가 송아지를 끌고 와서 물을 마시게 하려다 허유가 귀를 씻고 있는 모습을 보고서 까닭을 물었더니 자초지종을 설명하였다. 소보가 다음과 같이 말하였다. "그대가 일부러 세상을 벗어나 떠도는 것은 소문이 나서 명예를 구하려는 것이다. 이 물은 내 송아지의 입을 더럽히겠다[子故浮遊, 欲聞求其名聲, 汚吾犢口]." 그러고 상류로 송아지를 끌고 가서 물을 마시게 했다.

22 중자仲子. 진중자陳仲子, 오릉중자於陵仲子. 춘추시대 제나라의 선비로서 처절한 가난에도 꿋꿋하게 지조를 지켜서 이름났다. 『孟子』「滕文公·下」에 자기 한 몸의 청렴이라는 작은 지조를 지키려다 부모형제의 큰 절개를 버렸다고 맹자의 비판을 받았다. 『孟子』「등문공滕文公·下」. 광장이 말하기를 "진중자는 참으로 청렴한 선비가 아니겠습니까? 오릉에 거처하면서 사흘을 먹지 못하여 귀에는 들리는 것이 없었고 눈에는 보이는 것이 없었습니다. 우물가에 오얏이 있었는데 굼벵이가 반 넘게 살을 파먹었습니다. 기어가서 그것을 먹었는데 세 번 목으로 넘긴 뒤에야 귀가 들리고 눈이 보였다고 합니다." 하였다. 맹자가 말하기를 "제나라 선비 가운데 나는 반드시 중자를 으뜸으로 꼽겠다. 비록 그러하나 중자가 어찌 청렴할 수 있겠는가? 중자의 지조를 채우려면 지렁이가 된 뒤에나 가능할 것이다. 저 지렁이는 위로 흙덩이를 먹고 아래로 황천의 흙탕물을 마신다. 중자가 사는 집은 백이가 지은 것인가, 아니면 도척이 지은 것인가? 그가 먹는 곡식은 백이가 심은 것인가, 아니면 도척이 심은 것인가? 이것을 내가 알지 못하겠다." 하였다. 匡章曰, "陳仲子豈不誠廉士哉? 居於陵, 三日不食, 耳無聞, 目無見也. 井上有李, 螬食實者過半矣. 匍匐往, 將食之, 三咽, 然後耳有聞目有見." 孟子曰, "於齊國之士, 吾必以仲子爲巨擘焉. 雖然, 仲子惡能廉? 充仲子之操, 則蚓而後可者也. 夫蚓,

上食槁壤, 下飮黃泉. 仲子所居之室, 伯夷之所築與? 抑亦盜跖之所築與? 所食之粟, 伯夷之所樹與? 抑亦盜跖之所樹與? 是未可知也."

23 염구冉求. 공자의 제자. 재정과 회계에 밝았다. 노나라 계손씨季孫氏를 섬겨서 재정을 크게 확충하였기 때문에 공자로부터 질책을 받았다. 『論語』「술이述而」에 다음과 같은 기록이 있다. 계씨가 주 왕조의 공후公侯보다 부유하였는데도 염구가 그를 위해 세금을 더 거둬들여서 더욱 늘려주었다. 선생님이 말씀하셨다. "내 문도가 아니다. 얘들아! 북을 울려서 성토하는 것이 옳다." 季氏富於周公, 而求也爲之聚斂而附益之. 子曰, "非吾徒也. 小子鳴鼓而攻之, 可也."

24 시불분어오곡視不分於五穀. 『論語』「미자微子」. 자로가 공자를 따르다 뒤처졌다. 삼태기를 맨 노인을 보고 선생님을 못 보았느냐고 물었다. 노인이 '사지를 부려서 먹지도 않고 오곡을 분간하지도 못하는데 누가 선생인가?' 하고 답하고서 지팡이를 꽂아놓고 김을 매었다. 자로가 공손하게 가만히 있으니 집으로 데려가서 닭을 잡고 기장밥을 해서 먹이고 두 아들을 인사시키고 재워주었다. 다음 날 자로가 공자를 만나 자초지종을 말하니 은자라고 하면서 찾아가 보라고 했다. 자로가 돌아가서 보니 그들은 떠나고 없었다. 子路從而後, 遇丈人, 以杖荷蓧. 子路問曰, 子見夫子乎? 丈人曰, "四體不勤, 五穀不分. 孰爲夫子? 植其杖而芸. 子路拱而立. 止子路宿. 殺鷄爲黍而食之, 見其二子焉. 明日, 子路行以告. 子曰, 隱者也. 使子路反見之. 至則行矣.

25 서주西疇. 도잠陶潛의 「귀거래사歸去來辭」에 '농부는 나에게 알리기를 봄이 왔으니 곧 서쪽 밭두둑에서 일을 하게 되리라 한다[農人告余以春及/將有事於西疇].' 하는 구절이 있다.

26 천방天放. 『莊子』「마제馬蹄」. 저마다 홀로 있으며 무리를 짓지 않는 것을 이름하여 타고난 대로 따른다고 한다. 一而不黨, 命曰天放.

27 태화옹희泰和雍熙. 泰和. 양웅揚雄, 『법언法言』「효지孝至」. 어떤 사

람이 묻기를 "태화란 어느 때인가? 요순시대인가, 아니면 성주시대인가?" 하였다. 或問泰和? 曰, 其在唐虞, 成周乎?

雍熙. 『문선文選』「동경부東京賦」. 백성이 함께 풍요한 생활을 누려서 위아래가 함께 화락하여 기뻐하였다. 百姓同於饒衍, 上下共其雍熙.

28 극구극구隙驅. 『사기史記』「유후세가留侯世家」. 사람의 한평생 세상살이가 마치 문틈을 지나가는 말을 보는 듯하다. 人生一世間, 如白駒過隙.

29 부지불온不知不慍. 『論語』「학이學而」. 남이 나를 알아주지 않아도 성내지 않으면 또한 군자답지 않은가? 人不知而不慍, 不亦君子乎?

30 종자기鍾子期. 전국시대 초나라 사람. 고의 명인 백아伯牙의 벗으로서 자음知音 고사의 주인공. 『열자列子』「탕문湯問」. 백아가 음악으로 표현하려고 하는 것을 백아는 반드시 알았다. 종자기가 죽자 백아는 세상에 다시 음악을 알아주는 사람이 없다 하고 이에 고를 부수고 현을 끊어버리고는 죽을 때까지 다시 타지 않았다. 伯牙所念, 鍾子期必得之. 子期死, 伯牙謂世再無知音, 乃破琴絶弦, 終身不復鼓.

31 단전丹田. 신체에서 배꼽 아래 한 치 다섯 푼 되는 곳의 부위. 심신의 정기가 모이는 곳이며 생명력, 활동력의 원천이어서 밭으로 비유한다. 이 글에서는 마음의 밭, 정신의 밭을 상징한다.

32 요사지서姚姒之書. 姚는 순, 姒는 우의 성. 순임금, 우임금의 글이란 「우서虞書」, 「우서禹書」이니 곧 『서경書經』을 가리킨다.

33 자희지시子姬之詩. 子는 상나라, 姬는 주나라의 성. 주나라, 상나라의 시란 「주송周頌」, 「상송商頌」이니 곧 『시경詩經』을 가리킨다.

34 질저귀신質諸鬼神. 『禮記』「중용中庸」 29章. 그러므로 군자의 도는 자기 몸에 근본을 두고 서민에게서 징험을 하였으며 옛날 성스러운 세 왕에게 고찰해도 어긋남이 없고 하늘과 땅에 세워도 어그러지지 않고 귀신에게 따져보아도 의심이 없고 백세의 성인을 기다려도 의혹을 하지 않는다. 故君子之道, 本諸身, 徵諸庶民, 考諸三王而不謬, 建諸天地而

不悖, 質諸鬼神而無疑, 百世以俟聖人而不惑.

35 선맹宣孟, 정영程嬰. 정영은 진나라의 대부 조씨趙氏의 문객門客. 도
    안고屠岸賈가 조씨 일족을 멸하였을 때 문객 공손저구公孫杵臼와 모
    의하여서 조삭趙朔의 고아를 빼돌린 뒤 공손저구와 자기 아들을 내주어
    서 대신 죽게함으로써 조씨 가문을 잇게 하였다. 조씨 고아 조무趙武가
    장성하여서 조씨 가문을 복구하고 도안고의 일족을 멸하여 원수를 갚은
    뒤에 정영은 자살하였다. 『史記』「조세가趙世家」참조.

36 연단燕丹, 형경荊卿. 연단은 연나라 태자 단이다. 연단은 진시황의 천
    하제패가 차츰 현실이 되고 바로 연나라가 정복의 다음 목표가 된 상황
    에서 시황을 암살하려고 자객을 구한다. 위衛나라 출신이었던 형가荊軻
    (형경)는 여러 사건을 겪은 뒤 연나라에 거주하고 있었다. 전광田光이라
    는 사람을 통해 단의 사주를 받은 형가는 진秦나라 출신으로서 진나라
    에 죄를 짓고 망명해 있던 번오기樊於期의 목을 들고 진시황에게 접근
    하여서 살해를 하려다 미수에 그친다. 그 뒤 본격적으로 진나라가 출병
    하여서 5년 뒤 연나라는 멸망한다. 연단과 형가의 관련 이야기는 『사기』
    「자객열전刺客列傳」에 수록되어 있는데, 이는 『사기열전』의 수많은 인
    물 전기 중에서도 사건의 전개나 인물 묘사, 문학적 표현, 수사 등 문학
    작품으로서 매우 뛰어나게 형상화하였다. 형가가 거사를 위해 떠나면서
    남긴 「역수가易水歌」는 짤막한 노래이지만 중국 시가 문학에서 아주 개
    성을 드러내고 있으며 이후 야망과 입지立志를 지니고 세상에 나아가는
    장부의 기개를 읊은 문학 장르에서 하나의 남상濫觴이 된다. 또한 「자객
    열전」은 중국 협의俠義 문화의 원류 가운데 하나로서 중국에 특유한 장
    르인 무협 문학의 시원으로 보는 학자들도 있다.

37 소하蕭何, 한신韓信. 소하와 한신은 장량張良과 함께 한 고조 유방劉
    邦을 도와서 한 제국을 건설한 삼걸三傑 가운데 한 사람이다. 장량은 작
    전참모로서, 소하는 행정을, 한신은 군사를 담당하여서 절대 강자인 항

우項羽의 초를 누르고 결국 한의 승리를 이끌었다. 원래는 항우의 하급 장교로 출신했으나 자부심이 강한 항우에게 실망하고 한에 귀순하여서 하위직으로 있던 한신을 발탁하여서 대장군에 세워 군사를 통솔하게 하였다. 한신은 뛰어난 용병술과 신묘한 병법을 운용한 천재적인 군사 전략가였기 때문에 수세에 몰려 쫓겨 다니던 한의 진영을 정비하고 통솔하여서 결국 초를 멸망시켰다. 과하지욕胯下之辱, 국사무쌍國士無雙, 배수진背水陣, 명수잔도 암도진창明修棧道暗度陳倉, 사면초가四面楚歌, 다다익선多多益善, 토사구팽兎死狗烹과 같은 여러 고사성어가 그의 행적과 관련이 있다. 그의 생애를 기록한『사기』「회음후열전淮陰後列傳」은 소설적 구성이 뛰어나다. 전투와 전쟁 수행 능력에 견주어 정치적 감각이 떨어지고 자부심이 지나치게 강했기 때문에 결국 한 건국 뒤 여후呂后의 간계와 유방의 의심으로 비극적 최후를 맞이한다.

38 서서徐庶, 제갈량諸葛亮. 후한 말 황건적의 난과 동탁의 전횡으로 한의 체제가 정상 작동을 하지 못하면서 군웅이 할거하다가 차츰 삼두체제로 정리되어 갈 시기에 유비劉備는 중원의 조조曹操와 동오東吳의 손권孫權에 견주어 세력이 매우 약했다. 이때 서서徐庶는 유비의 군사軍師로 발탁되었다. 서서의 도움으로 차츰 군사전략이 체계를 잡아가던 무렵 조조의 간계로 조조의 휘하로 귀순하면서 서서는 자기 대신에 양양襄陽 융중隆中에 은거하고 있던 제갈량을 추천하였다. 이로써 제갈량은 천하삼분天下三分의 계책을 제시하여서 중국 대륙이 본격적인 삼국시대로 접어들게 된다. 소설『삼국지연의三國志演義』는 후반부가 거의 제갈량을 주인공으로 내세워서 구성되어 있다. 실제로 소설은 제갈량이 죽은 뒤 구성적 측면에서 거의 끝나지만 역사적으로는 촉이 30년을 더 지탱하다가 위의 장수 사마소司馬昭에 의해 멸망한다.

39 양심養心.『孟子』「盡心·下」. 마음을 기르는 데는 욕망을 적게 하는 것보다 좋은 방법이 없다. 養心, 莫善於寡欲.

40 중화中和. 『禮記』「中庸」. 기쁨·성냄·슬픔·즐거움의 감정이 아직 발동 하지 않은 상태를 중이라 하고 발동하여서 모두 절도에 맞는 상태를 화 라 한다. 중이란 천하의 큰 근본이며 화란 천하에 통달한 도리이다. 중 화를 이루면 천지가 중에 자리 잡고 만물이 화에서 자라난다. 喜怒哀樂 之未發, 謂之中. 發而皆中節, 謂之和. 中也者, 天下之大本也. 和也 者, 天下之達道也. 致中和, 天地位焉, 萬物育焉.

41 준준호肫肫乎, 호호호浩浩乎. 『禮記』「中庸」. 오직 천하의 지극히 성 실한 이라야 천하의 큰 벼리(정치)를 경륜하고 천하의 큰 근본을 세우고 천하의 조화와 생육을 알 수 있다. 어찌 다른 것에 의지할 것인가? 간곡 하고 지극한 인, 고요하고 깊은 못, 드넓고 큰 하늘이 이러하다. 唯天下 至誠, 爲能經綸天下之大經, 立天下之大本, 知天下之化育. 夫焉有 所倚. 肫肫其仁, 淵淵其淵, 浩浩其天.

42 『선조실록』에 의하면 이지함은 선조 6년(1573) 6월 3일에 조목趙穆·정인 홍鄭仁弘·최영경崔永慶·김천일金千鎰과 함께 천거를 받았는데, 7월 6 일에 6품직에 제배되자 귀를 씻고 돌아갔다. 그리하여 7월 12일에 이조 에서 체직하기를 청하였다. 한편 『선조수정실록』에는 선조 7년(1574) 8월 에 포천 현감으로 있던 이지함이 병을 핑계로 벼슬을 버리고 돌아갔다고 기록하였다. 선조 6년에서 7년 사이에 천거를 받고 포천 현감으로 재직 했던 것으로 보인다.

43 순장循墻. 『춘추좌씨전』「소공昭公」 7년. 공자의 선조 정고보正考父 의 솥에 새겨진 명문에 나오는 표현이다. "대부(一命)가 되어서는 고개 를 수그리고, 하경下卿(再命)이 되어서는 등을 구부리고, 상경上卿(三 命)이 되어서는 몸을 굽히고서 길 한복판을 피해 담장을 따라 빨리 걸어 간다면 아무도 나를 감히 업신여기지 못할 것이다. 나는 여기에서 미음 을 끓여 먹고 여기에서 죽을 끓여 먹으며 내 입에 풀칠을 하면서 살아가 겠다. 一命而僂, 再命而傴, 三命而俯, 循牆而走, 亦莫余敢侮. 饘於

是, 囂於是, 以餬余口.

44 황제黃帝, 기백岐伯. 황제는 삼황오제三皇五帝라는 중국 고대 전설상의 제왕들 가운데 오제의 첫째 군주이다. 성을 따라서 헌원씨軒轅氏라고 일컬어진다. 사마천이 중국의 역사를 기술하면서 삼황은 전설로 치부하여 배제하고 황제로부터 역사에 편입함으로써 중국 문명의 시조로 여겨지게 되었다. 염제 신농씨를 판천阪泉의 전투에서 물리치고 동북쪽의 강자인 치우를 탁록涿鹿에서 격파한 뒤 중국 세계의 지배자가 되었다. 배와 수레 제작, 베 짜기와 누에치기, 집짓기, 의약과 의술, 문자, 악기, 역법 등 생활문화 전반에 걸쳐서 기술을 창안하고 발전시켰다. 신화적 요소를 감안하더라도 황제는 중국문화사 발전의 중요한 전기轉機를 상징한다. 기백은 중국 한의학의 시조격인 인물이다. 황제에게 발탁되어서 의술을 발전시켰다. 황제와 기백과 뇌공雷公을 비롯한 의사들의 문답 형식으로 기록한 『황제내경黃帝內經』은 한의학의 원류이다.

45 입시기사立視其死. 맹자가 평륙平陸에 가서 그 땅의 대부에게 말하기를, '그대의 극戟을 잡은 무사가 하루에 세 차례 대오를 이탈했다면 그를 제거하겠는가?' 하고 물었다. 대부 공거심孔距心이 말하기를 세 차례까지 기다릴 것도 없이 처벌할 것이라고 하였다. 그러자 맹자가 말하기를, '그대도 대오를 여러 차례 이탈한 셈이다. 흉년으로 굶주리는 해에 그대의 인민 가운데 늙고 파리한 자들이 굶어 죽어서 구렁텅이에 뒹굴고 장년으로서 흩어져 사방으로 떠도는 자가 몇 천 명이나 될 것이다.' 하였다. 그러자 공거심이 흉년으로 재해를 입은 것은 자기 잘못이 아니며 자기로서도 어쩔 수 없는 일이라고 하였다. 그러자 맹자가 다음과 같이 말하였다. "지금 여기에 어떤 사람이 남의 소와 양을 받아서 그를 위해 먹이는 자가 있다면 반드시 소와 양을 먹일 목초지와 풀을 구할 것이다. 목초지와 풀을 찾다가 얻지 못하면 그 사람에게 돌려주겠는가, 아니면 서서 그것들이 죽어가는 것을 보고만 있겠는가?" 거심이 말하기를, "이는

거심의 죄입니다." 하였다. 『孟子』「공손추公孫丑·下」. 孟子之平陸, 謂
其大夫, 曰, "子之持戟之士, 一日而三失伍, 則去之否乎?" 曰, "不
待三." "然則, 子之失伍也亦多矣. 凶年饑歲, 子之民, 老羸轉於溝
壑, 壯者散而之四方者, 幾千人矣." 曰, "此非距心之所得爲也." 曰,
"今有受人之牛羊而爲之牧之者, 則必爲之求牧與芻矣. 求牧與芻而
不得, 則反諸其人乎? 抑亦立而視其死與?" 曰, "此則距心之罪也."

46　『書經』「홍범洪範」. 이 다섯 가지 복을 거둬들여서 여러 백성에게 펴서
주면 이 여러 백성이 너의 표준(極)에 맞춰서 네가 네 표준을 보존할 수
있게 해줄 것이다. 歛時五福, 用敷錫厥庶民, 惟時厥庶民, 于汝極,
錫汝保極.

47　화봉華封. 『莊子』「천지天地」. 요 임금이 화華 땅을 살피러 갔는데 그곳
봉인封人이 요 임금에게 장수와 부유와 아들이 많기를 축복하였다. 요
임금은 아들이 많으면 걱정이 많아지고 부자가 되면 귀찮은 일이 많고
장수하면 욕되는 일이 많다고 사양하였다. 화 땅의 봉인은 아들이 많으
면 각각 직무를 내려주고 부자가 되면 사람들에게 재산을 나눠주고 천하
에 도가 있으면 만물과 함께 번성하고 도가 없으면 자기 덕을 닦고 고요
한 삶을 누리면 된다고 충고하였다.

48　후직后稷. 성은 희姬, 이름은 기弃(棄)이다. 순 임금 때 농사 정책을 맡
았다. 태邰 땅에 봉해졌다. 『書經』「우서虞書·순전舜典」에는 다음과 같
이 기록되어 있다. "기야! 여민이 곤궁하고 굶주린다. 너는 농사일을 맡
은 임금이다. 이에 백곡을 파종하도록 하라." 帝曰, 棄. 黎民阻飢, 汝
后稷, 播時百穀.

49　장감張堪. 후한의 관료. 어양漁陽의 태수로 있을 때 흉노가 대거 쳐들어
오자 이를 격파하여서 고을의 경계를 안정시켰고, 호노狐奴라는 곳에 땅
을 개간하여 인민에게 농사를 권장하여서 부유하게 만들었다. 이에 백성
이 노래하기를 '뽕나무는 곁가지가 없고 보리는 이삭이 두 줄기씩 패었네.

장 어른이 다스리시니 즐거움을 헤아릴 수 없네.'[桑無附枝, 麥穗兩岐. 張君爲政, 樂不可支.] 하고 칭송하였다. 『後漢書』 卷61 「張堪列傳」.

50 탐천貪泉. 『진서晉書』 「양리열전良吏列傳·오은지吳隱之」. 진의 오은지
吳隱之는 청렴하게 지조를 지켰다. 광주廣州 자사가 되어서 부임하였
는데 이전 광주의 자사를 역임한 자들은 하나같이 탐욕스러웠다. 전해오
기를 주에서 20리 못 미친 곳에 석문石門이라는 곳이 있고 거기에 탐천
貪泉이라는 샘이 있어서 이 물을 마시는 자는 청렴한 선비라도 탐욕스
럽게 되기 때문이라고 하였다. 오은지가 잔으로 이 물을 떠서 마시고 이
어서 시를 지었다. "옛 사람 말하기를 이 물은, 한 잔 마시면 천금을 탐한
다 하네. 백이숙제러러 마시게 하더라도 끝내 마음을 바꾸지 않으리." 주
에 부임하여서는 청렴한 지조를 더욱 엄격하게 하였다. 晉吳隱之操守
淸廉. 爲廣州刺史, 未至州二十里, 地名石門, 有水曰貪泉. 相傳飮
此水者, 即廉士亦貪. 隱之酌而飮之, 因賦詩, 曰, "古人云此水, 一
歃懷千金. 試使夷齊飮, 終當不易心." 及在州, 淸操愈厲.

51 형이하形而下. 『周易』 「계사상전繫辭上傳」. 형이상의 것을 도(형상)라
하고 형이하의 것을 기(그릇, 질료)라 한다. 形而上者, 謂之道, 形而下
者, 謂之器.

52 『論語』 「이인里仁」. 군자는 의에 밝고 소인은 이에 밝다. 君子喩於義,
小人喩於利.

53 문집의 원문에는 형륙形戮으로 되어 있으나 刑戮의 잘못이므로 바로잡
는다.

54 직稷, 설契, 고요皐陶. 모두 순 임금의 신하로서 각각 농사, 교육, 법률
을 담당하였다.

55 『한비자韓非子』 「오두五蠹」. 요가 천하에 왕 노릇할 때 초가로 지붕을
덮고 가지런히 자르지 않았으며 떡갈나무로 서까래를 올리고 깎지 않았
다. 거친 기장밥을 먹고 명아주와 콩잎 국을 마셨다. 堯之王天下也, 茅

茨不翦, 采椽不斲. 糲粢之食, 藜藿之羹.『韓非子』「십과十過」. 신이 듣건대 옛날 요가 천하를 소유하고서 질그릇에 밥을 먹었고 질대접으로 물을 마셨다고 합니다. 臣聞昔者堯有天下, 飯於土簋, 飮於土鉶.

56 『書經』「虞書·요전堯典」. 아! 옛날 임금 요를 상고하건대 공이 크시니 공경하고 밝고 문채가 나고 생각함이 편안하고 편안하셨다. 광채가 사방에 빛나고 위아래 이르셨다. 曰若稽古帝堯, 曰放勳, 欽明文思安安, 允恭克讓, 光被四表, 格于上下.

57 십실지읍十室之邑.『論語』「공야장公冶長」. 열 집이 사는 고을이라도 반드시 충직하고 신실하기가 나와 같은 사람이 있다. 그러나 나만큼 배움을 좋아하지는 않을 것이다. 十室之邑, 必有忠信如丘者焉, 不如丘之好學也.

58 낭중지추囊中之錐. 전국시대 조나라는 장평長平에서 진秦나라에 참패하였다. 이에 평원군平原君이 초나라에 원군을 청하러 가려고 인재를 선발하려는데 모수毛遂가 참여하겠다고 자원하였다. 평원군은 현명한 인재는 주머니 속에 든 송곳과 같아서 어디에 있더라도 존재가 드러나는 법인데 모수의 재능에 관해서는 들어본 바가 없다고 거절하였다. 이에 모수는 자기가 평원군이라는 주머니에 들어가면 송곳의 끝만 아니라 자루까지도 밖으로 내보일 것이라고 하였다. 그리하여 평원군을 따라 초나라로 간 모수는 단번에 초나라를 설득하였다. 그 공으로 대부에까지 올랐다. 이 일화와 관련하여 모수자천毛遂自薦이라는 성어가 있다.

59 한혈구汗血駒. 전한 때 장건張騫이 서역 원정을 갔을 때 대완국大宛國에서 발견한 말의 종류라고 한다. 지구력이 강하고 속력이 놀랄 만큼 빠르며 달릴 때 땀이 나면 피처럼 붉어서 한혈마汗血馬라고 불린다.

60 이루離婁, 사광師曠.『孟子』「離婁·上」. 맹자가 말하였다. "이루의 밝은 눈과 공수자의 솜씨 좋은 기술로도 그림쇠와 곱자가 없으면 모와 동그라미를 그릴 수 없다. 사광의 밝은 귀로도 여섯 음률이 없으면 다섯

음을 바로잡을 수 없다. 요순의 도로도 인정이 아니고서는 천하를 태평하게 다스릴 수 없다." 孟子曰, "離婁之明, 公輸子之巧, 不以規矩, 不能成方圓. 師曠之聰, 不以六律, 不能正五音. 堯舜之道, 不以仁政, 不能平治天下."

61 『論語』「태백泰伯」. 그 지위에 있지 않으면 그 정치를 도모하지 않는다. 不在其位, 不謀其政.

62 『시경詩經』「소아小雅·북산北山」. 드넓은 하늘 아래 왕의 땅 아닌 곳이 없고 물가에 이르기까지 왕의 신하 아닌 이가 없다. 普天之下, 莫非王土. 率土之濱, 莫非王臣.

63 보장保障. 『춘추좌씨전春秋左氏傳』「정공定公·12年」. 또한 성 땅은 맹씨의 보장이다. 성 땅이 없으면 맹씨는 없는 것이다. 且成, 孟氏之保障也. 無成, 是無孟氏也.

64 『시경詩經』「소아小雅·빈지초연賓之初筵」. 손님 모여 잔치를 처음 시작함에 좌우 모두 벌려 있네 賓之初筵, 左右秩秩. …… 자리를 떠나 옮겨 다니며 자주 너울너울 춤을 추네 舍其坐遷, 屢舞僊僊. …… 관을 비스듬히 쓰고 자꾸 쉬지 않고 춤을 추네 側弁之俄, 屢舞傞傞.

65 『예기禮記』「옥조玉藻」. 발 모양은 묵직하고 손 모양은 공손하고 눈매는 반듯하고 입은 굳게 다물고 목소리는 조용하고 머리는 곧게 세우고 기운은 엄숙하고 서 있는 모양은 덕스럽고 안색은 장중하다. 足容重, 手容恭, 目容端, 口容止, 聲容靜, 頭容直, 氣容肅, 立容德, 色容莊.

66 왕망王莽(45.B.C.~23) 전한 말기의 권신으로서 국권을 찬탈하여 신新(8~23)을 세웠다. 복고적 유교 이상에 사로잡혀서 『주례周禮』를 근거로 한 사회체제와 개혁 정치를 단행하였다. 관료제도와 토지제도를 정비하고 노비 매매를 금지하고 물가의 균형책과 전매제를 강화하여 상업을 통제하고 화폐를 주조하였다. 그러나 지나치게 이상적이고 비현실적이며 급진적인 개혁 정책은 사회 혼란을 야기했고 자연재해와 호족 세력의 봉

기, 농민 반란이 빈발한 데다 적미군赤眉軍의 침공으로 왕망은 죽고 15
년 만에 왕조도 멸망하였다.

67 왕안석王安石(1021~1086). 북송의 유명한 경학가, 정치가, 문장가이
다. 문장에 뛰어나서 당송팔대가의 한 사람으로 꼽힌다. 신종의 신임을
받아 재상이 되어서 변법을 바탕으로 한 개혁 정책을 실시하였다. 왕안
석의 신법은 상업을 누르고 농업 기술을 발전시켜서 농업 생산량을 늘려
세수를 늘리고 국가 재정을 안정화하고 관료 체제와 군사 제도를 개혁
하여서 중앙집권제를 강화하는 것을 목적으로 했다. 그러나 명문세가와
대지주의 특권에 저촉되면서 부분이 많아서 구세력으로부터 비판을 받
았고 신종을 이어서 철종이 등극한 뒤 섭정을 하던 선인태후의 간섭으로
변법이 철폐되면서 왕안석의 개혁 정책은 막을 내렸다.

68 『자치통감資治通鑑』卷2「주기周紀·2」. 당초에 맹자가 자사를 스승으로
섬겼는데 일찍이 백성을 다스릴 때 무엇을 먼저 해야 하는가를 물었다.
자사가 말하기를 "먼저 이롭게 해주어야 한다." 하였다. 맹자가 말하기를
"군자가 백성을 다스리는 방법은 역시 인의일 뿐입니다. 어찌 반드시 이
롭게 해야 합니까?" 하였다. 자사가 말하기를 "인의란 본래 이롭게 하는
방도이다. 윗사람이 인하지 않으면 아랫사람은 자기 삶의 자리를 얻지
못한다. 윗사람이 의롭지 않으면 아랫사람은 즐겨 속임수를 쓴다. 이는
아주 이롭지 않은 것이다. 그러므로 『주역』에서는 '이로움이란 의가 조화
를 이룬 것이다.' 하였다. 또 '실용에 이로운 것으로써 몸을 편안히 함은
덕을 높이기 위함이다.' 하였다. 이것이 모두 이익의 큰 것이다." 하였다.
初, 孟子師子思. 嘗問牧民之道何先. 子思曰, 先利之. 孟子曰, 君子所
以教民者, 亦仁義而已矣. 何必利? 子思曰, 仁義固所以利之也. 上不
仁則下不得其所, 上不義則下樂爲詐也. 此爲不利大矣. 故『易』曰, 利
者, 義之和也. 又曰, 利用安身, 以崇德也. 此皆利之大者也.

69 주자朱子, 조적糶糴. 쌀을 무역해서 파는 것을 조糶라 하고 사들여오

는 것을 적라糴라 한다. 흉년이 들어서 곡식 품귀 현상으로 물가가 치솟
아 시장가격이 불안정해질 때 양곡의 사적 매매를 통제하고 상대적으로
곡식이 넉넉한 지역에서 무역을 하여 곡식이 부족한 지역으로 방출하여
서 물가 안정과 기민 구제를 위해 취하는 임시방편의 정책이다. 주희는
1179년에서 1182년까지 남강南康의 수령으로 재직하였는데 1180년에
서 1182년 사이에 이 지역에 큰 가뭄이 들어 세금 감면, 조적, 상평창,
곡식 매매 시장 개장 등 여러 가지 구황 정책을 강구하여서 민생을 안정
시키려고 많은 활동을 하였다.

70 여상呂尙, 교격膠鬲. 여상은 강姜이 성이고 여呂가 씨이다. 이름은 망
望이라고도 한다. 자字가 자아子牙여서 강자아姜子牙, 춘추시대 제나
라 시조라서 제태공齊太公, 임금이 아버지처럼 존경한 스승이라 하여
사상보師尙父, 주 부족의 조상들이 바라던 인재라 하여 태공망太公望
등 다양하게 불린다. 중국 상고시대 인물 가운데에서도 아주 독특하고
개성이 있으며 유명한 캐릭터이다. 오늘날 중국의 산동성 출신이다. 상,
주 교체기에 주의 문왕, 무왕을 도와서 주가 중국 천하를 차지하는 데
제일가는 공을 세웠다. 사냥을 나갔던 문왕이 위수渭水 가에서 낚시하
던 여상을 만나서 대화를 나누고 절하여 스승으로 삼았다 한다. 일설에
는 상의 주왕紂王의 폭정을 피하여 은거하였는데, 주의 뛰어난 참모인
산의생散宜生, 굉요閎夭의 천거로 초빙을 받았다고도 한다. 주가 천하
를 제패한 뒤 무왕이 죽자, 주의 태사太師로서 주공단周公旦과 함께 어
린 성왕成王을 도와 주 왕조의 기틀을 안정시켰다. 군사와 행정에 탁월
하여서 문왕으로부터 강왕康王에 이르기까지 네 대를 섬기면서 국가를
안정시키고 내치를 진작시켰다. 주가 중국을 제패한 뒤 전역을 봉건 체
제로 기획했을 때 제나라에 봉해졌다. 상, 주 교체기의 드라마를 판타지
형식의 연의체演義體로 형상화한『봉신방封神榜』, 또는『봉신연의封神
演義』라는 신마소설神魔小說의 주인공이다.

교격은 원래 주왕의 학정을 피하여 은둔하여서 물고기와 소금을 팔아 생계를 이어갔다. 나중에 주의 문왕에게 발탁되어서 그의 천거로 상의 주왕을 섬기면서 문왕과 내응하여 주가 상을 정복하고 천하를 제패하는 데 큰 공을 세웠다고 한다.『孟子』「고자告子·上」에 순, 부열, 관이오管夷吾(관중), 손숙오孫叔敖와 함께 젊은 시절에 온갖 시련을 겪은 뒤 입신하여서 천하에 큰 공을 세운 인물로 일컬어진다.

71 『禮記』「대학大學」. 덕은 근본이고 재물은 말단이다. 德者本也, 財者末也.

72 『공자가어孔子家語』「변악해辯樂解」. 남풍이 따스하게 불어 우리 백성의 근심 풀어주네, 남풍이 때맞춰 불어 우리 백성의 재물을 늘려주네. 南風之薰兮, 可以解吾民之慍兮. 南風之時兮, 可以阜吾民之財兮.

73 상홍양桑弘羊(152~80.B.C.). 전한의 정치가. 계획경제, 통제경제를 바탕으로 한 중상주의 정책을 추구하였다. 소금(鹽)·철鐵·주류酒類의 국가 전매를 추진하고 평준법平準法·균수법均輸法을 만들어서 전국의 상품을 규제하여 지방 호족과 거대상인들의 세력에 타격을 주고 정부의 재정수입을 증가시켰다. 그러나 늘어난 국가 재정을 바탕으로 한 무제의 오랜 기간에 걸친 흉노정벌에 막대한 전비가 들어갔고 이를 만회하기 위해 조세가 늘어났다. 소금과 철, 주류의 국가전매 제도는 흉노 정벌에 필요한 재정을 마련하기 위한 것으로서 백성들에게도 피해를 주는 것으로 인식되었다. 이들 산업을 주도했던 지방 호족과 대상인의 후원을 받은 유교적 지식인과 관료의 저항에 부딪혀서 그의 경제 정책은 타격을 받았고 반대파를 제거하려다 섣불리 일으킨 반역의 혐의로 처형을 당하였다.

74 춘대春臺.『老子』20章. 뭇사람은 희희낙락 즐거워하며 큰 잔치를 즐기는 듯하고 봄날 누대에 올라 유람을 하는 듯하다. 衆人熙熙, 如享太牢, 如春登臺.

75 수역壽域.『漢書』卷72「왕길열전王吉列傳」. 신은 원컨대 폐하께서 하

늘의 마음을 이어받아 큰 사업을 일으키셔서 공경대신과 함께 유생을 만나보고 옛 예법을 서술하고 왕의 제도를 밝혀서 한 시대의 인민을 몰아 인한 사람이 장수하는 영역에 건너가게 하신다면 풍속은 어찌 성강의 시대만 못하겠으며 장수는 어찌 고종 때만 못하겠습니까? 臣願陛下承天心, 發大業, 與公卿大臣, 延及儒生, 述舊禮, 明王制, 驅一世之民, 濟之仁壽之域, 則俗何以不若成康, 壽何以不若高宗.

76 극사隙駟. 『묵자墨子』「겸애兼愛·上」. 사람이 지상에서 사는 날은 짧다. 비유하자면 네 필 말이 끄는 마차가 벽의 틈새를 지나가는 것을 보는 것과 같다. 人之生乎地上之無幾何也, 譬之猶駟馳而過隙也.

77 불결不潔. 『孟子』「이루離婁·下」. 맹자가 말하기를 "절세미인 서자(서시)라도 불결한 것을 뒤집어쓰고 있으면 사람들이 모두 코를 막고 그를 지나간다." 하였다. 孟子曰, 西子蒙不潔, 則人皆掩鼻而過之.

78 『史記』「역이기열전酈食其列傳」. 왕자는 인민을 하늘로 삼고 인민은 먹을거리를 하늘로 삼는다. 王者以民爲天, 而民以食爲天.

79 『詩經』「주송周頌·아장我將」. 나는 아침 일찍부터 밤늦게까지 하늘의 위엄을 두려워하며 이에 문왕의 유업을 보전하리라. 我其夙夜, 畏天之威, 于時保之.

80 쇄미鎖尾. 瑣尾. 『詩經』「패풍邶風·모구旄丘」. 쇠해졌어라! 떠돌아다니는 이들이여. 瑣兮尾兮, 流離之子.

81 『周易』「계사하전繫辭下傳」. 한낮에 저자를 열어서 천하 인민을 오게 하여 천하의 재화를 모아서 교역하고 물러가서 저마다 제 삶의 자리를 얻게 한다. 日中爲市, 致天下之民, 聚天下之貨, 交易而退, 各得其所.

82 『孟子』「양혜왕梁惠王·下」. 늙었는데 아내가 없는 이를 홀아비라 하고 늙었는데 지아비가 없는 이를 과부라 하고 늙었는데 자식이 없는 이를 독신이라 하고 어린데 부모가 없는 이를 고아라 한다. 이 네 종류는 천하의 곤궁한 인민으로서 하소연할 데가 없는 자들이다. 문왕이 정치를

펼쳐서 인을 베풂에 반드시 이 네 종류를 먼저 대상으로 하였다. 老而無妻曰鰥, 老而無夫曰寡, 老而無子曰獨, 幼而無父曰孤. 此四者, 天下之窮民而無告者. 文王發政施仁, 必先斯四者.

83 『書經』「상서商書·오자지가五子之歌」. 황조께서 교훈을 남기시기를 인민은 가까이 할지언정 얕보아서는 안 된다. 인민은 나라의 근본이다. 근본이 견고해야 나라가 편안하다. 皇祖有訓, 民可近不可下. 民惟邦本, 本固邦寧.

84 『고문진보古文眞寶』「대보잠大寶箴」. 어찌 일이 소홀히 하는 데서 일어나고 재앙이 뜻하지 않은 데서 일어남을 알겠는가! 豈知事起乎所忽, 禍生乎無妄.

85 『詩經』「주송周頌·작酌」. 아! 멋있는 왕의 군대여! 이 도를 따라 힘을 기르며 때를 보아 숨기도다. 於鑠王師, 遵養時晦.

86 『書經』「주서周書·무성武成」. 갑자일 새벽 (상의 왕) 수(주왕)가 숲처럼 빽빽한 군대를 거느리고 목야에 모였다. 甲子昧爽, 受率其旅若林, 會于牧野.

87 신릉군信陵君(?~243.B.C.). 전국시대 위魏나라 소왕昭王의 아들로서 저명한 정치가, 군사전략가이다. '전국 네 공자' 가운데 한 사람이다. 어질고 인재를 좋아하고 겸손하였으므로 식객이 3000명이나 되었다고 한다. 전국을 제패하려는 진나라의 동진을 여러 차례 저지하였다. 위나라를 굳건히 지탱하던 신릉군은 이복 형인 안리왕安釐王의 경계와 의혹을 받아 말년에 병권을 내놓고 은거하여서 울울하게 지내다 죽었다. 신릉군이 죽고 20년이 못가서 B.C. 225년에 위나라는 진나라의 침공을 받고 멸망하였다.

88 『孟子』「공손추公孫丑·下」. 하늘의 때는 땅의 이로움만 못하고 땅의 이로움은 사람의 화합만 못하다. 天時不如地利, 地利不如人和.

89 『孟子』「등문공滕文公·上」. 수고한 사람을 위로하고 오려고 하는 사람

을 오게 하며, 그릇된 것을 바로잡고 굽은 것을 펴주며, 도와서 세우고 도와서 행하게 하여 스스로 본성을 얻게 하고 또 이를 따라 진작키고 덕을 베풀어준다. 勞之來之, 匡之直之, 輔之翼之, 使自得之, 又從而振德之.

90 소식蘇軾, 「시황론始皇論」. 상상은 스스로 요순보다 뛰어나고 탕임금과 무왕을 능가한다고 여겼다. 軼自以爲軼堯舜而駕湯武矣.

91 『史記』「고조본기高祖本紀」. 패공이 말하기를, "부로와 약속을 하여 법은 세 조문으로 한다. 살인한 사람은 죽인다. 남을 해친 사람과 도둑질한 사람은 죄를 지운다. 나머지 진의 법들은 모두 제거한다. 여러 관리와 인민은 모두 이전대로 안도하라." 하였다. 沛公曰, 與父老約, 法三章耳. 殺人者死, 傷人及盜抵罪, 餘悉除去秦法. 諸吏人皆案堵如故.

92 진목공秦穆公(659~621.B.C. 재위). 춘추시대 진나라의 9대 군주. 백리해百里奚, 건숙蹇叔, 비표丕豹 등을 등용하여서 진나라를 크게 일으켰다.

93 『孟子』「양혜왕梁惠王·上」. 맹자가 대답하여 말하였다. "땅이 사방 백리라도 왕 노릇 할 수 있습니다. 왕이 만일 인민에게 인정을 베풀어서 형벌을 줄이고 세금을 적게 거두고 깊이 밭 갈고 제때에 다스리고 김을 매게 하며 젊은이가 한가한 날에는 효도와 우애와 충성과 신의를 닦고 들어와서는 부형을 섬기고 나가서는 우두머리와 어른을 섬기게 한다면 몽둥이를 만들어서 진나라, 초나라의 견고한 갑옷과 날카로운 무기를 든 군대를 치게 할 수 있을 것입니다. 저들은 인민의 농사짓는 때를 빼앗아서 밭을 갈고 김을 매서 부모를 봉양하게 하지 못하여 부모가 추위에 떨고 굶주리며 형제와 처자식이 사방으로 흩어집니다. 저들은 인민을 도탄에 빠뜨리는데 왕이 가서 정벌을 한다면 대체 누가 왕에게 대적하겠습니까? 그러므로 '인한 자에게는 적이 없다.' 하는 것입니다. 왕은 청컨대 의심하지 마소서. 孟子對曰, "地方百里而可以王. 王如施仁政於民, 省刑罰, 薄稅斂, 深耕易耨, 壯者以暇日修其孝悌忠信, 入以

事其父兄, 出以事其長上, 可使制梃以達秦楚之堅甲利兵矣. 彼奪其民時, 使不得耕耨以養其父母, 父母凍餓, 兄弟妻子離散. 彼陷溺其民, 王往而征之, 夫誰與王敵? 故曰, '仁者無敵.' 王請勿疑.

94 『莊子』「어부漁父」. 위로는 임금에게 충성하고 아래로는 인민을 교화한다. 上以忠於世主, 下以化於齊民.

95 『孟子』「梁惠王·上」. 是故明君制民之産, 必使仰足以事父母, 俯足以畜妻子, 樂歲終身飽, 凶年免於死亡, 然後驅而之善, 故民之從之也輕.

96 『孟子』「고자告子·下」. (조세를) 요순의 제도보다 경감하려고 하면 큰 오랑캐에 견주어 작은 오랑캐이며 요순의 제도보다 무겁게 하려고 하면 큰 걸왕에 견주어 작은 걸왕이다. 欲輕之於堯舜之道者, 大貉小貉也. 欲重之於堯舜之道者, 大桀小桀也.

97 『한시외전韓詩外傳』卷2. 순은 그 인민을 곤궁하게 만들지 않았고 조보는 말을 그 힘껏 몰아대지 않았다. 이로써 순에게는 달아나 숨은 인민이 없었고 조보에게는 달아나는 말이 없었다. 舜不窮其民, 造父不極其馬. 是以舜無佚民, 造父無佚馬也.

98 서제噬臍. 『春秋左氏傳』「장공莊公」6年. 정나라를 망칠 자는 반드시 이 사람이다. 만약 빨리 도모하지 않으면 뒷날 임금에게 후회막급일 것이다. 亡鄭國者, 必此人也. 若不早圖, 後君噬臍. (*噬臍. 사향노루가 사람에게 잡혀 죽을 때 향을 내는 배꼽 때문에 죽는 것이라 여겨 배꼽을 물어 뜯는다는 속설에서 나온 말.)

99 괄낭括囊. 『周易』「곤坤」6·4. 주머니 끈을 졸라매듯이 하면 허물도 없고 칭찬도 없다. 括囊, 无咎无譽.

100 즉묵卽墨, 진양晉陽. 즉묵은 주) 108 참조. 진양은 춘추시대 진晉나라의 고을로서 진의 가신인 조씨趙氏에게 속해 있었다. 조씨의 영주 간자(趙簡子)의 가신인 동알우董閼于(이름은 동안우董安于)가 잘 다스

려서 교화의 영향이 오래 남아 있었다. 나중에 진나라의 대부 지씨智氏가 세력을 확장하여 조씨를 위협했을 때 이곳을 근거지로 항거하였다. 『설원說苑』「정리政理」. 동안우가 절름발이 노인에게 정치를 물었다. 절름발이 노인이 말하기를 "충직하고 신실하고 과감해야 합니다." 하였다. 동안우가 말하기를 "어디에 충직한가?" 하였다. "주군에게 충직해야 합니다." 하였다. "어디에 신실해야 하는가?" "법령에 신실해야 합니다." "어디에 과감해야 하는가?" "착하지 않은 사람을 처벌할 때 과감해야 합니다." 동안우가 말하기를 "이 세 가지면 충분하다." 하였다. 董安于治晉陽, 問政於蹇老. 蹇老曰, "曰忠, 曰信, 曰敢." 董安于曰, "安忠乎?" 曰, "忠於主." 曰, "安信乎?" 曰, "信於令." 曰, "安敢乎?" 曰, "敢於不善人." 董安于曰, "此三者足矣."

101 원문은 儒悲로 되어 있는데 孺悲가 옳다. 『論語』「陽貨」. 유비가 공자를 뵙고자 하였는데 공자가 질병을 구실로 만나지 않았다. 심부름 하는 자가 문을 나서자 슬을 가져다 타면서 노래를 하여 그로 하여금 듣게 하였다. 孺悲欲見孔子, 孔子辭以疾. 將命者出戶, 取瑟而歌, 使之聞之.

102 『孟子』「공손추公孫丑·下」. 맹자가 장차 왕에게 조회하려고 하였다. 왕이 사람을 보내 와서 말하기를 "과인이 나아가 뵈려고 하였는데 감기가 있어 바람을 쐴 수 없습니다. 아침에 조회를 볼 것입니다. 모르겠습니다만 과인이 뵈올 수 있겠습니까?" 하였다. 대답하기를 "불행히도 병이 있어 조회에 나아갈 수 없습니다." 하였다. 孟子將朝王. 王使人來曰, 寡人如就見者也, 有寒疾, 不可以風. 朝將視朝. 不識可使寡人得見乎? 對曰, 不幸而有疾, 不能造朝.

103 『詩經』「대아大雅·억抑」. 마주하고 명할 뿐만 아니라 귀를 당겨 끌어주네. 匪面命之, 言提其耳.

104 『청구풍아靑丘風雅』. 조선 전기의 문신이며 학자인 김종직金宗直

(1431~1492)이 신라 말부터 조선 초기까지 시인의 시를 모아서 편찬한 시선집이다. 7권 1책으로 되어 있으며, 126인의 한시 517수를 정선하여 실었다. 아주 어려운 시어나 잘 쓰이지 않는 용어 등에 간략하게 주를 달았고 잘 이해하기 어려운 구절에는 풀이와 비평을 붙였다.

105 유시遺矢. 『史記』「염파열전廉頗列傳」. 염장군은 아직 식사를 잘 합니다. 그러나 신과 앉아 있는 잠깐 동안 세 차례나 볼일을 봤습니다. 廉將軍尙善飯, 然與臣坐頃之三遺矢矣.

106 『한서漢書』「형법지刑法志」. 이에 군사가 자주 동원되고 백성은 피폐해져서 절개를 지켜서 국난에 죽으려는 의리가 없었다. 於是師旅亟動, 百姓罷敝, 無伏節死難之誼.

107 『史記』「급정열전汲鄭列傳」. 직간하기를 좋아하고 절개를 지키며 의를 위해 죽을 사람이라 옳지 않은 방법으로 미혹시키기는 어렵다. 好直諫, 守節死義, 難惑以非.

108 아대부阿大夫. 제나라 위왕의 측근 신하들이 모두 아 땅의 대부를 칭찬하고 즉묵의 대부를 헐뜯었다. 이에 위왕이 사람을 시켜서 실정을 자세히 감찰을 하니 상황이 정반대였다. …… 이에 위왕이 즉묵 대부를 소환하여서 그에게 말하였다. "그대가 즉묵에 부임한 뒤로 헐뜯는 말이 날마다 이르렀다. 그러나 내가 사람을 시켜서 즉묵을 시찰하게 하니 전야가 개간이 되어 있고 인민이 넉넉하게 살고 관청에는 보류된 사건이 없어서 이로써 동쪽이 평안하였다. 이는 그대가 내 측근에게 칭찬을 구하는 데 힘쓰지 않았기 때문이다." 그에게 1만의 호구를 봉해주었다. 아 대부를 소환하여서 그에게 말하였다. "그대가 아를 다스린 뒤로 칭찬하는 말이 날마다 들려왔다. 그러나 사자를 보내 아 땅을 시찰하게 하니 전야는 개간되지 않았고 인민은 가난하고 고통을 겪었다. 지난날 조나라가 견 땅을 공격했는데 그대는 구하지 못했고 위나라가 설릉을 취했는데 그대는 알지도 못했다. 이는 그대가 내 측근

에게 폐백을 두텁게 하여서 칭찬을 구했기 때문이다." 이날 아 대부를 팽형에 처하고 측근으로서 일찍이 그를 칭찬했던 자들을 모두 아울러 팽형에 처했다. 마침내 병사를 일으켜서 서쪽으로 조나라, 위나라를 공격하고 …… 이에 제나라가 떨며 두려워하여 사람들이 감히 비리를 꾸미지 못하고 성실을 다하는 데 힘써서 제나라가 크게 다스려졌다. 제후들이 듣고서 20여 년 동안 아무도 감히 제나라를 치려고 하지 않았다. 『史記』「전경중완세가田敬仲完世家」. 於是威王召卽墨大夫而語之曰, 自子之居卽墨也, 毁言日至. 然吾使人視卽墨, 田野闢, 民人給, 官無留事, 東方以寧. 是子不事吾左右以求譽也. 封之萬家. 召阿大夫語曰, 自子之守阿, 譽言日聞. 然使使視阿, 田野不闢, 民貧苦. 昔日趙攻甄, 子弗能救, 衛取薛陵, 子弗知. 是子以幣厚吾左右以求譽也. 是日, 烹阿大夫及, 左右嘗譽者皆幷烹之. 遂起兵西擊趙·衛 …… 於是齊國震懼, 人人不敢飾非, 務盡其誠. 齊國大治. 諸侯聞之, 莫敢致兵於齊二十餘年.

109 『신신藎臣. 『詩經』「大雅·文王」. 왕의 충성스러운 신하는 네 조상을 생각하지 말지어다. 王之藎臣, 無念爾祖.

110 사현四賢. 1392년 조선은 주자학을 익힌 사대부들이 주도하여 낡은 고려의 체제를 대체하여 유교적 이념이 지배하는 이상사회를 만들려고 하는 기획된 국가로 출범하였다. 초기 정권이 정착하는 과정에서 권력 내부의 투쟁이 지속되다가 성종成宗(1470~1495) 시대에 와서 비로소 조선의 국가 체제가 안정된다. 그러나 조선 건국에 참여한 관학파의 후예인 훈구파와 외척이 기득권 세력을 형성하면서 성리학적 이념으로 사회를 구성하려는 사대부의 기획은 어그러진다. 조선 건국에 참여하지 않고 낙향했던 절의파의 후예인 사림이 중앙 정계에 진출하여서 성리학적 이념을 바탕으로 한 정치를 추구함으로써 기득권 훈구세력과 갈등을 벌인다. 이 정치 투쟁이 여러 차례 사화로 표출되었

으나 명종 말기에서 선조 초기에 이르면 결국 사림이 정계를 주도하게 된다. 사림 세력은 정치이념을 확립하고 정치의 도덕성을 확보하기 위해 특히 기묘사화에 희생된 조광조를 중심으로 정몽주로 이어지는 도학의 계보를 정립한다. 연산군 때 일어난 무오사화, 갑자사화와는 달리 중종 시기에 일어난 기묘사화는 새로운 정치를 지향하고 유교적 지치주의 정치의 이념을 확립하려는 개혁적 반정의 정권에서 일어난 퇴행적 변란이었기 때문에 사림에게 미친 정신적 충격이 훨씬 더 컸다. 따라서 명종 말 선조 초에 이르러서 성리학을 충실하게 익힌 사림 세력은 기묘사화를 재평가하여 조선 사회의 정치와 도덕의 정통 계보를 확립하려고 하였다. 그리하여 고려 말에 절의를 지킨 정몽주와 그에게 학문의 연원을 둔 정여창과 김굉필, 조광조, 이언적 등 네 현자를 문묘에 종사하려는 지속적인 노력을 펼친다. 선조 때 일어난 사현종사의 시도는 퇴계 이황이 타계한 뒤 이황을 합하여 오현종사의 운동으로 확대하였고 결국 1610년(광해군 2)에 오현을 종사하는 것으로 낙착이 되었다.

111 안명세安名世(1518~1548). 원문에는 安命世로 되어 있으나 安名世의 잘못이므로 바로잡는다. 안명세는 1545년(인종 1)에 이기李芑·정순붕鄭順朋 등이 일으킨 을사사화의 전말을 춘추필법春秋筆法에 따라 정론직필로 자세히「시정기時政記」를 작성하였다. 그러나 1548년에 이기 등이 자기들의 행위를 정당화하기 위해『무정보감武定寶鑑』을 편찬하였는데 을사년 당시 함께 사관으로 있었던 한지원韓智源이「시정기」의 내용을 이기, 정순붕에게 밀고하여서 체포되어 국문을 당하였다. 문제가 된「시정기」에는 인종의 장례식 전에 윤임尹任 등 세 대신을 죽인 일은 국가의 불행이라는 지적과 무고한 많은 선비를 처형한 사실과 숙청에 찬반을 한 선비들의 명단 등이 담겨 있었다. 혹독한 형신刑訊을 당하면서도 소신을 굽히지 않고 당당하게 이기, 정순붕의 죄악을 폭로하였고

사형에 임해서도 의연한 모습을 보였다. 선조가 즉위한 뒤 1570년에 신원되어서 직첩을 돌려받았다. 조선시대 사관의 전형으로서 춘추시대 진晉나라의 사관 동호董狐에 비견된다. 양심적 지식인인 안명세가 재앙을 당한 일은 이지함이 정치 현실과 인간의 성정, 학문적 양심, 역사의 이념을 성찰하는 데 결정적인 계기가 된 것으로 보인다.

112 아언雅言. 『논어』 「술이述而」. 선생님께서 평소 늘 말씀하신 바는 시와 서와 예를 집행하는 것들이었는데 이는 모두 늘 말씀하신 것들이었다. 子所雅言, 詩書執禮, 皆雅言也.

113 이윤伊尹. 중국 상고시대 상商 초기의 명재상. 유신국有莘國에 스스로 팔려가서 군주의 노예가 되어 몸소 밭을 갈았다. 상의 탕왕이 여러 차례 유신의 들에 찾아가 초빙을 하여서 마침내 탕왕에게 발탁되었다. 탕왕을 보필하여서 하夏의 걸왕桀王을 무너뜨리고 상이 중국을 석권하게 하였다. 탕왕을 도와서 초기 정치를 이끌었고 탕왕의 손자 태갑太甲이 왕위에 올라 3년 동안 왕의 덕을 보이지 않고 왕도를 깨우치지 못하여서 탕왕의 능이 있는 동궁桐宮에 유폐시키고 정치를 이끌다 태갑이 뉘우치고 탕왕의 교훈을 따르자 다시 복위시켰다. 『서경』에는 이윤이 태갑을 훈계한 내용이 「태갑太甲」 3편으로 수록되어 있다. 맹자는 역대 중국의 성현들 가운데 이윤을 책임의식이 강한 성인이라고 평가한다. "이윤이 말하기를 '누구를 섬긴들 임금이 아니며 누구를 부린들 인민이 아니랴!' 하고서 세상이 다스려져도 나아갔고 어지러워도 역시 나아갔다. 그러고서 말하기를 '하늘이 이 인민을 내셨는데 먼저 안 사람으로 하여금 나중에 알게 될 사람을 깨우치게 하였고 먼저 깨달은 사람으로 하여금 나중에 깨닫게 될 사람을 깨우치게 하였다. 나는 하늘이 낸 인민 가운데 먼저 깨달은 사람이니 내 장차 이 도로써 이 인민을 깨우치리라.' 하였다. 천하 인민 가운데 필부필부라도 요순의 혜택을 입지 못한 자가 있으면 마치 자기가 밀어서 구덩이에 쳐 넣은

듯이 여겼다. 천하의 막중한 임무를 스스로 떠맡은 것이다. …… 이윤
은 성인 가운데 자임하는 자이다." 『맹자』「만장萬章·下」. 伊尹曰, 何
事非君, 何使非民? 治亦進, 亂亦進. 曰, 天之生斯民也, 使先知覺
後知, 使先覺覺後覺. 予, 天民之先覺者也. 予將以此道覺此民也.
思天下之民, 匹夫匹婦有不與被堯舜之澤者, 若己推而內之溝中.
其自任以天下之重也. …… 伊尹, 聖之任者也.

114 계주鷄酒. 척계두주隻鷄斗酒 및 적계서주炙鷄絮酒. 서치는 일찍이
태위 황경의 부름을 받았으나 나아가지 않았다. 황경이 졸하고 장례를
치렀다. 서치가 이에 양식을 지고 걸어서 강하로 가서 무덤에 나아가
닭고기와 술을 펼쳐서 간단하게 제사를 지내고 곡을 마친 뒤 떠나갔
다. 이름을 말하지 않았다. 『후한서後漢書』「徐穉列傳」. 穉嘗爲太尉
黃瓊所辟, 不就. 及瓊卒歸葬. 穉乃負糧徒步到江夏赴之, 設鷄酒
薄祭, 哭畢而去. 不告姓名. 이 열전에 인용된 주석에는 다음과 같은
내용이 들어 있다. 서치는 평소에 닭 한 마리를 굽고 솜에 술을 축여
서 말린 뒤 닭을 싸서 햇볕에 말려 두었다. 조문을 갈 일이 있으면 무
덤 가까이 가서 솜을 물에 담가서 술기운이 돌게 하고 밥을 마련하고
흰 띠풀로 싸서 닭과 함께 진설하고 제사를 올린 뒤 명함을 남겨두고
는 상주를 보지 않고 떠나갔다. 이 고사에서 유래한 계주, 척계두주,
적계서주는 조촐한 제물을 가리킨다.

115 김계휘金繼輝(1526~1582). 조선 전기의 문신이다. 경서와 역사서를
폭넓게 읽었고 문장에도 뛰어났다. 동서 분당 때 심의겸沈義謙과 함께
서인으로 지목되기도 하였으나 대체로 동서 갈등을 중재하려고 노력하
였다. 이이, 성혼 등과 친밀하게 교류하였다. 사계沙溪 김장생金長生
이 그의 아들이며 신독재愼獨齋 김집金集이 손자이다. 김장생은 이이
의 학맥을 이었다. 김장생의 학문은 김집에게로 이어지고 김장생과 김
집의 문하에서 송시열宋時烈이 나와서 노론 학맥의 원류가 된다.

116 소미성少微星. 처사를 상징하는 별. 『史記』「天官書」. 태미정의 울타리 서쪽에 남북으로 다섯 별이 있는데 소미이다. 사대부를 상징한다. 廷藩西有隋星五, 曰少微, 士大夫.

117 속수束脩. 말린 고기 또는 육포 열 조각이다. 주고받는 폐백 가운데 가장 박한 것이다. 『논어』「술이」. 선생님께서 말씀하셨다. "속수 이상의 예를 갖추고 나아오는 자에게는 내 일찍이 가르치지 않은 적이 없었다." 子曰, 自行束脩以上, 吾未嘗無誨焉.

118 장성長星. 길게 꼬리를 끌며 나타나는 큰 별. 『史記』「경제본기景帝本紀」. 3년 정월 을사, 천하에 대사령을 내리니 장성이 서쪽에서 나왔다. 三年正月乙巳, 赦天下, 長星出西方.

119 미월지경彌月之慶. 『詩經』「大雅·生民」. 아! 달이 다 차서 첫 아기를 양처럼 쉽게 낳으셨네. 誕彌厥月, 先生如達.

120 『禮記』「中庸」. 詩云, 維天之命, 於穆不已. 蓋曰天之所以爲天也. 嗚呼不顯, 文王之德之純. 蓋曰文王之所以爲文也, 純亦不已.

121 『중용장구집주中庸章句集註』26章. 天道不已, 文王純於天道, 亦不已. 純則無二無雜, 不已則無間斷先後.

122 토정의 이 단락 해설은 대체로 다음과 같이 이해할 수 있다. 자사는 『시경』을 인용하여 하늘의 끝이 없는 덕과 문왕의 순수한 덕이 사실은 하나로 합한다고 설명하였는데, 이는 자사가 스스로 깨달은 견해를 말한 것이다. 그런데 정이천은 순수함과 그침이 없음을 나누어서 설명하였다.

123 진현陳玄. 한유韓愈의 우의적 수필 「모영전毛穎傳」에 나오는 먹을 의인화한 이름이다. 한유는 이 수필에서 붓을 모영, 먹을 진현, 벼루를 도홍, 종이를 저선생으로 이름 붙인다. 모영은 강주 사람인 진현과 홍농 사람인 도홍과 회계 사람인 저선생과 친하게 벗하며 서로 밀어주고 이끌어주며 그들이 드나드는 곳에는 반드시 함께 하였다. 穎與絳

人陳玄, 弘農·陶泓及會稽·褚先生友善, 相推致, 其出處必偕.

124 노중련魯仲連. 전국시대 말기 제나라의 유세가이다. 진나라가 조나라
를 침공하여 장평대전長平大戰에서 크게 격파한 뒤 여세를 몰아 수
도 한단邯鄲을 포위하였다. 이에 평원군이 여러 나라에 원군을 요청
했지만 진나라의 위세가 두려워서 원군을 보내려 하지 않았다. 이웃한
위나라의 안리왕安釐王은 장군 진비晉鄙를 시켜서 원군을 보냈지만
탕음湯陰까지 진격한 뒤 주둔하면서 판세를 관망하고 있었다. 한편으
로 위나라에서는 신원연新垣衍을 보내서 형식적으로 위나라와 조나
라가 진나라를 섬기는 방식으로 타협을 하자고 평원군을 설득하려고
하였다. 이때 노중련이 진나라의 끝없는 야욕을 들어서 신원연의 논리
를 무너뜨리고 평원군의 저항 의지를 북돋웠다. 그리고 위나라 공자
신릉군이 원군을 이끌고 오자 진나라는 마침내 포위를 풀고 물러갔다.
평원군이 노중련에게 천금으로 사례를 하려고 하였으나 노중련은 곤
란에 빠진 사람을 돕고서 대가를 바라는 것은 선비의 도리가 아니라면
서 사양하고 빈손으로 떠나갔다.

125 이 기록은 민인백閔仁伯의 문집『태천집苔泉集』「사우록師友錄」에
실려 있다. 민인백은 본관이 여흥驪興이며 우계 성혼의 문인이다. 기
축옥사己丑獄事(1589) 때 정여립鄭汝立의 아들 정옥남鄭玉男을
사로잡은 공으로 예조참의에 승진하고 평난공신 2등에 책록되었다.
1592년 임진왜란 때 황주목사로서 임진강을 지키다가 선조의 행재소
行在所에 나아갔다. 1595년, 성절사聖節使로 중국을 다녀오고 여
러 차례 중국 장수들을 상대하였다. 그가 남긴 「토역일기討逆日記」와
「용사일록龍蛇日錄」은 각각 기축옥사와 임진왜란에 관한 중요한 역
사 자료이다.

126 『진서晉書』「은일열전隱逸列傳·송섬宋纖」. 진의 은사隱士이다. 주천
태수酒泉太守 마급馬岌이 예의를 갖추어 방문했으나 끝까지 거절하

고 얼굴을 보이지 않았다. 마급이 "이름은 들을 수 있어도 몸은 볼 수 없고, 덕은 우러를 수 있어도 모습은 볼 수 없으니, 내가 지금에 와서야 선생이 사람 중의 용이라는 것을 알겠다.[名可聞而身不可見, 德可仰而形不可睹. 吾, 而今而後, 知先生人中之龍也.]" 하고 탄식하였다. 그러고 다음과 같이 시를 지어서 찬양하였다. "붉은 벼랑은 백 길이요 / 푸른 절벽은 만 길인데. 기이한 나무 울창하여 / 빽빽하기 등림 같네. 그 사람 옥 같아서 / 나라의 보배로다. 집은 가까워도 사람은 멀어 / 실로 내 마음 힘들게 하네.[丹崖百丈, 靑壁萬尋. 奇木翁鬱, 蔚若鄧林. 其人如玉, 維國之琛. 室邇人遐, 實勞我心.]"

127 원문의 小微는 少微의 잘못이므로 바로잡는다.

128 안명세가 사관으로서 역사를 정직하게 기록하다 희생을 당한 일을 가리킨다.

129 『논어』 「학이學而」. 자하가 말하였다. "어진 이를 어질게 여기되 미녀를 좋아하는 마음과 바꾸어 하며 부모를 섬기되 온 힘을 다하며 임금을 섬기되 그 몸을 바치며 벗과 더불어 사귀되 말을 하여 신실함이 있으면 그가 비록 배우지 못했다 해도 나는 반드시 그를 배웠다 하겠다." 子夏曰, 賢賢易色, 事父母能竭其力, 事君能致其身, 與朋友交言而有信, 雖曰未學, 吾必謂之學矣.

130 『논어』 「태백泰伯」. 증자가 말하였다. "키가 여섯 자인 군주의 (어린) 고아를 맡길 만하고 땅 백 리의 명을 맡길 만하며 큰 절개를 지켜야 할 상황에서 절개를 빼앗을 수 없다면 군자다운 사람인가? 군자다운 사람이다." 曾子曰, 可以託六尺之孤 可以寄百里之命 臨大節而不可奪也 君子人與 君子人也.

131 면력綿力. 소식蘇軾, 「답이방숙서答李方叔書」. 부귀라면 명에 달려 있습니다. 연약한 힘으로 반드시 이룰 수 있는 것이 아닙니다. 至於富貴, 則有命矣. 非綿力所能必致.

132 집사集事. 『春秋左氏傳』「성공成公」2年. 이 전차는 한 사람이 지키고 있으니 큰일을 성취할 수 있다. 此車一人殿之, 可以集事.

133 홍방鴻厖. 구양수歐陽修, 『구양문충집歐陽文忠集』卷5 「여산고증동년유중윤귀남강廬山高贈同年劉中允歸南康」. 위로는 푸른 하늘에 닿아 아물아물하고 아래로는 드넓고 두터운 땅을 누르고 있네. 上摩靑蒼以晻靄, 下壓后土之鴻厖.

134 불이불혜不夷不惠. 양웅揚雄, 『법언法言』「연건淵蹇」. 백이도(청렴함) 아니고 유하혜도(조화로움)도 아니요, 옳다 하고 그르다 하는 그 사이에 처한다. 不夷不惠, 可否之間也.

135 빙호추월氷壺秋月. 『송사宋史』「이통열전李侗列傳」. 원중(이통)은 마치 얼음 항아리에 가을 달 같아서 맑고 투명하며 흠이 없으니 우리 무리가 미칠 바가 아니다. 愿仲如冰壺秋月, 瑩澈無瑕, 非吾曹所及.

136 궤시불봉詭時不逢. 『한서漢書』卷55 「동방삭열전東方朔列傳」. 배불리 먹고 느긋하게 거닐며 벼슬살이로 농사를 대신하며 조정에 은거하여서 세상을 우습게 보며 시류에 어긋나도 화를 당하지 않았다. 飽食安步, 以仕易農, 依隱玩世, 詭時不逢.

137 천탈칩기天脫罦羈. 한유韓愈. 「제유자후문祭柳子厚文」. 그대가 중도에 버림받은 것은 하늘이 속박을 벗겨준 것이라오. 子之中棄, 天脫罦羈.

138 절지竊脂. 『주자어류朱子語類』卷122. 옛날 제왕은 반드시 착한 일을 하였는데 마치 불이 반드시 뜨겁고 물이 반드시 찬 것처럼 하였다. 착하지 않은 일을 하지 않았는데 마치 추우가 살아있는 짐승을 잡아먹지 않고 절지가 곡식을 쪼지 않는 것처럼 하였다. 古之帝王, 其必爲善, 如火之必熱, 水之必寒. 其不爲不善, 如騶虞之不殺, 竊脂之不穀.

139 요착謠諑. 『초사楚辭』「이소離騷」. 뭇 여인들 내 고운 눈썹을 질투하여 나를 음란하다고 헐뜯는구나. 衆女嫉余之蛾眉兮, 謠諑謂余以善淫.

140 대춘大椿. 『장자莊子』「소요유逍遙遊」. 상고시대에 대춘이라는 나무
　　가 있었는데 8천 년을 봄으로 삼고 8천 년을 가을로 삼았다. 上古有
　　大椿者, 以八千歲爲春, 八千歲爲秋.

141 영지靈芝. 장형張衡, 『문선文選』「서경부西京賦」. 못 가에서 돌이끼
　　를 물에 담그고 줄기 붉은 신령한 지초를 씻네. 浸石菌於重涯, 濯靈
　　芝以朱柯.

142 태갱大羹『예기禮記』「악기樂記」. 선왕을 합사하는 제례에서는 현주
　　(물)를 윗자리에 놓고 제기에 물고기를 바친다. 태갱은 조미를 하지
　　않는다. 담담하게 남은 맛이 있기 때문이다. 大饗之禮, 尚玄酒而俎
　　腥魚. 大羹不和, 有遺味者矣.

143 외해外孩. 원문에는 外諧로 되어 있으나 『율곡전서栗谷全書』「제토
　　정선생문祭土亭先生文」 원문에 따라 外孩로 바꾸어서 옮긴다.

144 헌면軒冕. 『장자莊子』「선성繕性」. (수레와 면류관을 지닌) 높은 벼슬
　　이 몸에 있는 것은 본래의 성명이 아니라 사물이 바깥에서 불쑥 와서
　　붙은 것이다. 軒冕在身, 非性命也, 物之儻來寄也.

145 『漢書』「괴통열전蒯通列傳」. 반드시 서로 이끌고 투항하기를 마치 비
　　탈길에 구르는 탄환같이 할 것이다. 必相率而降, 猶如坂上走丸也.

146 주) 137 참조.

147 『莊子』「天下」. 혜시는 다방면에 해박하고 저서는 다섯 수레나 되었
　　다. 惠施多方, 其書五車.

148 촌철寸鐵. 『신당서新唐書』「한유열전韓愈列傳·노동盧仝」. 땅 위의
　　미천한 신하 노동은 하늘의 옥황상제께 하소연합니다. 신의 마음에는
　　한 치 단검이 있으니 요망한 두꺼비의 창자를 갈라 버릴 수 있습니다.
　　地上蟣蝨臣仝, 告訴帝天皇, 臣心有鐵一寸, 可刳妖蟆癡腸.

149 원문의 小微는 少微의 잘못이므로 바로잡는다. 주) 116 참조.

150 충기沖氣. 『老子』42章. 도는 하나를 낳고 하나는 둘을 낳고 둘은 셋

을 낳고 셋은 만물을 낳는다. 만물은 음을 지고 양을 품으며 들끓는 기운으로 조화를 이룬다. 道生一, 一生二, 二生三, 三生萬物. 萬物, 負陰而抱陽, 沖氣以爲和.

151 천방天放.『莊子』「마제馬蹄」. (백성은 저마다) 떨어져 있으며 무리를 짓지 않는다. 이것을 자연스러운 분방함이라 한다. 一而不黨, 命曰天放.

152 사유四乳.『회남자淮南子』「수무훈脩務訓」. 문왕에게는 젖이 넷 있었는데 이를 크게 인함이라 한다. 文王四乳, 是謂大仁.

153 명세命世.『맹자』「공손추公孫丑·하」. 5배 년 만에 반드시 왕자가 나오며 그 사이에는 반드시 한 세상을 대표하는 사람이 있다. 五百年, 必有王者興. 其間, 必有命世者.
『한서漢書』「초원왕열전楚元王列傳」. 성인이 나오지 않더라도 그 사이에 반드시 한 세상을 대표하는 사람이 있다. 聖人不出, 其間必有命世者焉.

154 완양完養.『근사록近思錄』「치지致知」. 논한 바는 대체로 고심하고 힘을 다한 형상이 있으나 너그럽고 여유롭고 따뜻하고 두터운 기상이 없으니 밝은 지혜로 비춘 것이 아니라 상고하고 탐색해서 여기에 이른 것이다. 따라서 뜻이 자주 치우치고 말이 많이 막혀서 조금 출입出入하는 때가 있는 것이다. 더욱 바라건대 사려를 완전하게 길러서 의리에 함영하면 뒷날 저절로 조리가 닿아 통하게 될 것이다. 所論大槪有苦心極力之象, 而無寬裕溫厚之氣, 非明睿所照而考索至此. 故意屢偏而言多窒, 小出入時有之. 更願完養思慮, 涵泳義理, 他日自當條暢.

155 아우운망我友云亡. 주자지周紫芝, 「망고려일수望古廬一首」. 내 벗이 죽었구나. 뉘와 더불어 즐길까! 我友云亡, 云誰與娛. 여기서는 사관 안명세의 죽음을 말한다.

156 견기사작見幾斯作.『周易』「계사하전繫辭下傳」. 군자는 기미를 보아
일어나되 하루가 다 가기를 기다리지 않는다. 君子見幾而作, 不俟
終日.

157 이윤伊尹. 주) 113 참조.

158 부열傅說. 중국 상고시대 상의 정치가. 고종 무정武丁을 도와서 중흥
을 이루었다. 고종 무정이 부열을 얻은 내력과 부열이 무정에게 훈계
하고 학문을 논한 말을 담은 기록이『서경』에「열명說命」세 편으로 수
록되어 있다.『사기』에는 무정이 부열을 얻은 내력을 다음과 같이 서
술하였다. 무정이 성인을 얻는데 이름은 열이라 하는 꿈을 꾸었다. 꿈
에 본 모습을 여러 신하와 아전들에게서 찾았는데 모두 닮지 않았다.
이에 여러 관리를 시켜서 야외에 나가서 구하게 하였더니 부험傅險
(부암傅巖)에서 부열을 얻었다. 이 때 부열은 포승줄에 묶여서 강제
노역을 당하며 부험에 성을 쌓고 있었다. 무정에게 보이자 무정이 '이
사람이라' 하고 그를 얻어서 말을 하니 과연 성인이었다. 등용하여 재
상으로 삼으니 은나라가 크게 다스려졌다. 그리하여 마침내 부험을 성
으로 삼아 부열이라고 불렀다.『사기』「은본기殷本紀」. 武丁夜夢得聖
人, 名曰說. 以夢所見視羣臣百吏, 皆非也. 於是乃使百工營求之
野, 得說於傅險中. 是時說爲胥靡, 築於傅險. 見於武丁. 武丁曰,
是也. 得而與之語, 果聖人. 擧以爲相, 殷國大治. 故遂以傅險姓
之, 號曰傅說.

159 『論語』「이인里仁」. 사람의 과오는 저마다 부류가 있다. 허물을 보면
이에 그의 인함을 알 수 있다. 人之過也, 各於其黨, 觀過斯知仁矣.

160 식곡式穀.『詩經』「소아小雅·소완小宛」. 언덕 가운데 콩이 자라니 서
민이 따고 있네. 명아의 애벌레를 나나니벌이 업고 있네. 자식을 가르
치고 깨우쳐서 그처럼 똑같이 만들어야지. 中原有菽, 庶民采之. 螟
蛉有子, 蜾蠃負之. 敎誨爾子, 式穀似之.

161 조헌은 1577년 통진 현감으로 재직하던 중에 작폐를 일삼는 내수사 소속 종을 杖殺하여서 富平에 유배되었다.

162 조헌은 1578년 적소에 있던 중에 부친상을 당하였다.

163 인자필수仁者必壽. 『論語』 「옹야雍也」. 선생님이 말씀하셨다. 지혜로운 사람은 물을 좋아하고 인한 사람은 산을 좋아한다. 지혜로운 사람은 움직이고 인한 사람은 고요하다. 지혜로운 사람은 즐겁고 인한 사람은 장수한다. 子曰, 知者樂水, 仁者樂山. 知者動, 仁者靜. 知者樂, 仁者壽.

164 『孟子』 「이루離婁·上」. 천하에 도가 있으면 작은 덕은 큰 덕에 부림을 당한다. 天下有道 小德役大德. 『맹자집주孟子集注』 「離婁·上」. 도가 있는 시대에는 사람이 모두 덕을 닦으니 지위가 반드시 그 덕의 크기에 걸맞다. 有道之世, 人皆修德, 而位必稱其德之大小.

165 소식蘇軾, 「삼괴당명三槐堂銘」. 하늘은 기필할 수 있는가? 현자라고 하여 반드시 귀해지지는 않으며 인한 사람이라 해서 반드시 장수하지는 않는다. 하늘은 기필할 수 없는가? 인한 사람은 반드시 후손이 있다. 天可必乎? 賢者不必貴, 仁者不必壽. 天不可必乎? 仁者必有後.

166 둘째 아들 산휘山輝가 호환을 당한 일을 가리킨다.

167 계주鷄酒. 주) 114 참조.

168 1545년(인종 1)에 을사사화가 일어난 뒤 윤임尹任의 사위 이홍윤李洪胤이 "간신 무리를 일망타진하겠다."는 말을 한 적이 있었다. 1547년(명종 2) 양재역벽서사건으로 일어난 정미사화丁未士禍로 이홍윤의 아비 이약빙李若氷이 죽고 그에 연좌되어서 형 이홍남李洪男이 영월로 귀양 가 있었다. 이홍남은 귀양에서 풀려나기 위해 1549년에 동생 이홍윤을 역모를 꾸몄다고 승정원에 고변하였다. 그 과정에서 이지함의 장인 이정랑이 괴수로 지목되어서 신문을 받고 능지처사를 당하였다.

169 『禮記』「中庸」. 돌아가신 분 섬기기를 살아계실 때처럼 섬기고 (돌아
가시고) 안 계신 분 섬기기를 생존해 계시듯이 섬기는 것이 효의 지극
함이다. 事死如事生, 事亡如事存, 孝之至也.

170 장재張載(*晉), 「검각명劍閣銘」. 촉으로 가는 유일한 문이니 견고하
게 진을 설치하여 검각이라 하였는데 천 길 절벽으로 우뚝 서 있다.
惟蜀之門, 作固作鎭, 是曰劍閣, 壁立千仞.

171 규각圭角. 구양수歐陽修, 「장자야묘지명張子野墓志銘」. 사람을 만
나면 온화하게 규각을 드러내지 않았으나 뜻을 지키되 반듯하고 곧았
으며 일을 당하여 과감하게 결단하였다. 遇人渾渾不見圭角, 而守志
端直, 臨事敢決.

172 원문에는 木履로 되어 있으나 이산해의 『아계유고鵝溪遺稿』 본문에
는 木屨로 되어 있으므로 바로잡는다.

173 원문에는 常으로 되어 있으나 『아계유고』 본문에는 嘗으로 되어 있으
므로 바로잡는다.

174 『근사록近思錄』「존양存養」. 어떤 사람이 물었다. "성인은 배울 수 있
습니까?" 염계 선생이 말했다. "가능하다." "요령이 있습니까?" 말하
기를 "있다." 하였다. 그에 관해 묻자 말하기를 "하나가 요령이다. 하
나란 욕망이 없는 것이다. 욕망이 없으면 고요함에 텅 비고 움직임에
곧게 된다. 고요함에 텅 비면 밝아지고 밝아지면 통달한다. 움직임에
곧으면 공변되고 공변되면 넓어진다. 밝아지고 통달하며 공변되고 드
넓으면 거의 성인이다!" 或問, 聖可學乎? 濂溪先生曰, 可. 有要乎?
曰, 有. 請問焉. 曰, 一爲要. 一者, 無欲也. 無欲則靜虛動直. 靜
虛則明, 明則通. 動直則公, 公則溥. 明通公溥庶幾乎!

175 원문에는 知로 되어 있으나 『아계유고』 본문에는 智로 되어 있으므로
바로잡는다.

176 원문에는 小로 되어 있으나 『아계유고』 본문에는 少로 되어 있으므로

바로잡는다.

177 주) 167 참조.

178 무천유무懋遷有無.『書經』「우서虞書·익직益稷」. 힘껏 있는 것을 없
는 곳에 교역을 하여서 쌓아둔 것을 변화시켰다. 懋遷有無, 化居.

179 이 부분의 서술은 이산해의 「묘갈명」과 내용이 배치된다.

180 주) 168 참조.

181 주) 169 참조.

182 주) 111 참조.

183 허자許磁, 이기李芑가 일으킨 을사사화와 안명세 필화 사건을 가리
킨다.

184 검덕피난儉德避難. 李觀命의『병산집屛山集』본문에는 斂으로 되어
있다. 이 구절은『주역』「비否·상象」에 근거한 것으로 보이므로 원문
을 그대로 따른다.『周易』「否·象」. 하늘과 땅이 교제하지 않는 것이
비괘이다. 군자는 이를 따라 덕을 검약하여 난을 피하고 녹으로써 영
화롭게 하지 말아야 한다. 天地不交, 否. 君子以儉德避難, 不可榮
以祿.

185 박시제중博施濟衆.『論語』「옹야雍也」. 자공이 말했다. "만일 인민에
게 널리 베풀고 대중을 구제한다면 어떠합니까? 인하다 할 수 있겠습
니까?" 선생님께서 말씀하셨다. "어찌 인에 그치겠는가! 반드시 성인
일 것이다! 요순도 박시제중을 다 하지 못했다고 여겼을 것이다!" 子
貢曰, 如有博施於民而能濟衆, 何如? 可謂仁乎? 子曰, 何事於
仁? 必也聖乎! 堯舜其猶病諸!

186 주) 64 참조.

187 주) 65 참조.

188 『춘추좌씨전春秋左氏傳』「소공昭公·3年」. 인한 사람의 말은 그 이익
이 넓다. 안자는 한 마디 말을 하여 제나라 군주가 형벌을 줄이게 하

였다. 仁人之言, 其利博哉. 晏子一言而齊侯省刑.

189 『초사楚辭』「구변九辯」. 공허하고 쓸쓸하게 나그네 신세로 벗도 없어
라. 廓落兮羈旅而無友生.

190 주) 106 참조.

191 주) 107 참조.

192 주) 141 참조.

193 고산경행高山景行. 『詩經』「小雅·거할車舝」. 높은 산 우러러보고 한
길은 걸어 다니네. 네 마리 말 터벅터벅 걸으니 여섯 줄 고삐 고의 줄
같네. 그대 만나 신혼으로 내 마음 기쁘네. 高山仰止, 景行行止. 四
牡騑騑, 六轡如琴. 覯爾新婚, 以慰我心.

194 역책易簀. 『禮記』「단궁檀弓·上」. 증자가 병으로 누웠는데 위독하였
다. 악정 자춘이 침상 아래 앉아 있었고 증원과 증신이 발 아래 앉아
있었다. 동자가 모퉁이에 앉아서 촛불을 잡고 있었다. 동자가 말하기
를 "화려하고 곱습니다. 대부의 자리입니까?" 하였다. …… 증자가 듣
고서 말하기를 "그렇다. 이는 계손씨가 하사한 것이다. 내가 바꾸지
못했구나. 원아! 일으켜서 자리를 바꿔다오." 하였다. 증원이 말하기
를 "어르신께서 병이 위독하시니 움직일 수 없으십니다. 다행히 아침
이 되면 바꿔드리겠습니다." 하였다. 증자가 말하기를 "네가 나를 사
랑하는 것이 저 아이만 못하다. 군자가 사람을 사랑함은 덕으로써 하
고 소인이 사람을 사랑함은 구차히 편안하게 한다. 내가 무엇을 구하
랴? 내가 올바름을 얻고서 죽는다면 그만이다." 하였다. 일으켜서 부
축하고 자리를 바꾸었는데 자리를 바로잡기 전에 죽었다. 曾子寢疾,
病. 樂正子春坐於牀下, 曾元·曾申坐於足. 童子隅坐而執燭. 童子
曰, 華而睆. 大夫之簀與? …… 曾子曰, 然. 斯季孫之賜也. 我未
之能易也. 元! 起易簀. 曾元曰, 夫子之病革矣. 不可以變. 幸而至
於旦, 請敬易之. 曾子曰, 爾之愛我也不如彼. 君子之愛人也以德,

細人之愛人也以姑息. 吾何求哉? 吾得正而斃焉, 斯已矣! 擧扶而
易之, 反席未安而没.

195 이하 토정의 후손에 관한 계보는 『병산집』에 수록된 「시장諡狀」보다
내용이 상세하다. 아마도 후세에 『토정유고』를 편집할 때 가필을 하였
을 것이다.

196 조세환(1615~1683). 자는 억망嶷望, 호는 수촌樹村, 본관은 임천林
川이다. 효종 때 대구 부사大丘府使, 연안 부사延安府使 등을 지냈
고 숙종 때 동래 부사·전라도 관찰사·병조 참지 등을 지냈다. 동래 부
사로 있을 때 사재를 털어서 빈민을 구제하는 등 선정을 베풀었다.

197 요탁夭椓. 『詩經』「小雅·正月」. 인민은 지금 살 길이 없고 젊고 튼튼
한 이도 해를 입었네. 民今之無祿, 天夭是椓.

198 양梁 간문제簡文帝, 「마보송馬寶頌」. 벼슬아치 행렬을 이루고 대신
이 자리에 있네. 簪笏成行, 貂纓在席.

199 상재桑梓. 『詩經』「小雅·소반小弁」. 뽕나무 가래나무도 반드시 공경
을 하네. 보이느니 아버님이요 그리느니 어머님이라. 維桑與梓, 必恭
敬止. 靡瞻匪父, 靡依匪母.

200 애영哀榮. 『論語』「자장子張」. 선생님께서 나라를 얻어 다스리시면
이른바 '백성은 세우면 서고, 이끌면 행하고, 편안히 해주면 돌아오고,
동원하면 협력하여서 살아계시면 그를 영광으로 여기고 돌아가시면
슬퍼한다.'고 한 것처럼 하실 것이다. 어찌 이런 분을 미칠 수 있겠는
가? 夫子之得邦家者, 所謂立之斯立, 道之斯行, 綏之斯來, 動之
斯和. 其生也榮, 其死也哀. 如之何其可及也?

201 상론尙論. 『孟子』「만장萬章·下」. 한 고을의 착한 선비라야 한 고을의
착한 선비를 벗으로 사귈 수 있고 한 나라의 착한 선비라야 한 나라의
착한 선비를 벗으로 사귈 수 있고 천하의 착한 선비라야 천하의 착한
선비를 벗으로 사귈 수 있다. 천하의 선비를 벗으로 사귀는 것으로 충

분하지 않아 또 위로 옛 사람을 평론한다. 그의 시를 외우고 그의 글을 읽으면서 그의 사람됨을 알지 못한다는 것이 가능한가? 이 때문에 당세의 자취를 논하는 것이니 이는 위로 옛 사람을 벗으로 삼는 것이다. 一鄕之善士, 斯友一鄕之善士. 一國之善士, 斯友一國之善士. 天下之善士, 斯友天下之善士, 以友天下之善士爲未足, 又尙論古之人. 頌其詩, 讀其書, 不知其人可乎? 是以論其世也, 是尙友也.

202 내성외왕內聖外王.『莊子』「天下」. 이런 까닭에 안으로 성인이 되고 밖으로 왕이 되는 도리가 어두워져서 밝아지지 않으며 꽉 막혀서 드러나지 않으니 천하 사람이 저마다 자기가 하고자 하는 대로 하면서 스스로 방술로 여겼다. 是故內聖外王之道, 闇而不明, 鬱而不發. 天下之人, 各爲其所欲焉, 以自爲方.

203 쇄소쇄소灑掃.『論語』「자장子張」. 자하의 제자들은 물 뿌리고 청소하며 응대하고 진퇴하는 예절에 대해서는 잘 하고 있다. 子夏之門人小子, 當灑掃應對進退, 則可矣.

204 원문에는 程朱로 되어 있으나 程張의 잘못이므로 바로 잡는다.

205 물루物累.『莊子』「天道」. 그래서 하늘(자연)의 즐거움을 아는 사람은 하늘의 원망이 없고 사람의 비난도 없으며 사물의 얽매임도 없고 귀신의 책망도 받지 않는다. 故知天樂者, 無天怨, 無人非, 無物累, 無鬼責.

206 규구준승規矩準繩.『史記』「하본기夏本紀」. 왼손에는 수준기와 먹줄을, 오른손에는 그림쇠와 직각자를 잡고서 사계절을 측정하여 아홉 주를 개척하고 아홉 큰 길을 뚫고 아홉 큰 못을 조성하고 아홉 큰 산에 길을 냈다. 左準繩, 右規矩, 載四時, 以開九州, 通九道, 陂九澤, 度九山.

207 세쇠도미世衰道微.『孟子』「등문공滕文公·下」. 세상이 쇠퇴하고 도가 은미해져서 거짓 학설과 포악한 행동이 일어났다. 世衰道微, 邪說

暴行有作.

208 분나紛拏.『초사楚辭』「도란悼亂」. 아! 슬프도다. 어지럽게 뒤섞여서 뒤엉켜 있구나. 嗟嗟兮悲夫, 殽亂兮紛拏.

209 감환酣豢. 구양수歐陽修,「석유엄문집서釋惟儼文集序」. 세상에서 일컫는 현명한 인재는 만약 병사를 독려하여 만 리에 나아가 해외에서 공을 세우지 않는다면 응당 명당에서 천자를 도와 천하를 호령하고 상벌을 내려야 한다. 만일 이 두 가지 모두에 쓰이지 못한다면 영욕을 끊고 세속을 버리고서 스스로를 높이고 지조를 굽히지 않아야 한다. 그러니 오히려 어찌 부귀를 탐하면서 무위를 행할 수 있겠는가! 因謂世所稱賢才, 若不笞兵, 走萬里, 立功海外, 則當佐天子號令, 賞罰於明堂. 苟皆不用, 則絶寵辱, 遺世俗, 自高而不屈, 尚安能酣豢於富貴而無爲哉?

210 격치格致. 격물치지格物致知. 원래『예기禮記』「대학大學」에서 사회 공동체의 지도자가 지녀야 할 덕목으로서 제시한 삼강령三綱領과 팔조목八條目에서 언급한 수신의 첫 두 단계이다. 삼강령은 본질적 덕성을 밝히고(明明德) 이를 사회화하여(新民/親民) 이상사회를 건설하려는(止於至善) 도덕적 정치이념을 말하고 팔조목은 이러한 정치이념을 주도할 지도자의 자질 함양과 그 효과를 단계적으로 서술한 것이다. 군자로 상징되는 지도자는 내적으로는 자기의 덕성을 길러내고 수양을 하여서 이를 바탕으로 공공성을 체화하고 공적 윤리를 지향해야 한다. 그러기 위해서는 먼저 현실에서 직면하는 모든 사물과 사태에 관해 그 의미와 본질을 철저하게 인식하고 이를 확대해서 수양을 해나가야 한다. 격물치지는 바로 사물에 관한 인식의 출발이다. 다음 단계로 자기의식을 성실하게 하고(誠意), 마음을 바르게 하여서(正心) 자기 몸을 수양한(修身) 다음 자기가 주도하는 작은 단위의 사회공동체를 다스리고(齊家) 나아가 국가를 다스리고(治國) 궁극적으로

는 온 세계에 이르기까지 도덕적 정치이념을 구현해야(平天下) 한다. 「대학」의 삼강령, 팔조목은 경험론적 인식을 확대하여서 도덕적 이상을 체득하고 이를 사회화하는 것을 궁극목적으로 한다. 이를 요약하여서 수기치인修己治人, 또는 내성외왕內聖外王이라고 한다.

211 존양存養. 존심양성存心養性. 타고난 순수한 마음을 보존하고 착한 본성을 배양하는 것을 말한다. 조존함양操存涵養이라고도 한다. 조존操存은 타고난 본래의 순수한 마음을 붙잡아서 올바른 방향으로 나아가도록 길러내는 것을 말한다. 『맹자』「공손추·상」에서 마음을 이렇게 설명한다. "잡아두면 있고 놓아버리면 없어지며 나가고 들어오는데 때가 없으며 어디로 향할지 종잡을 수 없는 것은 오직 마음을 이르는 것이다."[操則存 舍則亡 出入無時 莫知其鄕 惟心之謂與.] 그러므로 마음을 늘 성찰하고 붙잡아두도록 수양을 해야 하는 것이다. 함양涵養은 순수한 도덕의 마음을 배양하는 것이다. 마음은 천리를 파악하는 주체인데 외적 사물의 유혹이나 자극을 받아 흔들리거나 흐트러질 수 있으므로 늘 성찰하고 경건한 수양을 통해 마음의 본래성을 지니고 배양해야 한다. 그리하여 북송의 유학자 정이程頤는 "함양은 경건으로써 하고 학문에 나아감은 치지에 있다."[涵養須用敬, 進學則在致知] 하였다.

212 확충擴充. 『孟子』「공손추公孫丑·上」. 나에게 있는 사단은 모두 넓혀서 채울 줄 알면 마치 불이 일기 시작하는 듯하고 샘이 솟아나기 시작하는 듯하다. 만일 채울 수 있으면 사해를 충분히 보존할 수 있고 채우지 못한다면 부모를 섬기기에도 충분하지 않다. 凡有四端於我者, 知皆擴而充之矣. 若火之始然, 泉之始達. 苟能充之, 足以保四海. 苟不充之, 不足以事父母.

213 고명광대高明廣大. 『예기禮記』「中庸」. 그러므로 군자는 덕성을 높이고 묻고 배우는 길을 따르며 광대함을 지극하게 하고 정미함을 다하며

고명함을 극도로 하고 중용을 따르며 옛 것을 익히고 새 것을 알며 돈후함을 두텁게 하고 예를 높인다. 故君子尊德性而道問學, 致廣大而盡精微, 極高明而道中庸, 溫故而知新, 敦厚以崇禮.

214 초츤髫齓. 백거이白居易, 「관아희觀兒戲」. 더벅머리 일여덟 살짜리 비단옷 입은 서너 아이들, 흙장난 하다가 풀따기 놀이하며 하루 종일 즐겁게 히히덕대네. 髫齓七八歲, 綺紈三四兒. 弄塵復鬪草, 盡日樂嬉嬉.

215 주) 182 참조.

216 풍화설월風花雪月. 소옹邵雍, 「이천격양집伊川擊壤集」. 비록 삶과 죽음, 영광과 욕됨이 앞에서 뒤엉켜 달려들더라도 일찍이 가슴속에 들인 적이 없다면 바람불고 꽃이 피고 눈이 오고 달이 뜨는 사철 계절의 변화가 한 차례 눈앞을 지나가는 것과 무엇이 다르랴! 雖死生榮辱, 轉戰於前, 曾未入于胷中, 則何異四時風花雪月一過乎眼也.

217 기사환국己巳換局. 1689년(숙종 15)에 장희빈이 낳은 아들의 원호를 정하는 일이 발단으로 하여 일어난 정치적 변란이다. 이 정변으로 인현왕후가 폐출되었고 송시열, 김수항이 사사되고 서인이 대거 실각하였다. 이후 5년 정도 남인이 마지막으로 정치를 이끌었다.

218 불두포분佛頭鋪糞. 「고금사문류취古今事文類聚」 별집 권5. 진사석이 오대사에 서문을 쓰자 형공(왕안석)이 말하기를 "석가모니 부처의 머리에 어찌 똥을 칠하랴!" 하였다. 陳師錫序五代史, 荊公曰釋迦佛頭上, 不堪着糞.

219 돈세무민遯世无悶. 「周易」「건乾·문언文言」. 초9에서 말하기를 '잠긴 용이니 쓰지 말라!' 하였는데 무슨 말인가? 선생님이 말씀하셨다. "용의 덕으로 숨은 자이다. 세상에 따라 바뀌지 않고 명성을 이루지 않고 세상에 숨어도 번민이 없으며 인정을 받지 못해도 번민이 없어서 즐거운 세상에서는 도를 행하고 근심스러운 세상은 피하니 뜻이 확고하여

서 뽑을 수 없는 것이 잠긴 용의 모습이다." 初九曰, 潛龍勿用, 何謂也? 子曰, 龍德而隱者也. 不易乎世, 不成乎名, 遯世无悶, 不見是而无悶, 樂則行之, 憂則違之, 確乎其不可拔, 潛龍也.

220 불후불후不朽. 『춘추좌씨전春秋左氏傳』「양공襄公」24年. 가장 뛰어난 것은 덕을 세우는 것이요 그 다음은 공을 세우는 것이요 그 다음은 언론을 세우는 것이다. 비록 오래되더라도 폐기되지 않으니 이를 일러 썩지 않는 것이라 한다. 太上有立德, 其次有立功, 其次有立言. 雖久不廢, 此之謂不朽.

221 유양揄揚. 반고班固, 「양도부서兩都賦序」. 즐겁게 드높이 찬양하여 후사에게 뚜렷이 드러나게 하는 것이 또한 아와 송의 버금가는 것이다. 雍容揄揚, 著於后嗣. 抑亦雅頌之亞也.

222 『우계집牛溪集』「우계연보보유牛溪年譜補遺·덕행德行」卷1. 李土亭之菡嘗訪先生至溪上規之. 曰, "公疾如許, 而劬書不止. 殆於性癖. 昔, 唐明皇溺色忘身. 人皆笑之. 今公耽書以增疾. 夫書與色, 淸濁雖殊, 其爲殘生傷性, 則一也. 然則今日經子聖賢之書, 亦公之尤物也." 先生笑而謝之.

223 『우계집』「우계연보보유·답문答問」권1. 丙戌七月, 羅州儒士梁山璹來訪, 留五六日而還. 相話, 知其爲志學之士, 而未知用力之方云. 訪其朋友之賢者, 則金光運決志問學, 潭陽金彦勖最專精於學, 宋濟民志氣淸高, 而欲學李土亭, 立書堂, 聚朋友, 讀書其中云.

224 『율곡전서栗谷全書』卷32「어록語錄·하」. 叔獻言趙兄大男, 歎僕夫難得善者. 土亭曰, "士人之善者, 尙不可易得. 兄僕隷乎? 人家得善奴者, 萬一之幸也. 必求善奴, 則勞心無益. 當求善使之道, 不當求善奴也. 使奴爲善主之奴可也. 豈必欲爲善奴之主乎?" 此言甚好, 有責己恕人之意.

225 이유원李裕元, 『임하필기林下筆記』卷32「순일편旬日編」. 淸州東

二十里有上黨山城. 土亭李之菡辨東邦星土而稱其最高. 山不甚
峻而最高云者, 以其地形之居高也.

226 연행록선집燕行錄選集』, 허봉許篈, 「조천기朝天記·상」. 萬曆 2年
(1574, 선조 7), 甲戌, 5月, 18日, 辛卯, 晴. 見府使李慶祐, 朝飧于
劍水驛. 與汝式偕坐西軒, 汝式說洪州人徐致武之行. 致武本私賤
也. 天性介潔, 凜如秋霜, 一毫不以取諸人, 爲人至孝. 在先王朝,
州牧具其行列, 上于朝, 命賜布帛以獎之. 致武自以爲'豈可無實
行而虛受大惠乎?' 固拒不受. 州牧迫與之, 致武不得已, 歸而懸之
于樑上. 至今封識宛然. 且致武無子. 厥主極狠戾, 親至其家, 攫
取財產, 稇載而去. 致武無所於歸, 將與其妻乞食于四方. 李土亭
之菡聞, 而使人招之, 營其資產, 使勿流散. 蓋致武爲土亭所喜,
與之相許, 曾與浮海, 往賞漢挐山者也. 噫! 斯人也, 其可謂間世
難得者矣. 無學力而有如是, 其資質之美可見矣. 聞其事, 令人意
思洒然.

227 『대동야승大東野乘』, 이덕형李德泂(1566~1645), 「죽창한화竹窓閑
話」. 李憲平公封, 牧隱之曾孫也. 有文名, 性嚴毅, 人莫敢干以私.
爲刑曹判書, 接獄之際, 用法頗峻. 以此冤死者亦多. 同宗土亭李
公之菡常言, 憲平身歿之後, 于今百有餘年, 其子孫微弱僅免流
丐, 豈非峻刑之報也. 爲刑官者, 不可不愼. 余再爲刑判, 每思土
亭之言, 瞿然惕慮. 豈非一助也.
吾宗李公之蕃·之茂·之菡, 皆同胞兄弟也. 長與季, 才行夙成, 聲
名籍甚. 長公與退溪友善, 頗有蓬麻之益. 季公理學通達, 學者稱
爲土亭先生. 兄弟俱解地理. 及其母喪, 長公謂其季曰, "韓山先
墓, 山勢低微. 嘗以卑濕爲慮, 可於此時擇地移葬." 遂遍踏湖右諸
山, 閱數月靡定. 登洪州之烏棲山, 四望傍邑山形水勢, 歎曰, "不
料名山近在吾鄉!" 蓋公兄弟常往來保寧也, 因看焉. 其地, 主山連

亘十餘里, 或聳或伏, 如馬奔馳, 勢若走入海中, 臨海卽止, 斗起
千仞. 又蜿蜒流注, 結於野中, 成一小岡, 形如臥牛, 前臨大洋, 浩
渺無際. 又有一島, 峯巒峭峻, 正當其前, 是名高巒也, 或云前朝
萬戶堡云. 長公登眺, 欣然, 始定宅兆. 暮宿山下漁村. 翌朝主嫗
問於長公, 曰, "客從何處來? 夜夢有白髮老翁, 狀貌奇異, 泣而言
曰, '汝家來客, 將奪吾家.'" 長公聞而心竊喜之, 謂 '必山靈也.' 將
葬, 謂其弟土亭, 葬後己亥年, 吾兄弟皆得貴子. 但汝子不淑, 是
可恨也. 己亥, 長公果生男, 卽鵝溪李相公山海. 其仲氏又生判書
山甫. 土亭生男, 聰明才藝, 絶卓其中, 年纔二十而歿. 其詩篇傳
誦湖西.

李相公德馨, 鵝溪之壻也, 又信風水之說. 一日余適往拜, 相公方
與相地僧聖智, 同坐談山. 余問曰, "地理渺茫, 何可信也?" 相公
曰, "旣有天文, 豈無地理? 但世無具眼, 特未知之耳. 吾曾觀婦家
先世高巒山論, 數十年後其應如神, 不可謂全無明驗也." 世之崇
信風水, 實權輿於李家矣. 長公終於寺正, 仲氏早世, 季土亭卒官
牙山縣監. 李鵝溪山海始生, 土亭聞啼聲, 言於伯氏李正, 曰, "此
兒奇異, 須善保養. 吾門其自此復興乎!" 五歲始寫屛風, 運筆如
神, 字畫宛如龍蛇騰走, 目爲神童, 聲名藉藉. 一時公卿, 無不來
觀. 嘗以墨汁塗足掌印於紙末, 以表少兒之跡, 人家至今傳玩. 年
十三, 魁忠淸右道鄕試, 其賦乃滿招損也. 辭意老成, 識者已知其
文章手段. 年纔弱冠登第, 久典文衡, 屢爲銓長, 位至領議政, 勳
封府院君. 有淸名.

228 정위精衛. 『산해경山海經』「북산경北山經」. 염제의 막내딸은 이름이
여왜이다. 여왜가 동해에 놀러 갔다가 빠져서 돌아오지 못하고 정위라
는 새가 되었다. 늘 서산의 나무와 돌을 물어다 동해를 매우고 있다.
炎帝之少女名曰女娃. 女娃遊於東海, 溺而不返, 故爲精衛. 常銜

西山之木石, 以堙於東海.

229 『택당집澤堂集·별집別集』卷15「추록追錄」. 李淸風之蕃, 土亭之
菡, 遯世高棲, 本無學術. 退溪高其風而友之, 稍以性理之說開之.
二公皆信向, 頗有學力, 故不流於異端. 土亭行己詭異, 有難知者.
然有孝友實行, 憂時愍俗之士也.
土亭初守抱川, 旋棄去, 後守牙山, 嚴束奸吏, 忽一日暴卒, 人疑
其遇毒. 然土亭知人識幾, 志氣如神, 不應凶其終也. 嘗爲其先塋,
爲海濤浸近, 欲造山塡港. 費財巨萬, 皆傭行四方, 轉販所致, 山
幾成而毀. 死後尙有餘財, 價値千金, 門人嗣其事, 一役而敗. 或
言, "此老抱材不用, 欲試其幹力, 爲此精衛之計也."

230 『경오연행록庚午燕行錄』卷1. 1571年 2月. 12日, 庚辰. 朝陰晩晴.
早朝正使送言, 曰, "今日幻術人, 使之招來. 欲與同看否?" 余答
曰, "此是庭戶之間事. 雖病, 豈不可曓時出見乎?" 食後, 正使來.
余出板門外, 設椅聯坐. 書狀亦至. 遂令其人入庭行其術. …… 曾
聞土亭李公, 樸馬過東大門, 城中人聚會競觀, 爭謂'幻術人, 將一
大甕於門內投之, 門外受之'云. 而土亭見之, 則有人負甕出入而
已. 今以此爲稀世之觀, 作哄堂之笑者, 其視土亭何如也! 其亦可
愧也已.

231 매산집梅山集』卷52「잡록雜錄」. 河西退溪幷世, 交契甚敦. 河西
贈詩至云, 夫子嶺之秀, 李杜文章王趙筆, 而乙巳後出處殊塗, 河
西則終身自靖, 退溪則黽俛進取. 河西對土亭說與退溪事, 爲之慨
惜. 土亭拜退溪而道之, 退溪憮然若不自容, 亦可驗受善之量也.

232 『미암집眉巖集』卷10「日記」. 癸酉, 萬曆元年, 我宣廟7年. 7月, 初
六日. 許太輝, 李汝受之來訪. 蓋有慰余未入升品吏參之望之意.
○因李大諫山海, 聞其叔父之菡號土亭, 以兄之蕃之病, 入城見

之. 聞拜六品之職, 洗耳卽還去. 其視爵祿如浮雲, 亦世上所無之高士也.

233 『담헌서湛軒書』「미상기문渼上記聞」. 出拜江上, 先生出示小紙兩片. 一則土亭與孤靑書, 其上言兒病方甚, 終言明日將與甫姪往遊耽羅, 其肯從否, 下膽孤靑事蹟中與土亭遊覽耽羅一事. 一則孤靑語云'余少學於土亭. 家在三十里外, 每日一往, 雖風雨不廢. 久則間日而往, 益久則間數日一往. 此雖事故使然, 而亦未免始勤終怠. 後學當知戒'云云. 先生曰, "余甚好此二書. 君其知之否?" 余因請聞焉. 曰, "今人雖適莽蒼, 必刻日舂粮. 猶且病故相牽, 愆期失時. 今土亭方欲越海入島, 而不顧兒病之方甚, 將行千里而期以明日. 一夜之間, 人馬資粮, 何以辦出耶? 觀孤靑事蹟, 則亦當因此而從遊. 以今人觀之, 兩公之事, 豈非疎迂之甚乎! 且君輩於書院, 間日一來, 猶以爲難. 視孤靑, 豈非可愧乎! 古人之做事勇決, 好善篤實, 於此可見矣."

234 『고청유고孤靑遺稿』「부록·유사遺事」. 土亭李先生與先生書曰, "近何學況? 此迷兒寒疾尤重, 憫憫. 明日, 攜甫姪, 欲往耽羅. 左右其無同遊之意乎? 玆以委告. 出『土亭集』

土亭李先生遊公山, 過孔巖, 謂孤靑曰, "可往訪成某." 仍與偕呼於門外. 成東洲聞聲卽應, 曰, "李某來耶!" 相攜共賞蒼巖. 東洲騎馬, 土亭·孤靑步而後. 若馬走然, 二公不以爲嫌. 且行且談, 盡日遊翫而歸. 若兩賢眞可謂知音知己, 而心德同符.

土亭先生嘗避世于東鶴寺歸命菴. 先生乘夕往從, 凌晨而還. 有金上舍者, 知其幾, 告歸. 先生問其故. 對曰, "弟子之所以遠來從遊, 非只爲受業, 蓋欲學先生一動一靜. 今先生暮出, 不使門人知之, 是以求去也." 先生笑曰, "土亭先生方在山寺, 恐蹤跡見漏, 故吾亦諱之."

土亭遺稿

이지함 토정유고 원문

土亭先生遺稿序

■ 鄭澔

我朝名賢大儒, 前後輩出, 而間有磊¹落奇傑之
士. 如金梅月·鄭北窓諸賢, 不遵繩墨. 託迹方
外者, 亦非一二. 其中土亭李先生, 尤卓絶²高遠,
不可涯量者也. 先生姿稟甚高, 氣度異常, 學無
師承, 神解宏博. 凡天文·地理·醫藥·卜筮·律
呂·筭數, 知音察色, 神方秘訣, 無不通曉. 孝友
忠信, 樂善好義, 出於天性. 趙重峯嘗以清心寡
欲, 至行範世, 并與栗·牛兩先正而稱之. 惟此
數語, 可以槩先生之始終矣. 世之觀先生者, 只
以栗谷'奇花異草'之喩, 謂先生高則高矣, 奇
則奇矣, 而疑其非適用之才. 此有不然者. 其所
謂'奇花異草', 特据其粗迹而論之而已. 及撰
「誄文」, 則曰, "忠信感物, 孝友通神. 外諧³內明,
游戲風塵. 遇事沛然, 板上丸轉⁴. 知我雖希, 積

德必發." 此豈非實地上摸寫之言乎! 且其所與
交游, 如朴思庵·高霽峯·栗谷·牛溪·尹月汀及
我松江先祖, 皆一代名勝. 至於教育成就, 如李
鳴谷及重峯·徐致武·朴春茂·徐起諸人, 其臭
味之相合, 嗜好之篤厚, 無異芝蘭. 惟於宵小邪
佞之徒, 則視之如蛇蝎, 棄之如糞土. 凡此好惡
之正, 無非從忠信道義中流出. 此豈果於忘世,
游心物外⁵者之所能也哉! 『記』曰, "儗人必於其
倫." 以余觀於先生, 其殆邵堯夫之倫歟! 明道
論堯夫之道, 曰, "志豪力雄, 闊步長趨, 凌空厲
高, 曲暢旁通." 又曰, "堯夫放曠." 又曰, "堯夫
直是無禮不恭." 蓋先生一生所需用, 即堯夫打
乖法門, 傲睨一世, 雜以諧謔. 若其'妖星爲瑞
星', 及'慵奴詐疾'之言, 實與'生薑樹上生',
'忘却拄杖'等句語, 同一機括. 但堯夫微露其
迹, 而先生太露, 此其⁶少異也. 若使前後二賢,

出爲世用, 雖或不純乎規矩準繩, 而豈不綽綽於
經濟一世乎! 謝上蔡謂 "堯夫直是豪才. 在風
塵時節, 便是偏覇手段." 余於先生亦云. 先生
平日, 不喜著述, 家藁所存, 僅寥寥數編. 此何
足以窺先生之萬一乎! 然其稿中, 次陶潛「歸去
來辭」, 「寡欲說」及「牙·抱封事」諸篇, 可見其
存養施措之端. 一臠足知全鼎, 亦何必多也. 今
先生裔孫雞林大尹禎翊曁從及府使浣兄弟, 相
議入榟, 索余一言弁卷. 余雖不敢當, 亦何心終
辭? 只述其平日所得於先輩之論者以復之.
崇禎後歲庚子仲春下澣, 後學烏川鄭澔謹序.

土亭先生遺稿卷上

• 詩

次宋雲長翼弼韻

曩遇雲長初, 實爲芸所幸. 有意於汲古, 從君借

脩綆. 玄黃方寸間, 鄒魯豈不逈. 鑢錫我須執, 沙

石子須磨. 私情如或起, 在邇還在退.

公初名之芸.

• 辭

次陶靖節歸去來辭

歸去來兮! 安宅恢恢胡不歸! 初不是心爲形役,

復何喜而何悲? 南余斾兮孰拒, 北余轅兮誰追?

耳不聞其毀譽, 口不言其是非. 知蘊袍之且煖,

又何羨乎錦衣! 遵大路之蕩蕩, 曜此日之不微.

瞻彼中郊, 鳥飛獸奔. 深山爲屋, 溪谷爲門. 出入

閑閑, 所性猶存. 饑食木實, 渴飲汙樽. 田有禽

兮不與, 鳥獸中之原顏. 何最靈之反昧? 入鼎鑊
而自安. 我不欺乎我身, 誰速我乎鬼關? 有百體
而快適, 愧女子之闖觀. 瞰天地之闊遠, 笑白雲
之往還. 巢何爲乎避堯? 管何爲乎事桓? 歸去
來兮! 履中途而優游. 貧不屑乎仲子, 富不屑乎
冉求. 無旨酒與佳肴, 可娛樂而忘憂. 視不分於
五穀, 難從事乎西疇. 茫茫滄海, 渺渺孤舟. 指
雲間之華夏, 望日下之靑丘. 從吾心之所好, 樂
天放而周流. 見風濤之將起, 返故園而時休. 已
矣乎! 泰和雍熙問何時? 隙駒其過不我留, 不知
不慍孰能之? 陶琴本無絃, 誰爲鍾子期. 藝丹田
之黍稷, 玆不怠乎耘耔. 書窮姚姒之書, 詩詠子
姬之詩. 心此心而不疚, 質諸鬼神而無疑.

• 說

大人說

人有四願, 內願靈強, 外願富貴. 貴莫貴於不爵,
富莫富於不欲, 强莫强於不爭, 靈莫靈於不知.
然而不知而不靈, 昏愚者有之. 不爭而不强, 懦
弱者有之. 不欲而不富, 貧窮者有之. 不爵而不
貴, 微賤者有之. 不知而能靈, 不爭而能强, 不
欲而能富, 不爵而能貴, 惟大人能之.

避知音說

士之駕, 由知音也, 而叔季之知音, 殃之媒也.
何者? 財用, 初非凶物, 國家之殃, 多出於財
用. 權勢, 初非凶物, 大夫之殃, 多出於權勢. 懷
璧, 初非凶物, 匹夫之殃, 多出於懷璧. 知音, 初
非凶物, 賢士之殃, 多出於知音. 不見知於宣孟,
則程嬰何殃? 不見知於燕丹, 則荊卿何殃? 不

見知於蕭何, 則韓信何殊? 不見知於徐庶, 則諸葛何殊? 知音之遇, 不殊者鮮矣, 而不困不辱, 全未有聞. 是故人有願爲知音者, 賢士姑避之而已矣. 相遇而不殊者, 其惟山水間之知音乎! 其惟田野間之知音乎!

寡欲説

孟子曰, "養心, 莫善於寡欲." 寡者無之. 始寡而又寡, 至於無寡, 則心虛而靈. 靈之照爲明, 明之實爲誠, 誠之道爲中, 中之發爲和. 中和者, 公之父, 生之母. 肫肫乎無內! 浩浩乎無外! 有外者小之. 始小而又小, 梏於形氣, 則知有我而不知有人, 知有人而不知有道. 物欲交蔽, 戕賊者眾. 欲寡不得, 況望其無! 孟子立言之旨, 遠矣哉!

● 疏

莅抱川時上疏

伏以臣海上之一狂氓也. 年將六十, 才德兼亡. 自顧平生, 無一事可取. 有司採虛名, 主上加謬恩, 委任字牧, 分符畿甸. 臣聞命兢悚, 只欲循墙, 而翻然自謂, 曰, '聖上不可負, 清朝不易得.' 將竭臣駑鈍, 盡臣讕薄, 圖報乾坤生成之至恩, 不意濕症重發, 手足無力, 擧身欲行, 無杖則仆. 使犬馬之誠, 未能自效其萬一. 故疏陳一隅之獘, 冀補興邦之猷. 伏願殿下, 小垂察焉. 抱川之爲縣者, 如無母寒乞兒. 五臟病而一身瘁, 膏血盡而皮膚枯. 其爲死也, 非朝卽夕. 雖黃帝·歧伯, 必窮其思, 困其慮, 萬端其術, 然後始可與言起死回生之道也. 況今以臣庸劣, 雖欲救此, 誠末由如之何也! 而不忍立視其死, 敢獻上中下三策. 先言財穀之艱難, 眼前之巨患, 而後畢其説. 八

道之中, 殘邑非一, 而他邑則財穀雖小, 民數亦
小, 其飢也易可得而救之. 抱川則良丁纔爲數
百, 而合公私賤男女老弱, 則數不下萬人. 土田
瘠薄, 耕不足食, 公私債納償之後, 則礗石俱
空, 菜食連命. 年豐尚飢, 況凶年乎! 苟欲救此,
則非數萬石, 必不贍矣. 今, 縣儲實穀, 不過數
千石, 不實雜穀, 通計乃爲五千石. 民出此官租,
用爲種子, 用爲貢賦, 則其所分食者, 不滿千石.
以千石之穀爲萬人一年之食, 亦云難矣. 況官
租食破之後, 流離死亡者, 亦非一二, 則元穀之
數, 其能不縮乎! 況縣於路傍, 邊將之經過, 野
人之往來, 供億倍他, 糜費不貲. 一年減會計用
之者, 至於百餘石, 則十年之後, 將減千石, 年
彌久而穀彌縮. 不知此後, 何以爲縣! 蓋障不完,
倉廩數少之穀, 亦或有腐朽者, 軍器齟齬, 無一
物可用於緩急者, 此一縣之大患也. 率此窮民,

修政亦難, 況官廨之頹傾, 犴獄之廢壞, 何暇恤
哉! 然則不出數十年, 縣必爲虛里矣. 議者以爲
'請於朝, 發京倉之米, 移富邑之粟, 則救此何
難?' 臣意以爲不然. 前此京外之穀, 移轉于抱
川者, 曾過五六千石, 民之飢困, 與前無異. 假
令今者, 又移給如前數, 亦不能膏萎醒渴, 從可
知矣. 京倉之穀, 富邑之粟, 其數有限, 而八道
之殘邑, 請賑無窮, 發倉移粟, 若至累累, 則恐
無可繼之理也. 古人以爲'滄海不能實漏巵.' 今,
國家之儲, 不及滄海, 列邑之費, 多於漏巵, 臣
實憂之. 欲救殘邑而不能善措, 徒以移轉爲良籌,
則穀必不足, 終爲京倉富邑之病而已. 古之君
子, 亦或有發倉廩救人者, 此特遇時之不幸, 偶
一爲之. 豈可以此, 爲相繼之道乎! 如不得已而
必欲救之之方, 則自有其說. 臣聞'帝王之府庫
有三.' 人心者, 藏道德之府庫也. 其大無外, 萬

物備焉. 苟能發此, 則無以尚矣. 一人立極, 先開其府, '用敷錫厥庶民', 厥庶民亦各自開其府, '于汝極, 錫汝保極.' 然則時和歲豐, 皥皥熙熙, 吾民之財, 與南風而俱阜, 菽粟之多, 如水火之至足. 夫如是則豈獨富一縣之民哉! 舉國之民, 莫不含哺皷腹, 爭發華封之祝. 此非上策乎? 銓曹者, 藏人材之府庫也. 人材之會, 如百川之朝宗于海, 車載斗量, 不可勝數. 苟能發此, 則亦何有不可平之事乎? 元首明哉, 股肱良哉, 庶事康哉! 大而用后稷, 則黎民不至於阻飢, 小而用張堪, 則麥穗可見其兩歧. 清風宇宙, 貪泉自渴, 甘雨邇遐, 冤草自甦. 夫如是則豈獨救一縣之民哉! 舉國之民, 莫不歌之舞之於至治之中矣. 此非中策乎? 陸海者, 藏百用之府庫也. 此則形而下者也, 然不資乎此, 而能爲國家者, 未之有也. 苟能發此, 則其利澤之施于人者, 曷其

有極? 若稼穡種樹之事, 固爲生民之根本, 至於
銀可鑄也, 玉可採也, 鱗可網也, 鹹可煮也. 營
私而好利, 貪贏而嗇厚者, 雖是小人之所喻, 而
君子之所不屑. 當取而取之, 救元元之命者, 亦
是聖人之權也. 此非下策乎? 棄此三策, 則其
如濟民何? 嗚呼! 百代之帝王, 孰不欲開此三
府, 以裕民生乎? 欲開道德之府, 則形氣之私閉
之. 欲開人才之府, 則邪佞之臣閉之. 欲開百用
之府, 則猜忌之徒閉之. 今我殿下, 潛心學問,
大體是從, 仁如天地, 不嗜殺人. 卽祚之後, 未
嘗致一人於形戮, 好生之德, 洽乎民心. 形氣之
私, 宜若不能閉之, 而道德之府不能大開者, 何
歟? 此臣之所未喻一也. 殿下卽祚之後, 朝廷清
明, 人皆引領而望, 曰, "稷 · 契 · 皐陶之輩, 將各
熙其績, 太平之治, 可復見於今日." 邪佞之臣,
宜若不能閉之, 而人才之府, 不能大開者, 何歟?

此臣之所未喻二也. 殿下卽祚之後, 視民如傷,
大開公道, 山林川澤, 與民共之. 猜忌之徒, 宜
若不能閉之, 而百用之府, 不能大開者, 何歟?
此臣之所未喻三也. 道德之府開, 則身雖欲貧,
終不得不富. 以古人已行之跡觀之, 堯舜所居則
茅茨也, 所服則短褐也, 所羹則藜藿也, 所盛則
土簋也. 然則堯舜宜若極貧窶之匹夫, 而終見
潤身餘光, 被于四表, 格于上下, 得壽得祿, 子
孫保之, 民到于今, 莫不尊親. 堯舜可謂富之至
矣. 道德之府閉, 則身雖欲富, 終不得不貧. 以
古人已行之跡觀之, 桀紂所居則瓊宮也, 所服則
寶玉也, 所食則八珍也, 所盛則玉盃也. 然則桀
紂宜若爲極富貴之天子, 而終見天下之惡歸焉.
藏一身之無所, 至今呼匹夫之最貧最賤者, 而數
之曰'汝如桀紂'云爾, 則莫不勃然而怒, 羞爲之
比. 桀紂可謂貧之至矣. 今我國家道德之府, 將

開乎, 將閉乎? 焉有聖明在上, 而道德之府, 終
不大開乎? 意者府之重門, 曾已洞開, 而遠臣未
及聞知也乎! 議者又曰, "人才之府, 振古不開,
但府庫之中, 無才也已久. 今之所藏者, 皆是不
才, 雖發而用之, 亦不足爲一世之富." 臣意以
爲大不然. 府庫之中, 焉有無人才之時乎? 日月
星辰之麗乎天者, 古亦如此而今亦如此. 草木
山川之麗乎土者, 古亦如此而今亦如此. 至於人
才, 何獨不然! 有天則必有星辰, 有地則必有草
木, 有國則必有人才. 忠信之人, 求於十室之邑,
亦無不得之理, 況朝廷之上, 羣哲之所萃, 擇
於其中, 則君子人必多有之矣. 多有之, 未有聞
者, 恐錐雖處囊, 藏鋒太深, 其末不得見爾. 不
然, 用之易其才, 使其才, 歸於不才也. 已曰用
之, 何如則可謂不易其才乎? 曰, 使鷹櫻雉, 使
鷄司晨, 使馬服車, 使猫捕鼠, 則是四物, 皆可

用之奇才. 不然海東靑, 天下之良鷹也, 使之司
晨, 則曾老鷄之不若矣. 汗血駒, 天下之良馬也,
使之捕鼠, 則曾老狸之不若矣. 況鷄可獵乎, 狸
可駕乎? 如此則此四物, 皆爲天下之棄物也. 以
人之一身言之, 視者目之才也, 聽者耳之才也.
若用之不易其才, 則耳也目也, 誠爲一身之奇才.
不然, 離婁之目, 天下之至明, 若使之聽則不能.
師曠之耳, 天下之至聰, 若使之視則不能. 至於
手足百體之用, 莫不皆然. 古人有言曰, "不在其
位. 不謀其政." 上中二策, 肉食者謀之. 臣必欲
終始言之, 將多出位之罪, 姑舍是不言, 擧下策
之切於縣邑者, 陳達焉. 殿下若命該司, 採以施
之, 則實爲抱川之大幸也. 臣嘗遇閭閻, 有一女
子, 年可四十, 坐於門前, 頗有慘怛之容. 問之
則答曰, "家有薄田少許, 去年失稔, 朝夕之資久
絶. 不忍見艮人之飢困, 烹野菜而供之, 艮人强

咽數著, 噓唏而止曰, ‘難復咽矣.’ 明日如此, 又
明日如此. 一旬之後, 良人遘疾而死.” 言未盡而
嗚咽不能言. 久之氣定, 乃曰, “我之氣血枯瘁,
三歲兒呼渴而不能乳者, 亦久矣. 端午日夜半,
兒振其手足, 若冬月寒苦之狀. 我卽驚起, 以手
驗其口, 氣已絶矣. 走歸房中, 手掃缸底, 偶得
米粒, 急嚼和水, 注之於口, 俄而呼吸乃通. 不
知此後, 能復生幾日耶!” 因嗚咽, 欲畢其言而且
不能焉. 臣聞其言, 見其色, 不覺涕泗滂沱. 此則
一寒女矣. 凶年飢歲, 則闔縣將盡塡溝壑, 尚復
何言? 誠欲賑飢, 王府之財, 猶不足惜, 山野空
棄之銀, 何惜而禁之, 使不得鑄? 陵谷埋藏之
玉, 何惜而禁之, 使不得採? 海中無窮之魚, 何
惜而禁之, 使不得捕? 斥鹵不盡之水, 何惜而
禁之, 使不得煮乎? 私人之謀利者禁之, 亦云
不可, 況縣邑之所作, 實是救萬民之命者, 則誠

不可禁也. 凡物之產, 只取用於本官, 在他官者
恒禁之, 使不得取, 不亦左乎? 雖曰'他道他官',
莫非王土. 抱川無海, 則海物取之於他境, 豈云
不可? 臣請聞見有處, 試鑄銀採玉而用之, 若
功勞多而所得不夥, 置而不爲, 若所得多而可爲
救民之用, 則書其事之首末, 轉而上聞. 銀玉之
事, 未能逆料其如何也. 漁則全羅道萬頃縣, 有
洲名曰洋草, 而於公於私無所屬. 若以此姑屬抱
川, 則捕魚貿穀, 數年之內, 可得數千石. 鹽則
黃海道豐川府, 有井名曰椒島, 而於公於私無所
屬. 若以此姑屬抱川,則煮鹽貿穀, 數年之內, 亦
可得數千石. 以此爲抱川倉廩之儲, 用之於救
民, 用之於官費, 而元穀會計, 永不減一石, 則
無米粟漸縮之憂, 有永世恒足之樂. 況善爲措
置, 則數萬之資, 不難致矣. 抱川, 安知他日不
爲國家之大保障乎? 且抱川既得蘇復, 洋草與

椒島, 又移給殘獘之列邑, 皆如抱川之爲, 則非
是博施濟衆之一助乎! 或曰, "君子言義, 而不言
利. 何敢以財利之事達於君父前乎?" 忍哉! 或
人之言也. 賓之初筵, 側弁之俄, 舍其坐遷, 則
責以無禮, 可也. 至於赤子匍匐將入井, 則心自
怵惕, 不正冠, 不納履, 顚倒以救之. 何暇責手
容之不恭, 足容之不重乎! 況義與利, 由人以判.
若使凶人居之, 所謂禮法者, 皆爲利欲矣. 昔者,
王莽誦六經, 安石學『周官』, 何有於義哉? 若使
吉人居之, 所謂財利者, 皆爲德義矣. 昔者, 子
思先言利, 朱子務耀耀, 何有於利哉? 或人妄爲
之說, 以沮救民之謀, 天必厭之. 呂尙·膠鬲, 皆
爲聖人之徒, 且通漁鹽之利, 況今日之民, 呼號
於窮餓之水火, 有甚於呂尙·膠鬲之時乎! 大抵
德者, 本也, 財者, 末也, 而本末不可偏廢. 以
本制末, 以末制本, 然後人道不窮. 生財之道,

亦有本末, 稼穡爲本, 鹽鐵爲末. 以本制末, 以末補本, 然後百用不乏. 以抱川之事言之, 則本旣不足, 尤當取末以補之, 此豈得已而不已者乎! 至於漁鹽赴役之人, 則募其自願, 與民分利, 國家不費一石之穀, 不煩一夫之力, 命可活萬人, 縣可保百年, 何憚而莫之爲也? 臣誦南風之詩而慕堯舜之德, 覽西漢之史而戒弘羊之私. 今者殿下, 誠能阜億兆之財, 均億兆之利, 奠赤子於春臺壽域之中, 則何慕乎帝舜, 何戒乎弘羊, 何畏乎淳風之不能復哉? 臣第念日月易逝, 隙駟難縶, 若悠悠泛泛, 所成者闕如, 則斯可虞也已. 藥有陋於目而適於病, 言有陋於耳而適於時者. 伏願殿下, 勿以愚臣爲庸陋, 而少垂察焉.

莅牙山時陳獘上疏

伏以雖有靈丹, 病熱者服之則死, 雖有不潔, 病

熱者服之則生. 用言之道, 亦猶是也. 伏願殿下,
勿以愚生之言爲至不潔, 而特垂睿鑑, 以救一時
軍民之病焉. 臣聞'王者以民爲天, 民以食爲天.'
今者列邑, 不知大可恃者, 只在此天, 而慢侮之,
殘害之, 俾天而失其天, 于時保之, 不亦難乎?
臣請試擧一縣之一事而陳之. 嘗聞牙山簿牒之
煩, 倍於他縣, 一日呈訴, 或至四五百人. 臣以爲
物衆而然也, 俗惡而然也. 臣到任後觀之, 則是
非物衆俗惡而然也. 冤民之多, 非他縣比也. 臣
請言其由. 去癸丑年, 軍籍時, 守縣之臣, 鞭撻
刷吏, 使之多括良丁. 吏不堪苦, 充之以老病垂
死之人, 繼之以木石鷄犬之名. 良丁之多, 若有
倍於他縣者, 因以餘丁移補他官. 甲戌年, 改軍
籍時, 因舊額不敢改. 其實則以本縣之民, 充本
縣之籍, 尚且不足, 況他官之役乎! 故毒疾而不
能免役者有之, 七十而不能除軍者有之, 闕額頗

多, 況使服他官之役乎! 諸色軍兵, 官府奴婢, 旣無其身, 則必懲價於一族, 貧民不能卒辦, 則囚而督之. 使男民立其番, 而又立一族之番, 女民納其布, 而又納一族之布, 男號泣於行伍, 女號泣於犴獄. 農桑失時, 衣食俱空, 流離奔竄, 鎖尾於他鄉, 以至於消耗, 良可惻然. 匹夫匹婦, 不獲其所者, 古人恥之. 縣民之載籍於族案者, 多至千餘, 訴冤者日日盈庭, 或稱寸數不知, 或稱皮肉不干. 欲辨之則闕番誰立, 若不辨則兵民之病, 終不可救, 將若之何? 一縣之冤民, 已爲千餘, 則一國之冤民, 不知其幾萬億! 是故兵民之冤氣, 塞乎天地之間, 三光告凶, 癘氣熾行, 亦可懼矣. 文王之治歧也, 有幼而無父者, 有老而無子者, 有老而無妻者, 有老而無夫者, 四者天下之窮民而無告者也. 文王發政施仁, 必先斯四者. 今窮民之多, 倍蓰於文王之世, 而無民

被周恤之澤者, 臣竊爲聖明恥之. 本縣有士族金
百男者, '年六十一, 尙未伉儷' 云. 臣怪聞其由,
人曰, "本縣人物不足, 以士族充皂隸諸員者甚
多, 而若移居于他境, 則一族受其侵人之患. 避
一族, 如避陷穽. 百男之名, 曾在軍案, 人不肯
作婿, 將至於老矣." 臣聞其言, 見其人, 嘆惻不
能已. 又有曰, "百男, 兄弟中之健實者也. 其女
兄金氏, 年五十而未嫁, 男兄金堅者, 年五十七
未娶, 皆托居百男之家." 非獨此也. 又有士族
朴弼男者年五十, 有鄭玉者年五十五, 有鄭權者
年六十二, 有朴由己者年七十一, 皆未嘗爲人夫.
臣所聞者如此, 臣所不知者, 豈止此? 爲士族者
如此, 庶人之鰥寡, 何可勝數? 噫! 喪其伉儷而
爲鰥寡者, 亦云窮矣. 彼則初不知有天倫, 實是
天下至窮之民也. 非徒不被仁政, 反被侵害, 使
其生理益窮如此, 則呈訴, 烏可已乎! 民惟邦本,

本固邦寧. 今者外有强敵, 內多冤民, 脫有緩急, 其能濟乎! 本旣不固, 則邦寧難必. 若以此爲不足念則已, 不然, 事起乎所忽, 禍生乎无妄, 措置之方, 不可緩也. 伏願殿下, 亟命八道, 損其戶數, 減其軍額, 善用見在之兵, 遵養時晦, 俾無後悔. 大抵患民之散, 則要須撫之以恩德, 不徒刷還之爲尙, 患兵之寡, 則要須敎之以義勇, 不徒若林之爲尙. 昔周之衰, 列國用兵爭强, 魏人與秦人戰, 孰不曰秦勝? 何者? 秦兵衆且强, 魏兵寡且弱也, 衆寡之數, 愚夫所易見, 强弱之勢, 智者所難燭. 當時魏之信陵, 能燭其勢, 故禦秦于邯鄲也, 以爲'人欲爲我死, 則只將數萬, 亦可以摧彼. 人不欲爲我死, 則雖將百萬, 無異獨立.' 遂下令曰, "父子俱在軍中者, 父歸. 兄弟俱在軍中者, 兄歸. 獨子無兄弟者, 歸養." 歸兵二萬, 而以餘勝秦. 信陵遇求益之時, 損而又

損, 卒至成功者, 知人衆不如人和也. 今之有司
反此. 處太平之世, 寇賊未至, 先斲其邦本, 不
知勞來安集之道. 惟以囚人之父, 囚人之兄爲良
法, 而使獨子無兄弟者, 不但奔走於己役, 又役
其一族之役, 不但役一族之役, 又役其鷄犬木
石一族之役. 歸養之令, 鮮有聞焉, 而老男老女,
不知嫁娶, 爲鰥寡, 死於窮困者, 比比有之. 當
此之時, 山戎海寇之有智計者, 將數萬之衆, 來
犯我國, 國必瓦解. 何者? 民之冤悶, 非日非月,
無一夫爲國死者故也. 嗚呼! 有司之事殿下, 縱
不如軼堯舜, 駕湯武, 忍使聖明不如魏公子無忌
乎! 或以爲廢一族之法, 則厭役者, 無所顧念,
或有移避之心, 不足之軍額, 尤至於虛疏, 患
莫大焉. 臣意以爲不然. 徵一族則兵民散亂, 或
爲僧徒, 或爲盜賊, 而民日以寡, 是知徵一族者,
散民之道也. 軍額安得不爲之虛疏哉! 不徵一

族, 則案堵生殖, 散亂者還集, 失百人而得千人, 軍額之虛疏, 非所當虞也. 且兵民之移接者, 非皆移接于鄰國也. 若使所歸之官, 一一推刷以定其地之役, 則等役也, 豈有避本縣之役, 而服他官之役哉? 在本土而無一族徵, 歸他官而又不得安, 雖賞之使移, 終不移矣. 伏願殿下, 察安危之勢, 悶生靈之窮, 亟除一族之法. 左右皆曰‘不可’, 勿聽, 諸大夫皆曰‘不可’, 勿聽. 臣之所言, 國人之公論. 民之困窮, 殿下之所見, 抑又何疑? 昔秦繆公, 爲晉軍所圍, 將不免俘獲, 野人三百, 馳冒晉軍, 脫繆公以歸. 野人三百, 豈可敵億萬之精兵哉! 其前日活己之恩, 有以激成其義勇也. 是知衆者有敵, 仁者無敵. 殿下若能除一族之法, 率億兆以仁, 則無敵於天下矣. 孟子曰, "王請勿疑." 臣亦請殿下之勿疑也. 臣受殿下一邑之兵民, 若不以誠而撫養之, 將不免不

忠之罪, 徵一族病齊民, 臣終不忍爲之也. 且古
之明君, 制民之產, 爲什一之政, 使仰足以事父
母, 俯足以畜妻子, 樂歲終身飽, 凶年免於死亡,
然後兵卒之出, 則出以田賦, 民力之用, 則不過
三日. 今則政煩賦重, 民不堪支, 盡賣田廬, 僑
居四方, 齊民之有田者無幾. 故耕富人之田, 得
其什之五, 以爲糊口之資, 雖大桀之民, 不如是
之困也. 而又使之爲軍卒, 則不計妻子之食, 罄
其所儲以贏其糧, 名之曰上番, 或役半歲, 或役
百日, 或役一朔. 下番之後, 名之曰進上山行, 或
營鎭, 或郡縣, 役之者不知其數. 又名之曰驅馬
軍, 別役軍者, 出於不意, 又使修軍裝, 守軍器,
殆無虛日, 亦已甚矣. 又使之役一族之役, 納一
族之布, 可謂已甚而又甚. 不知厥終之勢, 終何
如也. 嗚呼! 舜不極其民, 造父不極其馬, 今者
極而又極, 不知厥終之勢, 終何如也. 嗚呼! 殿

下聽臣言, 亟命減軍額除一族, 猶可及救. 不然, 後雖有悔, 噬臍無及. 臣爲上爲民, 豈爲民而不爲上哉! 祇有犬馬之誠, 不能括囊耳. 嗚呼! 臣之此疏, 天理存亡之機決矣. 倘爲殿下之所擇, 則宗社幸甚, 生民幸甚. 嗚呼! 臣受殿下一邑之兵民, 雖不能平其政刑, 如齊之卽墨, 趙之晉陽, 徵一族病齊民, 終不忍爲之也.

土亭先生遺事卷下

원문

● 記

遺事

萬曆元年癸酉五月. 宣祖朝[7]命薦卓行之士. 吏
曹以先生[8]氣度異常, 孝友出人舉之. 少時葬親
海曲, 潮水漸近, 度於千百年後, 水必囓墓, 欲
防築以禦水, 殖穀鳩財, 用力甚勤. 人多譏其不
自量. 先生曰, "人力之至不至, 我當勉之. 事之
成不成, 在天焉. 爲人子者, 豈可安於力不足而
不防後患乎?" 海口廣闊, 功竟不就, 而先生之誠
則未止也. 天資寡欲[9], 於名利聲色淡如[10]也. 有
時戲語不莊, 人不能測其蘊也.　　－出『石潭日記』

今上朝擢用人材. 如趙穆·李之菡·成渾·崔永
慶·鄭逑·金千鎰·柳夢井·柳夢鶴·金沔等, 以
學行相繼, 超敍六品職. －出參判李廷馨『東閣雜記』

萬曆二年甲戌八月. 先生以抱川縣監棄官歸. 先生憂抱川穀少, 無以活民, 請折受魚梁, 捉魚貿穀, 以助邑用. 朝廷不從之[11]. 先生初無久於作邑之計, 只游戲耳, 旋棄官[12].　　　　－出『石潭日記』

萬曆戊寅三月. 先生見栗谷[13], 名士多會之. 先生顧左右[14]大言, 曰, "聖賢所爲, 頗作後弊." 栗谷笑曰, "有何奇談, 乃至於此. 願[15]尊丈作一書以配莊子." 先生笑曰, "孔子稱疾不見孺悲[16], 孟子稱疾不就齊王之召, 故後世之士, 多以無疾稱有疾. 夫稱疾欺人, 乃人家怠奴懶慵[17]之所爲, 而爲士者忍爲之, 乃托於孔孟之跡, 豈非聖賢[18]所爲, 作後日之弊乎?" 一座皆笑. 時栗谷辭疾將免大諫, 故先生云然. 又曰[19], "去年妖星, 吾則以爲瑞星." 栗谷曰, "何謂耶?" 先生曰, "人心世道, 極其潰裂[20], 將生大變, 而自星現[21]之後,上下恐懼, 人心稍變, 僅得不生大變. 豈非瑞星乎?" 先生又語諸名士, 曰, "當今世道, 如人元氣已敗, 無下手救藥之路. 只有一奇策, 可救危亡之勢." 座客[22]請問奇策. 先生曰, "今世必不用此策, 何以言爲? 固靳不言." 座客請問甚切. 良久, 先生乃曰, "今日叔獻栗谷字留朝, 則雖不能大有所爲, 必不至於[23]危亡, 此乃奇策也[24]. 此外更有何策乎? 楚漢相距, 以得韓信爲奇策, 關中初定, 以任蕭何爲奇策. 豈於得蕭何·韓信之後, 更說[25]他策乎?" 一坐皆笑之. 先生之言, 雖似談諧, 而識者以爲的論. 　　　　　－ 出『石潭日記』

四月. 栗谷還歸鄉里. 先生責栗谷曰, "君何忍退去乎?" 栗谷曰, "我果非耶?" 先生曰, "譬如親病極重, 死在朝夕, 而爲子者, 奉藥以進, 則病親極怒, 或以藥椀擲于地, 有時擲于面[26], 傷其

鼻目, 則爲子者其可退去乎, 其可涕泣懇²⁷勸, 愈
怒而愈進乎? 以此可知君之是非矣." 栗谷曰, "譬
喩則²⁸甚切矣. 但君臣父子, 無乃有間乎? 若如吾
丈之言, 則人臣²⁹寧有可去之義乎!"   －出『石潭日記』

先生布衣草鞋篛笠, 負褚而行, 或遨遊搢紳間,
傍若無人, 於諸家雜術無不通. 乘一葉扁舟, 四
隅繫大瓢, 三入濟州, 無風波之患. 手自爲商
賈, 以敎民赤手營生業, 數年內, 積穀數萬, 盡
散之貧民, 揮袂而去. 入海種瓠, 結子數萬, 剖
而爲瓢, 糶穀幾千石, 運之京江之麻浦. 募江村
人, 積土汚塗中, 高幾尺, 築土室, 名曰土亭. 夜
宿室下, 晝升屋上, 居之未幾, 棄之而歸. 其父
母之葬也, 相葬山, 子孫當出兩相, 而其季子不
吉云, 季子卽其身也. 先生强之, 自當其災. 後山
海·山甫, 官至一品, 而先生之子孫, 夭而不顯

先是思亭之蕃號謂土亭曰,"此山右邊不足, 而汝當其災, 是可欠也."先生曰,"吾之子孫, 近雖零替, 至五六代後, 則必爲衆多, 而亦不無顯榮之應矣."先生嘗爲抱川縣監, 以布衣草鞋布笠上官. 官人進饌, 熟視而不下箸, 曰,"無所食."吏人跪于庭曰,"邑無土產, 盤無異味. 請改之."俄而盛陳嘉羞而進. 又熟視之曰,"無所食."吏人震恐請罪. 先生曰,"我國之民生困苦, 皆坐食飮之無節. 吾惡夫食者之用盤."命下吏雜五穀, 炊飯一器, 黑菜羹一器, 盛之笠帽匣進之. 翌日, 邑中品官來謁, 爲作乾菜粥勸之. 品官低冠擧匙, 乍食乍吐, 先生食之盡. 未久去官而歸, 邑民攔道留之不得. － 出或人記事

先生哀流民襏衣乞食, 爲作巨室以館之, 誨之以手業, 於士農工賈, 無不面喻耳提, 各周其衣食.

而其中最無能者, 與之禾藁, 使作芒鞋, 親董其
役. 一日能成十對, 販之市, 一日之工, 無不辦
斗米, 推其剩以成衣. 數月之間, 衣食俱足, 而
不勝其苦, 多有不告而遁者. 以此觀之, 蓋見生
民因惰而飢, 雖疲癃百無一能, 而未有不自爲芒
鞋者. 先生之示民近效妙矣哉!　　　- 出或人記

事丙子冬. 白沙李相國恒福, 與韓西平俊謙, 中
司馬初試, 出江舍, 讀書著文, 欲赴會試. 時先
生來麻浦過冬. 余與益之俊謙字, 朝夕往來講
話. 一日, 問于先生曰, "公見高人逸士耶?" 先生
曰, "我嘗遊外方, 多所見知, 而最高者二人, 次
者一人." 余問之, 則云 "其一人常在海上, 捕魚
爲業. 始見於忠淸海上, 後十餘年, 再見於全羅
海上. 居無定所, 以舟爲家. 只有一妻一女, 不
用大舟, 只用中船. 獵魚之暇, 時或運穀受價資

生. 其船可容三百石, 而常不過二百石, 即止不載, 以其載輕, 則操運便, 而無任重之患也. 不以受價廉厚爲意. 嘗邀我遠漁, 遂從之. 乘小船信帆而往, 則若出天外, 殆非衆漁所能到, 其操柁捩棹, 絶非衆漁所能及. 捕魚而灸之, 烹熟之法, 極其滋味, 又非凡人所及. 嘗出外, 其妻偶往隣家, 獨其女在. 有人來買魚, 受其重價, 比市直倍之. 其妻歸, 女詫以能受重價, 則妻驚曰, '此魚市直若干, 而倍受之. 爾父聞之必怒.' 急使追之, 減其半價而還之. 此亦可見其一端. 我極知其異人, 故爲留待而欲見矣. 一日暮乘舟而來, 謂其家人曰, '余仰觀天文, 明日即冬至節也, 作豆粥.' 云我要見. 與語則日月星辰之推遷變易, 至格物致知之理, 無不燭照, 而至問治國之道, 則笑而不答曰, '客何多事耶?' 勤問其姓名則亦不言, 而他日又來訪, 則業已移去. 蓋必知我復來故也. 其一曰, 徐致武. 隱遯自樂, 僅識字. 嘗有人授『靑丘風雅』, 致武受之, 來請學於我, 我乃敎之. 終日讀不懈, 暇則必汲水取薪, 以供家役. 我乃止之, 則致武曰, '其人授之以書, 欲其讀之也. 我若不讀, 初不受之. 今旣受之, 則不可虛人之賜, 故如是勤讀. 旣受學於公, 有師生之分. 讀書之暇, 不宜閑遊, 宜供師家之役, 以盡弟子之職.' 年近六十, 受學將一年, 終始不怠. 其次徐起. 其爲人比之於此二人, 則萬萬不及. 然頗能文, 恬靜自守, 決非俗子之流."云.

─ 出白沙李相國所記

先生嘗自漢拏山, 仍往海南李潑家. 主人尊待之, 慮其跋涉海程, 累日飢困, 卽以數斗之飯進之. 公盥手, 不用匙著, 如拳作丸, 左右手, 或飯或饌, 須臾食之. 旣矣, 夜闌後, 主人勸入房中.

衾裯俱是彩段, 欲與陪寢. 先生喻其獨宿自便,

再三牢拒, 不得已辭出. 先生遺矢狼藉於衾裯,

不辭而去. 因向全羅左水營, 守關者察公之行色,

冬節只着單衣跣足, 別無凜凜之色. 着蔽陽子,

曳草履, 而辭無卑屈. 疑怪殊常, 密告于節度李

公. 節度卽出大門, 而延待之極尊, 留邸十餘日.

其時陪通引金姓者, 兒名順從, 容貌如玉, 資質

穎悟, 讀書晝夜不倦. 公愛之, 圖削官案本役, 而

率來于保寧. 敎誨未久, 遂參於司馬. 公卽以相當

門族壻娶, 造家于結城. 生長三女, 因爲士夫家.

公培養人物類如此. 先生常自保寧上京, 朝進斗

米之飯, 別無裹糧, 而步行一二日, 輒到京, 小無

困憊之色. 先生常携竹杖, 行路而睡, 困則兩手據

扙, 鞠躬而低頭, 兩足分踏, 定立而閉目, 則鼻息

如雷. 雖牛馬觸之, 反以退却. 公則凝然山峙, 終

無動撓驚覺矣. 十月風浪, 津船敗沒. 公游入水

中, 兩手各挽曳漂人. 更入水底, 拯救垂死之人,
以方藥救活, 故終無殞命者.　　　　　－出或人記事

重峯趙先生[30], 博古通今, 明決善斷, 而天資撲
厚, 不事外飾, 故世無知者. 其知之者, 亦不過
以伏節死義許之而已, 至論一世人材, 則不及
於先生. 蓋疑先生才短而不適於用, 雖諸老先
生, 亦以爲然. 惟土亭先生知之[31]. 土亭, 卽重峯
之所尊師也. 土亭嘗與人語, 人問土亭曰, "今
世草野間, 亦有人材乎?" 土亭曰, "不知也. 雖
然, 吾黨有趙汝式者, 安貧樂道, 擺脫名利, 愛
君憂國, 出於至誠. 求之古人, 實罕其儔. 吾意
以爲可用之才. 此外無他知也." 人曰, "所謂人
材者, 當大事能辦得之謂也. 趙公之伏節死義,
人皆知之. 至論其人材適用, 則恐不足以當之
也." 先生[32]曰, "自古能當大事者, 恒出於安貧樂

道, 愛君憂國之人. 趙君爲人, 固非如君輩所能
識[33]. 世皆以此人爲迂闊無能, 衆口一談. 若聞吾
言, 必大笑之. 君但自知而已, 愼勿傳說. 他日當
知吾言之不妄[34]."　　　　　　　　－出安邦俊所記

重峯趙先生曰, "臣所師事者三人, 李之菡·李
珥·成渾也. 右三人者, 學問所就, 雖各不同. 其
淸心寡欲, 至行範世則同." 又曰, "李之菡有言
曰, '東民幸有生理. 主上好善, 相淳淸白. 阿大
夫求譽之賂, 不敢到京師, 仕途之淸, 是蓋民蘇
之日也. 及乎浮議峥嶸, 台躔屢搖.' 李之菡又嘆
曰, '東國藎臣, 只有朴淳, 而亦不使安於朝廷.
淳若去國, 則朝廷危矣.' 至于今日, 其言大驗."
又曰, "李之菡淸白, 千古無匹." 又曰, "我朝祖
宗以來, 嘉奬吉再, 追爵鄭夢周, 曁乎聖明. 追諡
金宏弼·鄭汝昌·趙光祖·李彦迪. 其於徐敬德·曺

植³⁵·成運·朴薰, 莫不致祭而嘉獎, 所以激勵儒
林者至矣. 獨於李之菡, 高世之行, 未有所及,
僻縣蒙士何以獎進? 之菡爲人, 天質奇偉, 孝友
絶倫, 聞兄之蕃病在洛中, 步自保寧, 不憚其勞.
謂兄有師道, 服其喪三年. 樂善好義, 出於天性.
聞有一行者, 則輕千里而見之. 安名世之死³⁶, 追
悼平生. 曹植隱淪, 神交篤好. 成渾·李珥最所
敬重, 鄭澈强直, 雅言稱之. 尤好獎誨後生, 李
山甫之孝友忠信, 朴春茂之恬靜有守, 俱有所自.
如徐起下賤之人, 貧不力學, 不愛其財, 資以成
就. 晚應徵辟, 出宰二縣, 薄奉厚下, 祛獘賑窮,
皆立宏遠之規, 束姦御吏, 不惡而嚴, 一境稱其
神明. 常懼一物失所, 志伊尹之所志也. 不以一
毫自浼, 實東方之伯夷也. 又於縣學, 欲兼文武
之才, 以備邦國之用, 謨猷材調, 隱然有孔孟之
風度³⁷. 不幸病死, 牙山之民, 無少長, 如喪父母,

攔街號哭, 爭奠雞酒. 其佯狂自晦, 所以避禍, 而見試於明時, 非全遯世也. 若依曹植·朴薰例, 贈爵賜諡[38], 以敦薄俗, 以立懦夫, 則人知實行之 爲可尚, 觀瞻感化, 不自知其日進. 事親從兄, 必 有可觀, 而亦可推以事君矣." ─出「重峯疏」

先生爲學, 嘗以主敬窮理爲主. 嘗曰, "聖可學 而能, 惟患暴棄不爲耳." 先生誨子姪最戒女色, 此而不嚴, 餘無足觀[39]. 先生自少寡欲[40], 於物無 吝滯. 稟氣異常, 能忍寒暑飢渴, 或冬月, 赤身 坐烈風, 或十日絶飲食不病. 天性孝友, 與兄弟 通有無, 不私其有. 輕財好施, 能救人之急, 其 於世上芬華聲色, 澹然無所好. 性喜乘舟泛海 涉危而不驚. 一日飄然入濟州, 州牧聞其名, 迎 致[41]入館, 擇美妓薦枕, 指倉穀謂妓, 曰, "爾若 得幸於李君[42], 當賞一庫." 妓異其爲人, 必欲亂

之, 乘夜納媚, 無所不至, 竟不被污. 州牧益敬
重焉. 少不學, 旣長, 其兄之蕃勸之讀書, 乃發
憤勤學, 至忘寢食. 不久能通文義, 不事科擧.
喜不羈自放[43]. 與栗谷[44]相知甚熟, 栗谷勸從事性
理之學. 先生曰, "我多慾, 未能也." 栗谷曰, "聲
利芬華, 皆非[45]吾丈所屑也. 有何慾可妨學問乎?"
先生曰, "豈必名利聲色爲慾乎? 心之所向, 非天
理則皆人慾也. 吾喜自放, 而不能束以繩墨. 豈非
物慾乎?" 其兄之蕃歿, 先生哀痛如考喪, 期年盡
後, 又心喪期年. 或以[46]過禮爲疑, 先生曰, "兄是
我師. 我爲師心喪三年耳." 萬曆六年戊寅[47], 拜牙
山縣監, 所親勸赴任. 先生忽然赴邑, 問民疾苦,
有以魚池爲苦. 蓋邑有養魚池, 使民輪回捉魚以
納, 民[48]甚苦之. 先生乃塞其池, 永絶後患. 凡出
令, 皆以愛民爲主, 發奸如神, 雖老吏有罪, 則責
之曰, "爾雖老, 心則兒也." 命去冠, 辮白髮爲童,

使持硯陪案前. 老吏慚愧甚苦. 未幾, 遽嬰痢疾
而卒[49], 年六十二. 邑人[50]悲悼, 如親戚. 金繼輝問
珥曰, "馨仲何如人? 或比於諸葛亮何如?" 珥曰,
"土亭非適用之材, 豈可比於諸葛亮乎! 比之於
物[51], 則是奇花異草珍禽怪石, 非布帛菽粟也." 先
生聞之, 笑曰, "我雖非菽粟, 亦是橡栗之類[52]. 豈
是全[53]無用處乎?" 蓋先生性不耐久, 作事[54]且好
奇, 非循常成事者, 故珥語云然. 　 - 出『石潭日記』

先生聰明計慮, 超越近古, 泛濫諸家, 不事雕虫.
天文·地理·醫藥·卜筮·律呂·筭數, 知音觀形
察色, 神方秘訣之流, 無不通曉. 上無所授, 下
無所傳. 先生身長逾於平人, 骨格健壯, 面黑圓
豐, 足長盈尺, 眼彩動人, 聲音雄琅, 而罕其言
語. 氣宇堂堂, 威風凜凜. 常着蔽陽子草履, 一
生徒步, 周流四方, 以訪名山大川, 兼察風俗之

如何, 人物之多寡. 其間奇異之事流播, 而不敢
强記焉.　　　　　　　　　　　－ 出或人記事

先生着蔽陽子, 服黵布衣, 徒步而求見曹南溟[55].
侍者入告, 南溟卽下階迎入, 待之甚敬. 先生曰,
"何知非野人樵夫, 而迎接至此耶?"南溟曰, "子
之風骨, 吾豈不知乎?"先生自言, 性能耐寒耐
飢, 或寄宿巖石之間, 數日不食, 別無他恙. 南
溟戲之曰, "稟氣如此, 何不學仙?"先生斂容曰,
"先生何輕人若是?"南溟笑而謝之. 有一善觀
象者, 一日, 晨叩先生之門, 曰, "邇來, 少微星精
薄已久, 去夜星忽沈精. 於君有災, 故特來爲問
耳."先生曰, "噫! 吾何敢當是應. 必於南溟曹處
士[56]有災也."未幾, 南溟亦卒.　　－ 出『南溟師友錄』

重峯聞先生隱居海隅, 倘佯[57]不仕, 乃脩束脩之

禮而受學[58]. 先生叩其學, 大驚曰, "君之德器, 非吾可敎之人也. 吾黨中有李叔獻·成浩原·宋雲長三人, 此皆學問高明, 至行範世. 吾從子李山甫, 吾門生徐起, 此皆忠信可杖, 誠通金石. 若與此五人者, 長爲師友, 則不患不到聖賢地位矣." 重峯自是師事牛·栗, 而於龜·靑必拜之, 與鳴谷交契甚厚[59].

重峯香疏見罷之後, 與先生約會于扶餘江寺, 同訪孤靑于頭流山, 從容講論而還. 是行也, 行過連山, 先生促鞭疾馳. 重峯訊其由, 先生指村中一家[60], 曰, "此乃金鎧之家也. 想其害正人之狀, 不覺馳過也." 時先生門生柳復興從行. 先生謂柳曰, "君輩因吾而得見今世之一等人物. 豈非幸歟!"[61]

重峯爲通津縣監. 先生乘舟來訪, 因言民心之頑悍, 從容數日而還.

重峯徒配富平, 丁判書公憂, 先生來吊. 時有亘
天之長星. 重峯問吉凶之應. 先生答曰, "長遲短
速, 此星當在十五年後流血千里之應[62]. 十五年
前, 公若多讀古人書, 勸人主以消災滅殃之德,
則庶幾凶變爲吉, 民受其澤矣." 又曰, "近觀尹
子仰月汀所撰[63]圃隱遺像, 恰似吾友. 爲人臣子
之忠孝, 若如圃隱則死無憾矣. 但吾友窮無奉養
之資, 是可慮也." 云云.　　　　－ 出重峯子完堵所記

先生少時, 聞徐花潭之賢, 負笈于松都. 晝則受
業于花潭, 夜則休息于舍館. 舍主之妻, 年少
且美色, 而其夫卽行貨者. 一日, 其妻勸其夫出
商, 其夫治任而出行. 未幾忽生疑訝之心, 乘夜
潛還, 匿形闚觀, 則其妻果入於先生之寢, 嬌態
淫容, 不可盡狀. 先生起寢而坐, 正依冠肅顔色,
備陳人倫之重, 男女之別, 循循反覆, 誨之責

之. 其女始焉笑之, 中焉愧之, 末乃涕泣之. 其
夫急告于花潭, 曰, "家有如此之事, 極其奇異,
獨觀可惜. 故敢來告之耳." 花潭出而覵之, 果
如其言. 花潭卽入握手, 曰, "君之學業, 非吾所
可敎, 願歸去焉."　　　　　　　　－ 出『朴玄石師友錄』

李先生某, 韓山人. 稼·牧之後. 道號土亭. 稟
受上品, 淸明在躬, 雖不屑屑於規度上, 而自能
優造深妙之域. 見人聲色, 徑知吉凶, 臨事處危,
見於未形. 學問淵博, 亦不講論. 不事科擧, 不
慕榮利. 其天顯李判事之蕃公之內子, 嘗有彌
月之慶, 有一相者問于土亭, 曰, "公伯氏室, 迫
坐草之期. 抑有弄璋之喜耶?" 公曰, "昨日果得
男子, 是一國之相." 人問何以知之. 曰, "聞其
啼聲而知之." 其男, 卽鵝相也. 又尹上舍浚, 一
時有能詩聲. 尹送其詩, 質於判事. 判事極口

贊之. 公曰, "凶終人之詩. 兄何譽之過乎?" 判事公責之曰, "年少有前程之人. 汝何發言之妄耶?" 公笑曰, "後日當驗吾言耳." 己酉之禍, 果肆於鐵市. 甲戌年間, 來寓南小門洞人家. 余往拜之, 適飮朝酒, 紅潮登頰. 手撞鬢邊而言, 曰, "此病知所從來. 但甚苦耳." 又言, "人言『中庸』詩云, '維天之命, 於穆不已. 蓋曰天之所以爲天也. 嗚呼不顯! 文王之德之純. 蓋曰文王之所以爲文也, 純亦不已.' 『集註』曰, '天道不已, 文王純於天道, 亦不已. 純則無已[64]無雜, 不已則無間斷先後.' 此説似未盡. 蓋子思兩引詩, 而釋天與文之所以爲天爲文. 合而斷之曰, '所謂純, 卽所謂不已也' 云. 此雖託於他人, 而其自得見之辭也." 自保寧上京, 不齎糧, 深冬臥雪不爲寒. 其季子山輝亦知音. 一日有人來, 乞陳玄於公. 公彈琴, 山輝持墨而出. 一日又彈琴, 志在魯仲連.

山輝曰, "大人其思仲連乎!" 公在牙山邁厲, 常嘔吐, 手擊銅匜, 令山輝聽之. 山輝詭曰, "其聲甚和. 大人必獲安平矣." 出門外, 頓足搥胸, 吞聲痛泣. 公果不起. 吁! 此父子可謂曠世奇士矣.

－ 出『苔泉記』

鄭北窓·李土亭, 皆以異人見稱, 而觀其平生行跡, 實是篤於人倫之人也.

"清江清兮白鷗邊, 白鷗白兮清江邊. 清江不厭白鷗白, 白鷗長在清江邊." 先生騎牛過洛東江, 于時嶺伯適與亞使, 船遊江中. 見其騎牛, 使人招來, 觀其容貌, 心甚異之. 問之曰, "若能詩乎?" 曰, "粗識文字." 嶺伯以三邊字韻呼. 先生即口呼此詩云. 而此說錄於商州尹姓士人雜記中, 未詳其是否. 故於末端, 附錄之耳.

萬曆六年戊寅, 政院及經筵官洪迪, 請贈爵. 三
公啓曰, "李之菡世之人豪, 依金範例施行." 時
以國家多事未遑.　　　　　　　　　 － 出『政院日記』

先生, 生於正德十二年丁丑九月二十日, 卒于萬
曆六年戊寅七月十七日. 墓在保寧縣西高巒麓先
壠右邊. 土亭址, 今在麻浦. 書院, 在保寧縣東
靑蘿洞.
上之十一年乙丑, 因湖西章甫進士崔文海等上
章, 丙寅三月, 賜額號花巖.

■ 附錄

先生見示所著寡欲[65]論, 且戒酒. 邀以一言, 敢述鄙懷.

混然明命本無私

形氣於人有梏之

慾到寡時方得力

心才放後便成危

狂瀾止水非他物

悍馬銛鋒未易持

最是性偏難克處

一言終不負嚴規.

高霽峯

丙子冬, 先生自保寧, 挐舟到順天, 舍舟徒步, 歷訪鄭松江棲霞樓[66], 遂登瑞石. 留證心寺者凡 六日. 自證心, 過余雪竹窩[67], 劇談竟夜. 翌日[68]余

請齋號. 先生命以不已, 蓋取諸天命不已之義, 而
以賤名帶命字故也. 方欲請先生銘, 而先生行矣.

又得短律一篇, 奉呈先生行軒.

英耋應匡世[69]

丹崖異宋纖

徒聞入于海

不見舉於鹽

已脫簪纓累

寧遭物色嫌

南天雲霧裏

空復少微占[70]

過安眠島憶土亭先生.

安眠西望隔重丘

却憶先生雙涕流[71]

自是分明安史筆

如何千古作爲讐

趙重峯

保寧途中, 憶土亭先生.

碩人千里昔同遊

期我終身少過尤

今日重來思不見

可憐誰進濟民謀

前人[72]

書院營建通文 竝享鳴谷先生

有土亭李先生, 實一世之偉人也. 識見高邁, 貫徹天人. 深晦遠引, 若出範外, 而夷考其行, 允踏規矩. 其從子鳴谷先生, 承訓土亭, 專力經籍, 德全行備, 表裡醇粹. 平生處心接物, 一出於誠實無僞. 親疏老少, 賢愚貴賤, 莫不均歡. 同得於深仁宏量之中, 而臨利害秉大義, 則儼然有不可奪者. 設使遊於聖人之門, 其事親竭力, 事君致其身者, 則子夏必不曰未學, 而所謂寄百里之命, 託六尺之孤者, 亦可以無愧矣. 噫! 兹兩賢歿已久矣, 而其遺風餘澤, 入人者深, 有所不可泯者. 鄉先生歿, 而可祭於社者, 實非斯人歟, 實非斯人歟! 肆我一二小子, 圖建祠宇, 因爲有志者, 考德講學之所, 而綿力將無以集事, 用是爲懼也. 古之人, 或有曠百世, 隔千里相感者, 矧我兩湖諸友於兩賢, 地相近也, 生亦同時. 或

必有見而知者, 聞風而慕者, 其與曠百世隔千里
者, 所感淺深, 當何如? 出財力, 助斯役, 想有
不謀而同者.
鄭守夢

春秋祭享祝辭

至行高識

三代人物

覿德心醉

聞風亦立

前人

書院賜額祭文

上之十二年歲次丙寅三月乙卯朔十八日壬申 國王遣臣禮曹佐郎李莭, 諭祭于故縣監李之菡, 忠簡公李山甫之靈.

明宣在宥, 休氣鴻厖. 慶雲慶[73]星, 不專厥祥. 宜鍾于人, 爲國之光. 矯矯名賢, 在下瑞世. 蘊德揭高, 不夷不惠. 奇偉超卓, 三代人物. 志氣如神, 氷壺秋月. 豈專禀懿, 寔由探道. 主敬爲本, 反躬允蹈. 智周萬變, 行貫神明. 切磨鴻儒, 如邵於程. 既究道玅, 旁通俱詣. 時出緒餘, 游戲經濟. 清質濁文, 其跡恢奇. 或乖[74]常軌, 足[75]驗猷爲. 剡薦屢登, 郡紱超授. 百里祍席, 民曰父母. 世際熙隆[76], 羣彦揚庭. 詭時不逢, 獨抱幽貞. 天脱覊鞿, 沖然眞則. 甕盎乾坤, 粃糠萬物. 風行雲斂, 不可名稱. 龍游鳳矯, 孰能筞簪?[77] 亦越忠簡, 出其家庭. 不失孩心, 和厚淵宏. 早

襲訓誨, 禔身篤學. 秉善無惡, 竊脂不穀. 雖在
孔門, 忠信無怍. 羽儀登朝, 進塗大啓. 正色曠
度, 和毅交劑. 薰善者興, 覻德者服. 雖其嚘媚,
莫或瑕謫. 惟時文成, 追被謠諑. 抗辭前席, 痛
白其誣. 天聽渙納, 士林有[78]扶. 逮遘播越, 益篤
毗翼. 進擢冢宰, 恩顧日渥. 忠義奮發, 有國無
身. 慷慨雪涕, 感動華人. 中興之業, 與有其功.
奔走[79]積瘁, 卒以忠終. 一門之內, 并時鴻哲. 予
每起嚮, 緬懷風烈. 睠彼湖邑, 桑梓之鄉. 儒紳
興慕, 刱祠妥靈. 竝座合享, 奕世有偉[80]. 有儼
芬苾, 今累十禩. 兹因申籲, 寵頒華額. 遠賜禮
醑, 敷予忱愊!

知製教徐宗泰製進

祭土亭先生文

木列榛榛, 間挺大椿. 草生離離, 或穎靈芝. 先生之降, 實鍾秀氣. 水月情懷, 大羹腸胃. 忠信感物, 孝友通神. 外孩[81]內明, 游戲風塵. 土木形骸, 泥塗軒冕. 遇事沛然, 坂上丸轉. 得失榮辱, 沸湯沃雪. 聲色臭味, 竊脂啄粟. 五車何用? 手持寸鐵. 知我雖希, 積德必發. 王曰汝諧, 出宰百里. 兒民奴吏, 咸戴樂只. 云胡一夜, 月犯少微[82]. 椿折芝凋, 天日無暉. 嗚呼先生, 而止於斯! 盛大沖氣, 悠散何之? 余生雖後, 早蒙不遺. 肝膽相照, 廓無屛障. 先生戒余, 毋缺人望. 余獻先生, 少收天放. 相規以善, 冀獲晚功. 今玆已矣! 激余悲哀. 殯不躬臨, 葬不執紼. 南天杳冥, 風雨蕭瑟. 緘辭寫哀, 遙奠菲薄. 有感必應, 庶幾歆格!

李栗谷

祭土亭先生文

維萬曆八年歲次庚辰閏四月己亥朔十三日辛亥,
後學銀川趙憲, 敢昭告于土亭李先生之靈. 嗚
呼! 先生之存也, 國有所倚, 民有所依, 道有所
托, 士有所歸. 今先生之死也, 國無三綱之棟,
民失四乳之望. 斯道爲之寂寥, 後學無所嚮[83]往.
若某[84]之愚, 則有疑吝兮, 於何仰質, 而有罪過
兮, 孰爲俯誠? 然則先生之逝, 曷爲而不使憲
失聲而痛哭, 號天而隕涕也哉! 嗚呼! 先生之生,
信乎命世. 資稟既異, 完養以預. 研窮經學, 不
達不措. 聰明絶人, 功有倍做. 造詣既深, 道由
我躬. 聖賢格言, 皆在胸中. 曾遊京洛, 諧伯翶
翔. 遭時孔艱, 我友云亡. 見幾斯作, 高遯江海.
伊耕傅築, 屢空不悔. 惟孝與友, 盡其誠赤. 爲
親營壙, 躬負土石. 千秋萬歲, 惟恐潮破. 築堤
之謀, 匪爲殖貨. 人雖有言, 仁者之過. 聞伯有

病, 千里不遠. 要以便省, 屢遷屢困. 蘇殘抱川,
匪爲榮願. 服喪如師, 三年糲飯. 仲氏早逝, 抱
屍慟哭. 撫孤愍斯, 敎養式穀. 哀切嫂喪, 猶子
疾篤. 冒病勤恤, 垂死乃復. 聞人有善, 奔見如
渴. 遇人之乏, 分賑乃豁. 克己好義, 在邦必達.
屢辭徵召, 匪爲高激. 朝廷或爽, 憂形于色. 王
有德言, 喜動於顏. 晚赴牙山, 要濟民難. 單車
屏從, 無遠不到. 講究奬癠, 政先無告. 江魚永
活, 矧爾赤子. 猾吏斂手, 永絶姦宄. 曾未數月,
遠邇心服. 如獲展蘊, 民並受福. 如何一疾, 齎
志而歿! 巷哭相聞, 人怨亟奪. 丏婦思莫, 擧夫
遠引. 天長地久, 遺愛難泯. 嗚呼先生, 其止於
此乎! 憲以愚蒙, 晚拜巢湖. 奬勵勤止, 不憚屢
枉. 安眠尋勝, 頭流遠訪. 奉携偕行, 卽事明理.
動靜云爲, 莫非敎示. 慨我頑鈍, 十年猶初. 分
牧通津, 慮短才疏. 扁舟來泊, 提誨千般. 往拜

江臺, 嘆民之頑. 如不投簪, 巨禍必臻. 未幾果然, 先見如神. 在謫遭喪, 悲悼空山. 匹馬遠顧, 涕泣潛潛. 保身之方, 終孝之理. 據禮勤曉, 俾終不毀. 寧知是日, 終天永訣. 緬懷德容, 南望慟絶. 經世之志, 嗚呼已矣! 育英之計, 永不可冀. 仁者必壽, 胡爲止此? 位不滿德, 天不可恃. 仁者有後, 賢子曷喪? 養虎傷孝, 天不可諒. 嗚呼哀哉! 時歟命歟! 顧瞻四方, 誰復愛余? 跋涉雖勤, 難聞至言. 徘徊墓下, 宿草纏根. 儀形永隔, 慟慕難支. 慟慕兮無如之何! 掇荒詞而永辭. 聊奠鷄酒, 薦我微誠. 嗚呼先生, 鑑我衷情!

趙重峯

墓碣銘竝序

叔父諱之菡, 字馨仲. 以所居屋築以土, 平其上爲亭, 故自號土亭, 卽吾先人[85]季也. 少孤, 從吾先人學. 及長, 壻毛山守呈琅. 醮之翌日, 出而暮返, 家人覺而[86]新袍亡. 問之則'過弘濟橋, 見丐兒凍冷[87], 割而分之, 衣三兒'矣. 聞者異之. 平居, 罕讀書, 開卷[88]必竟晷達夜. 旋出廣陵村莊, 送奚取燈膏. 毛山止之, 曰, "郎嗜書過, 恐傷也." 乃腰斧入山中, 斫松明, 燎於堂塾, 煙漲火熱, 人爭避, 公獨端坐不倦者歲餘矣. 經傳子集[89]百氏之書, 無不貫穿涉獵. 旣而下筆爲文詞, 如水湧山出. 若將爲擧子之業, 見隣有以新恩應榜, 設宴戲者, 心賤之, 遂已之. 後雖入塲[90], 輒不製, 製不呈. 人有詰其故, 曰, "人各有所好. 我自樂此, 欲休而不得也." 蓋嘲笑之也. 一日謂吾先人, 曰, "我觀婦門, 無吉氣. 不去, 禍將及

已." 挈妻子而西. 翌年禍作, 旣歸. 以先壠濱海,
恐歲遠爲潮水囓, 將築堤, 非累千穀不可. 仍取
辦於漁鹽商賈之場, 靡所不爲也[91]. 然有得或焚
之, 或積如丘山, 而妻子有餓色. 善操舟, 履大
洋, 如平地. 凡國內山川, 無遠不適, 無險不涉.
或累閱寒暑, 不知所之也. 平生篤於友愛, 自非
遠離, 未嘗一日異處. 祭祀極其誠, 不盡依『文
公家禮』, 而事先如事生. 接人則陽春藹然, 處
己則千仞壁立. 恒居誨子姪, 寂戒女色, 常曰,
"此而不嚴, 餘無足觀也." 尤用力於克己上, 其
忍飢也, 浹旬不火食, 其忍渴也, 盛夏不飲水,
其忍勞也, 徒步足重繭, 猶韜晦混俗, 不露圭角,
故人莫知所以然. 而往往爲駭人異俗之擧, 又
不一而足. 如着蔽陽鸁葛, 木屨[92], 木鞍入官府,
城市人無不指笑, 尚自如也. 爲學, 常以主敬窮
理, 踐履篤實爲先. 嘗[93]曰, "聖可學而能. 唯患

暴棄不爲耳." 其於論義理辨[94]是非也, 光明俊偉, 通暢發越, 引物連類, 毫分縷析, 使人人聳聽歆服, 而昏者明, 惑者解, 醉者醒, 其惠及後學, 亦多矣. 才足以匡時, 而世莫試. 行足以範俗, 而世莫表. 智[95]足以燭微, 而世莫識. 量足以容衆, 而世莫測. 德足以鎭物, 而世莫尊. 徒見其外[96], 而或以爲高人逸士, 或以爲卓犖不羈. 此豈足以知吾叔父, 而於叔父何與哉? 嘗曰, "得百里之邑而爲之, 貧可富, 薄可敦, 亂可理, 足以爲保障." 末年一出, 意蓋在此, 而不幸以疾卒于官, 其天也歟, 數也歟! 壽六十二. 葬于先祖父墓右. 有男四人, 皆夭. 孫曰據仁, 生子曰述. 不肖無狀, 未嘗負笈從師, 學于家庭, 雖未有薰陶成就之效, 而其所以維持門戶, 不至陷於罪惡者, 皆叔父之賜也. 涕泣而爲之銘. 銘曰,

噫! 天之生, 不偶耶, 其偶爾耶? 偶則無奈. 不

偶則胡寧已耶! 達固非願窮自樂, 謂聖可學己能
克. 似傲而恭, 若和而方. 悅惚左右, 人莫能量.
晚一起, 爲少[97]施. 亦不終, 天乎可悲!

家姪山海

[閔鎭厚所啓 乙酉六月]

乙酉六月日. 判尹閔鎭厚所啓, "故縣監李之菡,
卽宣廟朝聞人也. 先正臣趙憲疏中, 與先正臣李
珥·成渾竝陳, 以爲'三人學問, 所就雖不同, 其
清心寡慾, 至行範世則同. 且擧從祀諸先賢褒
獎之例, 請贈爵賜諡, 以敦薄俗, 以立懦夫'云.
萬曆戊寅年, 政院及經筵官洪迪亦請贈爵, 三公
啓請施行, 而其時國家多事未遑云者, 見於先
輩著錄矣. 如此之人, 尚未褒贈, 實是聖朝欠典.
下詢大臣而處之何如?"

上曰, "右相之意如何?" 右相李濡曰, "如此之人, 以其無建白者, 而褒贈之典, 闕而未舉. 今若許令施行, 則豈不有光於聖朝乎?" 判尹閔鎭厚曰, "李之菡官止縣監, 而實是高世之人. 其奇異之蹟, 至今多有流傳矣. 且以趙憲之賢, 平生少[98]許可, 而其所稱道, 至於如此, 亦可知其爲名賢. 豈可無褒贈之舉乎?"

上曰, "分付該曹, 舉行可也."

[金宇杭所啓 癸巳五月二十三日]

癸巳五月二十三日. 引見時, 禮曹判曹金宇杭所啓, "故縣監李之菡, 卽宣廟朝名臣也. 先正臣趙憲疏中, 與先正臣李珥 · 成渾竝稱, 以爲'三人學問, 所就雖不同, 其淸心寡慾, 至行範世則同. 且擧從祀諸賢褒獎之例, 請贈爵賜諡, 以敦薄俗, 以立懦夫'云. 以趙憲之賢, 平生少⁹⁹許可, 而其所稱道至於如此, 可知其爲名賢矣. 乙酉年判尹閔鎭厚, 陳請褒贈於筵中, 自上下詢大臣, 大臣亦請施行, 有分付該曹之敎云. 李之菡是間世之士, 不可贈爵而止. 似當特施易名之典, 更爲下詢大臣而處之何如?"

上曰, "此言何如?" 領相李濡曰, "禮判所達, 是也. 李之菡實間世之才, 先輩之所推許不泛. 如此之人, 尙闕褒贈之典, 誠爲欠事. 特許贈爵贈謚, 似爲得宜矣." 左相□□□曰, "李之菡, 明·宣間名人也. 非但趙憲之言, 先正莫不推許, 士林至今有重名. 曾前有贈職之敎, 而該曹尙不擧行, 誠爲欠典. 如此之人, 不可贈職而止. 特施易名之典宜矣."

上曰, "特爲贈謚, 可也."

■ 土亭遺稿附錄謚狀

贈資憲大夫 吏曹判書兼知義禁府事 五衛
都摠府都摠管 成均館祭酒 世子侍講院贊
善 行宣務郞 牙山縣監李公謚狀

先生諱之菡, 字馨仲, 自號土亭. 以所居屋, 土
築爲亭也. 韓山李氏, 代有聞人, 至稼亭謚文孝
公諱穀, 牧隱謚文靖公諱穡, 父子仕麗朝, 有
大名. 稼亭寔先生七代祖也. 文靖生諱種善, 入
本朝, 官至左贊成, 謚良景. 性至孝, 遺址有旌
表碑. 贊成生諱季甸, 府院君, 贈領議政, 謚文
烈. 文烈生諱塏, 大司成, 贈參判. 參判生諱長
潤, 縣監, 贈判書. 判書生諱穉, 縣令, 贈左贊
成, 卽先生考也. 以正德十二年丁丑九月二十日,
生先生. 生有異質, 神氣淸爽, 聲音弘亮, 見者
奇之. 少孤從其伯省庵公學. 及長, 贅于毛山守
呈琅之門. 醮之翌日, 出而暮還, 家人見其新袍

亡, 問之則'見丐兒寒, 割而與之衣三兒, 袍卽盡
矣.' 平居讀書, 竟晷達夜. 出廣陵村庄, 送奚取
燈膏. 毛山止之, 曰, "郞嗜書過, 恐傷也." 乃腰
斧入山中, 斫松燎於堂, 煙漲火熱, 人爭避, 先
生端坐不倦者歲餘. 羣聖人書, 百家之文, 無
不貫穿. 下筆爲文章, 水湧山出. 若將爲擧子
業, 隣有聞喜設筵戲者, 見而心賤之. 後雖入科
場, 輒不製, 製又不呈. 人問之則曰, "人各有所
好. 我自樂此." 一日謂省庵公, 曰, "吾觀婦門無
吉氣. 不去, 禍將及." 挈妻子, 寓居保寧, 明年
婦家果遭禍. 其父母之葬也, 相其地, 當出兩相,
而不利季子云. 先生乃以季强之, 自當其灾. 後
兄子鵝溪山海, 忠簡公山甫, 官至一品. 先生之
嗣, 夭而不顯. 先生常曰, "吾子孫今雖零替, 後
必衆多, 有顯者矣." 以丘墓濱海, 恐歲遠爲潮水
嚙, 將築堤, 非累鉅萬不可. 仍自販於魚鹽商賈

之間, 靡所不爲, 事未成而心不已. 篤於誠孝類
此. 後歲大歉, 慨然欲拯濟萬人, 懋遷有無, 積
粟如山, 盡散貧民, 妻子有飢色. 嘗作廣室[100], 置
寒乞人, 敎之以手業, 各周其衣食. 最下無能
者, 與之藁, 使作芒鞋. 一日之工, 無不辦斗米.
與伯仲友愛篤, 非遠離, 未嘗一日異處. 祭祀必
依『朱文公家禮』, 盡其誠, 事先如事生. 訓誨子
姓, 最戒女色, 曰, "此而不嚴, 餘無足觀." 嘗
乘船, 涉海入濟州. 州牧聞其名, 迎入館, 擇美
妓薦枕. 指倉穀, 謂曰, "若得李君幸, 以此賞
之." 妓必欲亂之, 達宵納媚, 竟不汚, 州牧益尊
敬. 聞省庵公在洛中病, 自保寧徒步往見. 及公
歿, 謂有師道, 心喪三年. 先生嚴於自治, 壁立
千仞, 而接人則和氣藹然. 聞人有一善, 不遠千
里而見之. 安名世[101]死非其罪, 追悼不已. 朴春
茂恬靜自守, 徐致武隱居樂道, 先生終始勸勉

以成就之. 先生禀氣異常, 而用力於克己上. 寒暑飢渴不能入, 或冬月裸體坐雪巖, 或盛夏不飲水, 或浹旬不火食, 或徒步數百里, 無困憊色. 嘗携竹杖行路, 而睡時則[102]兩手據杖, 鞠躬低頭, 而兩足分踏定立, 鼻息如雷. 牛馬觸之退却. 先生凝然山峙, 少無動撓. 南溟嘗見先生忍飢耐寒, 而戲之曰, "禀氣如此, 何不學仙?" 先生斂容, 曰, "何輕人若是?" 南溟笑而謝之. 先生非果於忘世, 而適值磁·芑斬伐之餘, 儉德避難[103], 不欲使人知其畦町, 故韜光混世, 累辭徵招. 而嘗曰, "得百里之邑而爲之, 貧可富, 薄可厚, 亂可理, 足以爲國家保障." 晚年應辟, 爲抱川縣監, 上疏, 乃以道德人才百用之說, 設爲三策. 眷眷乎建極錫福之道, 反復乎元首股肱之義, 而末復推演生財救民之務. 曰, "抱之民, 如無母寒乞兒. 五臟病而一身瘁, 何忍立視其死

乎? 今若採海中無窮之魚, 煮斥鹵不盡之水, 數
年之內, 可得數千斛穀. 此豈非博施濟衆之一
助乎? 或者曰, '君子言義而不言利. 何敢以財利
之事, 達之於君父之前乎?' 忍哉! 言也. 賓之
初筵, 責側弁坐遷之無禮, 而赤子入井, 將不正
冠, 顚側以救之, 何暇責乎容之不恭乎?[104] 昔子
思先言利, 朱子務耀糴, 而呂尚聖人之徒, 且通
魚鹽之利. 或人妄爲說, 以沮救民之策, 天必厭
之." 縷縷數千言, 出於愛君憂民惻怛之誠, 而
其所謨猷, 暗合乎文王之治岐, 鄒聖之制產. 眞
所謂仁人之言, 其利博哉! 豈可與空言廓落無用
者比哉! 朝廷不能用, 已而棄官歸. 後爲牙山縣
監, 又陳疏請減軍額, 除一族法. 言亦明白的當,
而寢不用. 邑有池養魚, 使民歲漁納官, 民甚苦.
先生塞其池, 絕後患. 敎誘縣學章甫之徒, 講習
文武才, 期備邦家之用. 未幾, 以疾卒于官, 萬

曆六年七月也. 壽六十二. 一邑之民, 奔走號哭,
如悲親戚. 先生俊偉高爽, 清心寡慾[105], 識見超
邁, 貫徹天人. 深晦遠引, 若出範外, 而夷考其
行, 允蹈規矩. 其爲學, 以主敬窮理, 踐履篤實
爲先. 嘗曰, "聖可學而能. 唯患暴棄不爲耳." 其
於論義理, 辨是非, 正大光明, 通暢發越, 引物
連類, 毫分縷析, 使人聳聽歆服, 而昏者明, 惑
者解. 若其天文·地理·醫藥·卜筮·律呂·籌數·
知音·觀形等術, 曲解旁通, 而此特其緒餘耳·
才足以匡時, 行足以範世, 智足以燭微, 量足以
容衆, 德足以鎭物, 而不得展布所蘊. 晚試小邑,
亦未究一二. 齎志而歿, 豈非天乎! 先生不喜著
述, 其傳于家者無幾. 其「大人說」曰, "人有四
願, 內願靈强, 外願富貴. 貴莫貴於不爵, 富莫
富於不欲, 强莫强於不爭, 靈莫靈於不知. 然而
不知而不靈, 昏愚者有之. 不爭而不强, 懦弱者

有之. 不欲而不富, 貧窮者有之. 不爵而不貴,

微賤者有之. 不知而能靈, 不爭而能强, 不欲而

能富, 不爵而能貴, 唯大人能之." 其「寡慾說」

曰, "孟子曰'養心莫善於寡欲.' 寡者, 無之始.

寡而又寡, 至於無寡, 則心虛而靈. 靈之照爲明,

明之實爲誠, 誠之道爲中, 中之發爲和. 中和者,

公之父, 生之母. 肫肫乎無內, 浩浩乎無外. 有

外者, 小之始. 小而又小, 牿於形氣, 則知有我

而不知有人, 知有人而不知有道. 物欲交蔽, 戕

賊者眾. 欲寡不得, 況望其無乎!" 於此可見先

生隻字片言, 無非遏欲存理之意, 而其中之所存

者, 可知也. 嗚呼! 明·宣在宥, 天佑斯文, 時則

有若栗谷·牛溪兩先生之道德, 有若趙重峯之

節義, 並耀一世, 先生乃以道義之交, 左右周旋,

其勉戒之義, 獎詡之辭, 同出至誠. 重峯天資樸

厚, 不事外飾, 世無知者, 雖諸先生, 疑其才短

不適用, 只以伏節死義許之. 先生獨曰, "自古當大事者, 恒出於安貧樂道, 愛君憂國之人. 趙君爲人, 非凡人所知." 一日, 往重峯家, 時長星竟天. 先生曰, "星之應, 當在十數年後, 流血千里. 君多讀古人書, 勸人主以消灾滅殃之道, 則庶幾凶變爲吉." 後十六年, 果有壬辰之亂. 栗谷將歸鄕里, 先生責之, 曰, "君何忍退歸? 譬如親有病重, 以藥進則親怒, 或以椀擲地. 爲子者, 其可退去而不進藥乎?" 重峯上疏曰, "臣所師者三人, 李之菡·李珥·成渾也. 三人者, 學問所就, 雖各不同, 其淸心寡欲, 至行範世則同." 又曰, "李某樂善好義, 出於天性. 成渾·李珥, 最所敬重. 出宰二縣, 祛獘賑窮, 立宏遠之規, 束奸御吏, 不惡而嚴[106], 一境稱神明. 常懼一物失所, 伊尹之志也. 不以一毫自涅, 東方之伯夷也." 栗谷嘗稱之, 曰, "先生天資寡欲, 於名利聲色, 淡

如也. 有時戲語不莊, 人不能測其蘊也." 又曰,
"馨仲比之物[107], 是奇花異草, 珍禽怪石也." 又
曰, "先生水月情懷, 大羹腸胃. 忠信感物, 孝友
通神. 得失榮辱, 沸湯沃雪." 知先生心, 莫如三
先生, 而其所稱道若是. 千載之下, 可以此知先
生之爲人也. 其遺風餘韻, 紛至今未沫, 士林
莫不有高山景行之慕. 尤齋先生題先生文集曰,
"先生才高氣淸, 常超然於事物之外. 平生著述
之存於今者, 若干篇, 而觀鳳一羽, 足以知五采
之成章, 溯其本, 則皆自淸心寡欲中流出矣." 噫!
此可謂善觀而善言學者矣. 世徒見其外, 而或以
爲高人逸士, 或以爲卓犖不羈, 亦可謂淺之知先
生也. 先生四男. 長山斗, 早歿. 次山輝, 餘未長
而夭. 先生常稱, 山斗德可以爲吾友, 山輝德可
以爲吾師. 先生寢疾, 親自擊缶, 使山輝聽缶聲,
以驗吉凶. 山輝佯曰, "聲甚和, 病非可憂." 亟出

門, 揮淚扣胸, 曰, "病不可爲." 未幾, 先生易簀.
長孫曰據仁, 別提, 生二男二女. 男曰述, 曰达[108].
女適參奉趙碩. 次適正郎李大淑. 述一男一女[109].
曰敬誼, 贈承旨. 女適李時昌. 达六男三女[110]. 長
必天, 生員, 僉樞五衛將. 次必明. 次必晉, 進
士. 次必亨, 武科. 次必烒, 僉樞五衛將. 次必
相. 女適崔友聖, 次適鄭德恒, 次適鄭奎. 趙碩
生一男, 世煥, 文科監司. 李大淑生一男, 以馨,
察訪. 敬誼生三男一女. 長禎五. 次禎來, 文科,
正郎. 次禎至. 女適沈必英. 必天生二男. 長禎
錫, 生員. 次禎翊, 文科, 獻納. 必明生二男三女.
長禎麟, 次禎鳳. 女適韓弘基, 次適金夏鼎, 次
適具孝閔. 必晉生三女. 長適郡守朴起祖, 次適
任行遠, 次適趙偵. 必亨生一男二女. 男禎胤.
女適權須, 次適金益瑞. 必烒生四男一女. 長禎
植. 次禎億, 文科, 正言. 次禎萬, 次禎達. 女適

俞彦弼. 必相生二女. 長適趙爾龍, 次適朴台壽.

崔友聖生四男四女. 曰文海, 進士. 次應海, 武科. 餘皆幼. 禎五二男二女. 長溁, 文科, 僉知. 次溇. 禎來五男三女. 長滿, 文科, 都事. 次深, 文科, 掌令. 次浣, 文科, 持平. 次海. 次滋, 文科, 佐郎. 禎錫一男一女. 曰瀚, 進士. 女適沈廷赫. 禎翊三男二女. 長濤, 次滲, 次灝. 女適進士金鐵根, 次適尹得和. 禎麟二男二女. 長澔, 進士. 次瀜, 進士. 女適蘇相琦, 次適韓昌欽. 禎植一男一女. 曰泓. 女適趙尙鼎. 禎億三男一女. 長津, 次洙, 次混. 女幼. 禎萬二男一女. 長溥, 次澍. 女幼. 禎胤三男二女. 皆幼. 朴起祖四男. 長聖輯, 佐郎. 次聖輅, 文科, 執義. 次聖載, 次聖輔. 溁三男. 長命錫. 次慶錫, 文科, 典籍. 次應錫. 溇四男, 長鵬錫, 次鳳錫, 次鶴錫, 次鵠錫. 滿一男, 翼登. 深三男. 長聖登, 次先登, 次時登. 浣一男. 曰壽登. 海一男. 曰馨登, 文科. 澥五男. 長大春, 次大受, 次大濟. 餘幼. 滐二男. 長大囿. 次幼. 先生子孫, 初則夭椓, 不絕如縷, 到今百年之後, 顚木有㠀[111]. 內外孫曾, 日益滋蕃, 總百餘人, 不能盡記[112], 而世艶稱之. 豈非先生不食之報, 而先生之言又驗矣![113] 牙山, 曾所簪笏之地, 保寧, 乃是桑梓之鄕, 而儒紳興慕, 竝刱祠妥靈.[114] 上之十二年丙寅, 賜額曰花巖. 重峯於宣廟朝, 疏請先生諡. 萬曆戊寅, 經筵官洪廸請爵, 三公國家多事, 竟未施行. 上之三十一年乙酉, 判尹閔鎭厚, 白請褒贈. 癸巳, 贈吏曹判書. 判府事金宇杭, 又請贈諡, 上特允之. 哀榮之典, 無復憾矣. 不佞間嘗竊取先生高論奇蹟之[115]雜出前輩文字中, 擊節歎賞, 而妄爲尙論, 曰, "以內聖外王之學, 超然自樂乎閒中之日月者, 可謂先獲先生之志. 而其在我東, 花潭之造詣高

明, 南溟之立志牢確, 謂之伯仲者非耶?" 謹就

先生玄孫獻納禎翊所錄家乘, 撰次如右[116], 以請

易名之典云.

嘉善大夫 司憲府大司憲 李觀命謹狀

太常議諡上三諡, 曰文康, 曰文清, 曰清憲.

上以文康批下. 道德博聞曰文, 淵源流通曰康.

土亭遺稿跋識

■ 土亭遺稿跋 宋時烈

余生世後, 不得灑掃於土亭先生之門, 然得因先輩長者, 竊聞其風聲事爲, 未嘗不歆仰而勉慕也. 最其可徵者, 重峯趙先生嘗告于宣祖大王, 曰, "臣之所師者三人, 李之菡·李珥·成渾也. 三人之造德雖不同, 而其淸心寡欲, 至行範世, 則無不同也." 噫! 自上世聖賢, 以至程張[117]諸大儒, 其敎人自爲者, 孰不以淸心寡欲爲至要哉? 蓋其心不淸, 則本源病矣, 其欲不寡, 則物累行矣. 人雖欲修餙勉强於外, 自以爲賢, 而塵埃[118]汚穢, 日積乎中, 終至於天理滅而人欲肆. 然則, 三先生之爲道爲學, 可謂至要, 而趙先生亦可謂善觀而善學者矣. 夫四先生, 不同於人, 而同於道. 竝世相輝, 以大鳴國家之盛, 豈不休哉! 世之稱先生者, 或涉於詼詭[119]之流, 豈先生才高氣淸, 常超然於事物之外, 或不純於布帛菽粟與規矩準繩, 故不知者, 喚銀作鐵歟? 惟栗谷先生比先生於奇花異草, 豈不着題矣乎! 先生平生, 不喜著述, 其存於今者若干篇, 蓋所謂不得已者也. 今玄孫必晉·禎來, 外玄孫趙世煥巇望, 協同哀悴, 僅成一帙. 然觀鳳一羽, 足以知五彩之成章, 而溯其本, 則皆自清心寡欲中流出矣. 噫! 世衰道微, 利欲紛挐, 惟此四字, 由是而明於世, 使有志於學者, 卓然不累於臭味酣豢之中, 則可以格致存養, 踐履擴充, 日臻乎高明廣大之域矣. 仕於朝者, 亦可以長廉遠耻, 志仁行義, 一以勤事庇民, 愛君憂國爲道, 而不敢有攩[120]目自營之意, 則其於世敎萬一[121], 其庶幾焉爾. 此余之所以眷眷於此, 而不敢與俗人言也.

後學 恩津 宋時烈 謹跋[122]

■ 土亭遺稿跋 權尚夏

海東有奇偉卓絶之士, 世稱土亭先生. 余自齠齕, 已聞其風聲, 有高山景行之慕, 而顧無由得其言論之萬一, 居常恨之. 及讀抱川牙山時封事, 眞蕩然[123]仁義之言也. 愛君憂民, 發於至誠惻怛[124], 而其所謨猷, 一出治岐之規模. 如使其言見用於當世, 則何患其治之不古若也? 昔栗谷先生擬先生於奇花異草, 嘗意其資品雖高, 實用或歉. 以今觀之, 似有所不必然者. 豈先生深自韜晦, 故作調諧吊詭, 不使人測其所蘊耶! 夷考其世, 蓋當滋·芑斬伐之餘, 或出於儉德避難之意耶! 以堯夫蓋世之豪, 一生經綸, 只在於風花雪月之間, 豈非千古之恨也! 先生所著述, 家無留草, 得之於傳聞者, 僅寂寥數篇, 而字字無非後學之藥石. 惜乎! 其嘉言善行, 不盡傳於世也. 掌令李公禎翊, 正言李公禎億, 監司趙公世

煥, 先生之內外孫也. 旣得跋文於尤菴老先生,

又請弁卷之作, 而先生許之, 遇己巳禍作, 未就

也. 今二李公復屬筆於余, 顧此陋拙之辭, 何異

佛頭鋪糞. 然景仰旣久, 不可無一言於斯, 遂書

感慨之意於卷末如右云.

崇禎後壬辰人日 後學 安東 權尚夏 敬題[125]

■ 土亭遺稿識 李禎翊

我先祖土亭先生, 平生不喜著書, 或著書而家不

留其藁, 以故世無得以知其有文章. 以先祖遯世

无悶之德, 實無與於文章之有無, 而或者亦不

無有歉於不朽之盛事. 粤昔李侍中選之在玉署

也, 考閱前賢之遺集記述, 先祖實蹟之有著者,

而衷成一帙, 名曰『土亭遺稿』, 而藏之芸閣. 不

肖取而見之, 參互考證於家藏舊件, 則其中記實

文字, 或此有而彼無, 或彼有而此無. 仍加刪閏,
合爲一篇, 遂以叩質於當世之先生長者. 尤庵
宋先生跋其文, 遂庵權先生又題其尾, 丈巖鄭
尙書澔, 亦撰弁卷之文. 於是謀所以鋟之梓, 而
壽其傳. 不肖適於此時, 出尹東都, 捐廩餘董其
役, 閱一口而工告訖. 使先祖嘉言善行, 終不至
於泯沒無聞, 則其亦有待而然耶. 先祖之平生事
爲, 已著於前賢之所揄揚, 則亦豈不肖輩所敢容
喙者哉.

歲庚子春三月上浣 玄孫 通政大夫 守 慶州府尹 禎翊
再拜謹識

교감 주석

1   정호의 『장암집』에는 卓으로 되어 있다.

2   『장암집』에는 幽深으로 되어 있다.

3   원문에는 外諧가 『율곡전서栗谷全書』 外孩로 되어 있다.

4   『율곡전서』에는 坂으로 되어 있다.

5   『장암집』에는 放懷物表로 되어 있다.

6   『토정유고』에는 少로 되어 있으나 『장암집』에 근거하여 小로 고친다.

7   『석담일기』와 『경연일기』에는 宣祖朝 세 글자가 빠져 있다.

8   『석담일기』에 李之菡으로 되어 있는 호칭이 『토정유고』에는 일괄적으로 선생으로 바뀌어 있다. 또한 『석담일기』에는 이지함 이하 최영경, 정인홍, 조목, 김천일이 소명에 응하여서 모두 6품관에 제배한다는 기록이 있으나 『토정유고』에서는 생략하였다.

9   『석담일기』에는 慾으로 되어 있다.

10 『석담일기』에는 澹然으로 되어 있다.

11 『석담일기』에는 朝廷不從. 之菡初無로 되어 있다.

12 『석담일기』에는 故旋棄官으로 되어 있다.

13 『석담일기』에는 李之菡見珥로 되어 있다.

14 『석담일기』에는 名士多會. 之菡顧左右로 되어 있다. 이하 『토정유고』에는 각각 先生, 栗谷으로, 『석담일기』에는 之菡, 珥로 되어 있다.

15 『석담일기』에는 願 앞에 我常 두 글자가 더 있다.

16 원문에는 儒悲로 되어 있으나 孺悲의 잘못이므로 바로잡는다.

17 『석담일기』에는 懶婢로 되어 있다.

18 『석담일기』에는 聖賢과 所爲 사이에 之가 있다.

19 『석담일기』에는 又曰 앞에 之菡 두 글자가 더 있다.

20 潰裂이 『석담일기』에는 潰散, 『경연일기』에는 潰敗로 되어 있다.

21 『석담일기』에는 星現이 星見으로 되어 있다.

22 『석담일기』에는 座客이 坐客으로 되어 있다. 이하 같다.

23 『석담일기』에는 必不至於危亡에 於가 없다.

24 『석담일기』에는 此乃奇策也에 也가 없다.

25 『토정유고』에는 說로 되어 있으나 『석담일기』, 『경연일기』에 근거하여 設로 고친다.

26 『석담일기』에는 面이 子로 되어 있고 다음 傷 앞에 而가 들어 있다. 『경연일기』에는 子面으로 되어 있고 傷 앞에 而가 없다.

27 『석담일기』에는 進勸, 『경연일기』에는 懇勸으로 되어 있다.

28 『석담일기』에는 譬喩則이 譬喩之言으로 되어 있다.

29 『석담일기』에는 人臣이 빠져 있다.

30 『중봉집』에는 先生으로 되어 있다.

31 『중봉집』에는 惟李土亭知之로 되어 있다.

32 『중봉집』에는 土亭으로 되어 있다.

33 『중봉집』에는 所能識 다음에 也가 붙어 있다.

34 『중봉집』에는 不妄 다음에 也가 붙어 있다.

35 원문에는 曹植으로 되어 있으나 曺植의 잘못이므로 바로잡는다. 이하 曹植으로 되어 있는 곳은 모두 바로잡았다.

36 원문에는 安命世로 되어 있으나 安名世의 잘못이므로 바로잡는다.

37 『중봉집』에는 孔孟風度로 되어 있다.

38 『중봉집』에는 贈爵賜諡가 贈之爵而賜之祭로 되어 있다.

39 先生爲學…餘無足觀 단락은 『석담일기』와 『경연일기』에 모두 실려 있지 않다.

40 寡欲은 『석담일기』와 『경연일기』에 모두 寡慾으로 되어 있다. 이하 欲은 慾으로, 慾은 欲으로 서로 바뀌어 있다.

41 迎致는 『석담일기』에는 迎謁로 되어 있다.

42 李君은 『석담일기』에는 此人으로 되어 있다.

43 喜不羈自放이 喜無羈自放으로 되어 있다.

44 栗谷의 자리에 『석담일기』에는 李珥, 『경연일기』에는 珥로 되어 있다.

45 芬華와 皆非 사이에 『석담일기』와 『경연일기』에 모두 聲色財利가 들어 있다.

46 『석담일기』에는 以가 之로 되어 있다.

47 萬曆六年戊寅이 『석담일기』에는 是時, 『경연일기』에는 是歲로 되어 있다.

48 民甚苦之는 『석담일기』에는 民이 빠져 있다.

49 發奸如神에서 年六十二 사이 단락은 『석담일기』와 『경연일기』에는 民方愛慕, 而遽嬰痢疾, 不久而卒로 되어 있다.

50 邑人이 『석담일기』와 『경연일기』에 모두 邑民으로 되어 있다.

51 『석담일기』에는 比之物로 되어 있다.

52 橡栗 다음에 『석담일기』에는 之類가 빠져 있다.

53 全은 『석담일기』와 『경연일기』에 모두 專으로 되어 있다.

54 不耐久와 且好奇 사이에 『석담일기』에는 作多事有終始, 非可久之才로, 『경연일기』에는 作事多有始無終, 非可久之才로 되어 있다

55 원문에는 曹南溟으로 되어 있으나 曺南溟의 잘못이므로 바로잡는다.

56 원문에는 曹處士로 되어 있으나 曺處士의 잘못이므로 바로잡는다.

57 『중봉집』에는 徜佯으로 되어 있다. 역시 重峯과 先生이 각각 先生과 土亭으로 되어 있다.

58 『중봉집』에는 請敎로 되어 있다.

59 『중봉집』에는 龜·靑 다음에 兩公이 들어 있고, 與鳴谷交契甚厚가 빠져 있다.

60 『중봉집』에는 指村中一家가 빠져 있다.

61 時先生門生柳復興從行. 先生謂柳曰이 『중봉집』에는 土亭謂其從行士人柳復興等曰로 되어 있고 豈非幸歟가 豈非幸耶로 되어 있다.

62 千里之應 다음에 『중봉집』에는 且曰이 들어 있다.

63 所撰이 『중봉집』에는 所摸로 되어 있다.

64 원문에는 無已無雜으로 되어 있으나 無二無雜의 잘못이므로 바로잡는다.

65 원문에는 慾으로 되어 있으나 『토정유고』 본문에 근거하여 欲으로 바로 잡는다.

66 『제봉집』에는 鄭松江, 棲霞樓가 松江, 棲霞로 되어 있다.

67 『제봉집』에는 雪竹窩가 雪竹山窩로 되어 있다.

68 『제봉집』에는 翌日이 翌朝로 되어 있다.

69 『제봉집』에는 匡世가 匡代로 되어 있다.

70 원문에는 小微로 되어 있으나 少微의 잘못이므로 바로잡는다.

71 『중봉집』에는 涕流가 淚流로 되어 있고 다음과 같은 주석이 달려 있다. 토정은 안명세가 역사 기록과 관련한 일로 죽임을 당한 뒤 수레에 실려 문 앞을 지나가는 것을 보고서 결연히 세상을 버릴 뜻을 가졌다. 선생의 이 시는 아마도 이 일을 읊은 것인 듯하다. "土亭見安名世以史事被戮, 車載過門前, 卽決遺世之志. 先生此詩, 似說此事."

72 『토정유고』에는 작자가 이전 사람으로 되어 있으나 『중봉집』에 이 시가 수록되어 있으니 조헌이 작자이다. 또한 『중봉집』에는 병진년(1556) 겨울에 지은 것으로 주석이 달려 있다.

73 서종태의 『만정당집晚靜堂集』에는 景으로 되어 있다.

74 『만정당집』에는 超로 되어 있다.

75 『만정당집』에는 亦으로 되어 있다.

76 『만정당집』에는 世際熙隆이 世際隆平으로 되어 있다.

77 『만정당집』에는 "龍游鳳矯, 孰能筴霤. 風行雲斂, 不可名稱." 으로 되어 있다.

78 『만정당집』에는 賴로 되어 있다.

79 『만정당집』에는 奏로 되어 있다.

80 『만정당집』에는 煒로 되어 있다.

81 원문에는 外諧로 되어 있으나 『율곡전서』 원문에는 外孩로 되어 있으므로 바로잡는다.

82 원문에는 小微로 되어 있으나 少微의 잘못이므로 바로잡는다.

83 『중봉집』에는 鄕으로 되어 있다.

84 조헌의 제문 가운데 『토정유고』에 某로 수록되어 있는 것은 모두 『중봉집』에 의거하여 憲으로 고친다.

85 『아계유고鵝溪遺稿』에는 先人과 季 사이에 之가 들어 있다.

86 『아계유고』에는 覺而新이 覺其新으로 되어 있다.

87 『아계유고』에는 吟으로 되어 있다.

88 원문에는 巷으로 되어 있는데 卷의 잘못이므로 바로잡는다.

89 『아계유고』에는 經傳子集이 經傳史子로 되어 있다.

90 『아계유고』에는 入場이 入場屋으로 되어 있다.

91 『아계유고』에는 靡所不爲也가 雖賤靡不爲也로 되어 있다.

92 원문에는 木履로 되어 있는데 『아계유고鵝溪遺稿』에는 木屨로 되어 있으므로 바로잡는다.

93 원문에는 常으로 되어 있는데 『아계유고』에는 嘗으로 되어 있으므로 바로잡는다.

94 원문에는 卞으로 되어 있는데 『아계유고』에는 辨으로 되어 있으므로 바로잡는다.

95 원문에는 知로 되어 있는데 『아계유고』에는 智로 되어 있으므로 바로잡는다.

96 『아계유고』에는 徒見其外 앞에 人이 들어 있다.

97 원문에는 小로 되어 있는데 『아계유고』에는 少로 되어 있으므로 바로잡는다.

98 원문에는 小로 되어 있는데 少가 옳으므로 바로잡는다.

99 원문에는 安命世로 되어 있는데 安名世로 바로잡는다.

100 이관명의 『병산집屛山集』에는 嘗作廣屋으로 되어 있다.

101 원문에는 慾으로 되어 있으나 『병산집』 본문에는 欲으로 되어 있으므로 바로잡는다.

102 『병산집』에는 則이 빠져 있다.

103 『병산집』에는 斂德避難으로 되어 있으나 『토정유고』에는 儉德避難으로 되어 있다. 『주역』 「비否」 괘 상사象辭에 근거하면 儉德避難이 옳다.

104 『병산집』에는 何暇責乎로 되어 있는데 『토정유고』의 何暇責手가 옳다.

105 『토정유고』에 慾으로 되어 있는 것을 『병산집』에 근거하여 欲으로 바꾸었다. 이하 같다.

106 『병산집』에는 不惡而嚴이 不怒而嚴으로 되어 있다.

107 『병산집』에는 比之物이 比之於物로 되어 있다.

108 『병산집』에는 曰達 이하 李大淑까지가 누락되어 있다.

109 『병산집』에는 一女 이하 李時昌까지가 누락되어 있다.

110 『병산집』에는 三女 이하 長大圍, 次幼까지 족보가 모두 누락되어 있다.

111 『토정유고』에는 皀, 『병산집』에는 㿝로 되어 있다.

112 『토정유고』에는 이하 『병산집』의 "而述之孫禎來. 禎來之子, 曰滿, 曰深, 曰浣, 曰滋, 及兄子㵵. 㵵之子慶錫, 達之孫禎翊·禎億, 皆登文科." 단락이 누락되어 있다.

113 이하 『토정유고』에는 牙山, 曾所簪笏之地가 누락되어 있다.

114 竝刱祠妥靈이 『병산집』에는 刱祠妥靈으로 되어 있다.

115 『병산집』에는 之가 빠져 있다.

116 『토정유고』에는 如右로, 『병산집』에는 如左로 되어 있으나 한문의 전통 서식에 따라 如右를 옳은 것으로 삼는다.

117 원문에는 程朱로 되어 있으나 『송자대전宋子大全』 원문에는 程張으로 되어 있으므로 바로잡는다.

118 송시열의 『송자대전』에는 垢로 되어 있다.

119 『송자대전』에는 恢로 되어 있다.

120 『송자대전』에 근거하여 橫으로 고친다.

121 『송자대전』에는 則其世敎萬一로 되어 있다.

122 『송자대전』에는 謹書로 되어 있다.

123 　권상하의『한수재집寒水齋集』에는 眞藹然으로 되어 있다.

124 『한수재집』에는 發放至誠惻怛이 發於至誠惻怛로 되어 있다.

125 『한수재집』에는 저작의 정보가 누락되어 있다.

『토정유고』와 이지함에 관하여

한 인물, 그가 역사적 인물일 경우에는 더욱 어릴 적 읽었던 전기, 야담이나 야사로 전해지는 이야기를 통해 우리에게 하나의 이미지를 맺게 한다. 그리하여 우리는 역사적인 어떤 인물의 이름을 듣거나 관련한 사건을 들으면 이전에 지녔던 이미지가 먼저 개입하여서 편견이나 선입견을 형성하게 마련이다. 오해誤解가 선행하지 않는 이해理解는 무망한 일이다. 아무리 진실에 접근하려 해도 당초에 객관적이고 진정한 사실이라고 하는 것이 그 자체 존재하기는 하는가 하는 철학적 의문을 가질 수도 있지만 아무튼 그에 관한 1차 텍스트가 충실하고 또 방계의 자료가 많고 증언하는 입이 많을수록 훨씬 더 실체에 가까이 다가갈 수 있다. 그런데 한 인물이 실존의 자취가 뚜렷하지 않거나 증언이 전언으로 전해질 때 우리는 그를 어떻게 이해해야 할까? 실체가 모호하거나 자취가 불분명할수록 그에 관해 강변하려고 고깔을 더 뒤집어씌우게 된다. 그리하여 안 그래도 모호한 인물을 더욱 모호하게 만들어버린다. 토정 이지함이 바로 그러하다.

토정 이지함. 그는 누구인가? 토정 이지함에 관해서는 역사 자료도 별로 없고 그가 직접 남긴 텍스트도 소략해 우리에게 다가오는 이지함은 대부분 일화나 야사로 그려진 이지함이다. 1차 텍스트가 너무나 부족하기에 사실 토정에 관한 무수한 일화나 만들어낸 이야기는 또 그렇게 토정을 이해하는 한 방편이 되어 왔다. 그리하여 퇴계 이황이나 율곡 이이와 같은 인물은 명료하고 뚜렷한 역사적 정황 속에서 구체화해 있지만 토정은 하나의 고정된, 또는 적어도 정리된 인물상을 갖지는 않는다. 그러기에 이미 소설로도 여러 편 형상화하였다. 때로는 적어도 문학이 역사보다 더 진실한 말을 할 수도 있는 것이다.

이지함은 간접적인 정보나 동시대를 살아간 사람들의 증언으로 엿볼 수 있듯이 당대 제일가는 명류들이 저마다 인정한 만큼 그의 학문이나 사상의 깊이는 조선시대 특히 이른바 '목릉성세穆陵盛世'라고 일컬어지는 선조 때 밤하늘의 별처럼 한꺼번에 쏟아져 나온 수많은 학자와 견주어도 결코 뒤처지지 않는 학문을 지녔던 것으로 보인다. 그런데 이황이나 기대승, 이이, 성혼과 같은 성리학의 대가는 물론 서경덕, 조식 같은 산림처사 지식인의 경우에도 이름을 들면 학술 논쟁이나 학문적인 논문, 학술 사상을 토론한 편지, 잡저 같은 것이 있어서 그의 생애와 사승관계와 문학과 사상을 연구할 수 있고 그 후학들이 사상과 학문을 계승하여 발전해 간 추이를 추적할 수 있다. 그러나 이지함의 경우에는 그가 평소 글쓰기를 좋아하지 않았다는 성벽과 남아 있는 문헌자료가 턱없이 부족하다는 한계에 더하여 그의 기행과 일화가 덧씌우는 선입관 때문에 그의 학문과 사상을 파악하기는 모래를 일어서 사금을 얻는 것과도 같다. 행정과 정치의 영역에서도 마찬가지이다. 그

가 지방관으로 재임하는 시기에 올린 상소 두 편을 보면 그의 위민의
식과 유교적 정치 이념의 수준을 충분히 엿볼 수는 있지만 딱 거기까
지다. 큰 틀의 정치 이념에서 구체적인 개혁의 시책까지 유기적으로
구성되어 있기는 하지만 그가 어떠한 정치사상을 가졌는지, 어떤 개혁
적 비전을 그렸는지 정도로 말할 수 있을 뿐이다. 더구나 실제 행정 일
선에서 활동한 기간이 길지 않았고 그것도 만년에 '시험 삼아' 나아간
일이었기에 구체적으로 많은 업적을 남길 여지도 여건도 충분하지 않
았을 것이다. 더욱이 그가 지방관으로서 지방행정의 여러 폐단이나 모
순을 적발하여 시정과 개혁을 추구한 정치적 비전이 아무리 탁월하고
시대를 초월하는 보편적 가치를 지녔다 하더라도 당시 조선의 정치체
제와 현실의 부조리는 이지함의 구상을 받아 안을 만큼 합리적이지 않
았다. 어떤 관료제도이든 기득권이 형성되면 자정능력을 잃어버리기
마련이다. 조선은 당시 율곡 이이가 진단했던 그대로 '중쇠기'였던 것
이다. 율곡이든 토정이든 그들의 개혁적 정치 비전이 얼마간이라도 실
현되었더라면 얼마나 좋았겠는가!

　양심적 지식인은 언제나 시대와 불화한다. 이지함의 기행은 바로 이
러한 불화를 항변하고 역설적逆說的으로 역설力說한 것이다. 그리
하여 토정은 전기나 평전류보다는 오히려 소설의 주인공으로서 더 잘
형상화한다. 행간을 읽어서 상상하는 것은 문학작품의 영역이며 창작
의 역할이다. 한 줄로 짤막하게 언급된 정보를 뼈대로 삼아 살을 붙이

고 핏줄을 이어서 하나의 생명을 가진 창작품으로 만드는 예를 얼마든지 볼 수 있다. 역사 인물이나 사건을 모티브로 하여 만든 영화나 연극이나 소설이 모두 그렇게 해서 새로운 작품으로 생명을 갖게 되지 않았던가! 이지함도 학문의 영역이나 정치, 사상의 영역에서 벗어나 흙집(土亭)에 사는 노인네로 돌아왔을 때 생생한 페르소나를 갖는다. 이지함에 관한 학술논문도 대부분 그와 관련한 일화, 야사, 설화 속에서 드러나는 그의 모습을 추적하고 해석한 것들이다. 설화 속의 이지함은 실체가 아니라 만들어진 이지함, 만든 사람들이 희망하는 이지함인 것이다.

『토정유고』는 이지함의 입으로 들을 수 있는 이지함 본인의 말이다. 그러나 이 텍스트에서 이지함의 육성은 유고 전체의 분량에서 1/5을 넘지 않는다. 운문으로는 시 한 편, 사辭 한 편, 산문으로는 설 세 편, 정치적 문장으로는 소 두 편이다. 아리아드네의 실오라기로 미궁을 빠져나올 수 있었던 아테네의 왕자 테세우스처럼 우리는 이다지도 빈약한 순수 창작물로서 그의 문학과 사상의 세계를 찾아 나갈 수 있을까! 이지함의 문학과 사상을 논리적으로 규명한다는 것은 어불성설이다. 그러나 그를 기억하고 또 추억하는 주변 인물의 증언을 통해 그의 페르소나를 그려낼 수는 있다. 『토정유고』의 부록에 수록된 일화나 야사 류의 증언은 이지함이라는 인물을 오늘날에도 생생하게 살아 있도록 만들어준다.

이황이나 이이에게서 우리는 이지함처럼 살아 있는 호흡을 느낄 수 있는가? 이황과 이이는 우리에게 연구와 배움의 주제로 우뚝 서 있지만 이지함은 바로 우리 곁에서 함께 울고 웃는 이웃이 되고 있다. 사실 부록의 「유사」에서 추출하여 이지함을 이해하기로 한다면 그는 매우 매력적인 심리적 분석의 대상이 된다. 그를 가장 잘 알았을 법한 이이조차 '기이한 꽃과 이상한 풀'로 여겼다면 이지함은 일부러 그리했을 것이다. 그는 책상머리에 앉아서 책을 통해 탐구한 것이 아니라 현지를 답사하고 현장을 돌아다니면서 격물치지를 하였다. 몸의 생리적 반응의 한계를 시험하고 남들이 모두 무모하다고 여기는 간척을 시도한 일들은 남들 눈에는 기행으로 비쳤지만 실은 모두 격물치지의 구체적 실습이었다. 장사를 하고 간척을 벌이고 걸인을 불러 모아 합숙을 시키고 노작을 하여 자급자족하는 방편을 만들어주고 사람을 사회적 계층의 틀로 보지 않고 그 타고난 자질을 계발해 주고 조선팔도 여기저기를 일일이 답파하여 돌아보고 한 일들은 서재에 앉아서 공부하는 학자도, 누정에 모여서 시문을 농하고 음률과 풍류를 즐기는 문인이나 귀족도, 조정에 서서 행정을 논하고 정치의 경륜을 펼치는 정치가도 아닌 실천하는 지식인, 실천하는 경세가로서 토정만의 캐릭터를 만들어내었다. 조선시대 그 많은 학자와 정치가들 사이에 이도 저도 아니고 방외와 강호와 현실을 자유자재로 넘나들었던 토정이 없었더라면 조선시대 인물의 군상이 얼마나 건조하게 느껴질까! 토정이야말로 엄숙 일변도의 조선 선비가 아니라 울고 웃을 줄 아는, 인민과 고락을 함께하는 진정한 사회의 주체적 인물의 한 전범을 이루고 있다.

포천과 아산에 재직할 때 올린 상소에서 든 궁핍한 여인의 하소연이나 사족임에도 군적에 들어서 살림을 이루지 못하고 독신으로 늙어가는 사람들의 사례는 차마 눈 뜨고 볼 수 없고 귀로 듣고서 마음이 아프지 않을 수 없는 참경인데 이런 상소나 토정의 수많은 기행에 관한 증언을 퇴계나 율곡의 일화나 상소, 정책의 제언에서 찾아볼 수 있는가? 비록 조선의 학자/관료들이 성리학적 지치의 이념이나 왕도 정치의 이념에 따라서 현실을 치열하게 고민했다고 하더라도 원론적이거나 수사적인 표현일 것이다. 그러나 이지함은 민중과 함께 삶을 체험하고, 함께 고통을 겪으며 그들과 함께 웃고 운 사대부 지식인이었다는 것이 남다르다. 남들에게는 기행으로 보인 것들이 토정에게는 치열한 삶의 현장에서 겪은 생생한 체험이 행태로 드러난 일들이다. 토정이 한강 강가에 글자 그대로 흙집 토정土亭을 지어서 거처한 일이라든가, 거지들을 불러 모아 생계를 마련해주려 한 일들은 정말로 조선팔도를 두루 돌면서 만나고 보고 들은 수많은 인민의 곤궁한 삶에 동참했기 때문에 가능한 일들이었다.

이지함이 학문적 이념과 정치 현실의 불화와 부조리를 생생하게 체험한 결정적 사건은 양심적 지식인 친구 안명세의 비극적 죽음이었다. 계유정난은 매월당 김시습의 파행을 촉발하였다. 홍경래에게 항복한 조부의 행적은 김삿갓에게 방랑의 지팡이를 들게 하였다. 안명세의 죽음으로 촉발된 이지함의 독특한 기행은 허위와 가식과 위선과 자기 배반을 털끝만큼도 허용하지 않는 결기의 표출이었다. 남들에게 기행과 해학으로 보였던 언행이 실은 허위와 가식을 벗어던지려는 몸부림이었다.

벽초 홍명희의 『임꺽정』에서 그리도 아름답게 그려진 조광조는 저자의 상인들과 어울려서 그들의 삶에 다가갔지만, 조광조는 어디까지나 그들의 '상전'이었다. 그러나 이지함은 그들의 '상전'이 아니었다. 그들 옆의 한 사람이었다. 언제라도 벗어날 수 있는, 일부러 밑바닥 인생을 체험해 보고자 하는 '갸륵한' 치기로 인한 '흉내 내기'의 빈곤이 아니라 정말로 그들의 빈곤을 함께 겪고 그들의 울음을 함께 울었던 것이다. 그러니 어쩌면 이지함으로서는 말을 못 하여서 몸으로 보여준 것이 아니었을까! 파행과 기행과 해학과 골계와 파격으로써 말이다.

역사적 인물과 그의 행적은 시대적 상황에 따라 끊임없이 소환되고 재해석된다. 지금까지 토정 이지함이 어떤 인물형을 대표해 왔던 간에 지금 우리는 우리 시대가 요청하는 이지함의 상을 그려보아야 한다. 토정은 1517년에 태어나서 1578년에 졸하였다. 토정이 살았던 16세기 조선은 왕조가 개창된 지 두 세기를 목전에 두고 있던 시기였다. 중국에서라면 왕조가 교체되었을 만한 시점이었다. 한 권력체제가 한 세기, 아니 반세기 이상을 지속하면 사회구조는 필연적으로 내적 모순을 해결할 수 있는 자정능력을 잃게 된다. 조선 사회 역시 거듭된 사화와 임진왜란 직전 일어난 기축옥사는 조선 사회가 커다란 전환점에 봉착했음을 의미한다. 구조적 모순을 해결하는 방법을 모색하지 않으면 사회는 붕괴할 수밖에 없다. 퇴계 이황과 고봉 기대승, 율곡 이이와 우계 성혼 사이에 벌어진 사단칠정 논쟁, 인심도심 논쟁과 이 시기부터 본격화하는 서원건립은 조선 사회의 정신적 지도이념을 더 정교하게 가다듬어서 정치와 권력의 속성을 성찰하고 사회의 도덕을 재구성하려는 상부구조에서 일어난 이론적 개혁이었다. 이에 반해 하부구조에서 사회의 경제적 생산력을 증대하고 붕괴해 가는 민생을 회복하려는 실질적 대안을 찾으려 한 대표적 지식인이 바로 토정 이지함이다.

토정의 육필 시문과 동시대 인물의 일차적 기억을 토대로 본 토정은 우선 정통 주자학자이다. 그러나 토정은 퇴계나 고봉, 율곡이나 우계처럼, 그리고 다른 당대 학자들처럼 이론을 통해 사회 모순에 접근하지 않고, 현실의 실천을 통해 사회 모순을 직면하였다. 구체적으로 사회의 생산관계를 분석하고 다양한 방법으로 생산을 증대하는 방안을 강구하여 사회를 재건하려고 하였다. 토정의 사승과 교우 관계에서 주목할 만한 화담 서경덕, 남명 조식은 퇴계나 율곡처럼 주자학을 천착하여서 조선의 학문으로 이론화하는 일에 치중하지 않았다. 화담은 전 왕조 고려의 수도인 개성을 중심으로, 남명은 남쪽 해안을 바라보는 지리산에서 학문을 쌓고 행실을 닦았다. 이들은 의도적이었든 아니었든 중앙을 지향하지 않았다. 화담을 스승으로 삼고 남명과 교유한 토정은 화담이나 남명처럼 주류에서 비켜나간 처사형, 개방적 지식인에 더하여 방외를 떠돌았다. 그들은 지적 양심을 지켜서 도가 사상에도 개방적 자세를 보였고 정통 주자학자들이 도외시한 천문, 지리, 역법, 음률, 산학, 풍수 등 자연과학과 기술과학에도 관심을 가졌다. 이런 지식인의 지형도는 조선 사회가 학문적으로 초기의 학문적 다양성, 개방성을 지녔고 어느 한 이론이 주도하지 않고 서로 경쟁하고 각축을 벌이다가 차츰 성리학이 주도하는 학문 세계로 재편되고 있었음을 보여준다. 퇴계와 고봉의 사단칠정 논쟁은 이런 성리학 이론화의 상징적 사건이다. 그러나 화담, 남명, 토정은 이런 학술의 이론화, 이론투쟁에는 관심을 보이지 않았다. 그뿐만 아니라 스스로 늘 토정의 제자로 자처한 중봉 조헌의 절의는 이론보다 실천을 중시한 토정의 영향이 짙게 배어 있다.

토정의 사회적 실천은 민중 지향적이라는 측면에서 그의 행적에 독특한 개성을 돋보이게 한다. 토정은 조선시대 지식인 가운데 여러 측면에서 파격적인 행보를 보였지만 특히 인간관계에서 두드러진 행적을 보였다. 토정은 지식인과 교유한 만큼이나, 아니 그 이상으로 민중과 함께 어울렸다. 이런 행보는 그가 현실의 인간세를 핍진하게 들여다보고 민중의 삶과 그 질곡을 몸소 겪어보게 하고 나아가 이를 토대로 구체적 사회 개혁과 인간세의 개선과 진보를 꿈꾸고 실천하게 하였다. 당시 엄숙한 성리학자들로서는, 물론 그들이 왕도정치와 지치주의를 꿈꾼 양심적 지식인들이었다 하더라도, 흉내조차 내기 어려운 파행적 면모를 토정은 조금도 가식적이지 않고 진솔하게 서슴없이 보여주었다. 그가 사승이나 지적 교류로 만난 인물뿐만 아니라 그가 이끌어내고 성취하게 한 인물들은 계층과 신분을 초월한 인격적 만남이 이토록 아름다울 수 있다는 사실을 웅변한다. 신분이 낮거나 가진 것이 없는 사람이라도 타고난 자질이 순수하고 잠재적 재능이 있으면 적극적으로 가르치고 이끌어서 자기 삶과 세계를 개척할 수 있게 해주었다. 이런 행적은 인격을 수단이 아니라 목적으로 대하지 않고서는 할 수 없는 일들이다. 퇴계가 대장장이에게도 문호를 열어주었다고 하지만 토정의 경우는 초야에서 은둔하여 이름 없이 살아가는 사람이라도 그 사람의 인격을 보고 대우하였던 것이다.

토정의 삶을 이루는 중요한 이미지 가운데 하나는 '바다'이다. 토정은 일생 여러 차례 제주도를 드나들고 서해의 여러 섬을 탐방하며 해안지대의 간척과 염업, 어업에 눈을 돌리고 무인도와 유휴지를 개간하여서 산업을 일으켜서 재화를 산출하기도 하였다. 토정의 유소년 생활 세계는 해안을 끼고 있는 충청도 보령 일대였고, 그가 스승으로 삼은 화담은 예성강을 통해 바다로 나아가 해상무역을 발전시켰던 고려의 수도였던 개성이었다. 이러한 생활 세계의 영향과 함께 토정은 조선의 여러 지역을 편력하고 민중과 고락을 함께하면서 농업생산력이 사회생산의 근간을 이루던 조선 사회의 사회경제적 생산양식의 한계를 절감하고서 부존자원과 천연자원의 적극적인 개발, 수공업 생산, 상업 유통과 무역의 중요성을 인식하고 나아가 해상 진출을 통한 적극적 국제무역에 관한 구상도 했었던 것으로 보인다. 상공업에 관한 이러한 진보적인 견해는 반계 유형원이나 초정 박제가와 같은 개혁적, 실학적 지식인에게 많은 영향을 미쳤다. 그에게서 바다라는 이미지는 바로 이러한 구체적이고 실용적이며 진취적인 비전을 바탕에 두고 있는 것이다. 이지함은 16세기 조선의 사회 문화와 정치 경제의 한계를 예리하게 인식하고 현실의 부조리와 모순을 변혁시키려고 한 개혁적 지식인이었다. 현실에 발을 딛고 자기 학문과 사상을 정립하였으며 타자로서 관찰자로서 인민의 삶을 들여다본 것이 아니라 인민의 한 사람으로서 구체적이고 실효가 있는 개혁적 정치와 행정의 비전을 제시하고 몸소 실현하였다.

이 책과 인연을 맺은 사람들을 기억하고자 한다. 먼저 이 책의 가치를 눈여겨보고서 세상에 빛을 보게 해준 미옥서원 이재종 대표님, 이지함의 삶과 정신을 형상화한 『이지함 평전』의 저자 신병주 교수님, 조언을 해주신 안대회 교수님, 가까이와 멀리서 나와 미옥서원을 연결해준 김상봉 교수님과 이남옥 선생님, 그리고 조부덕 원장님, 조복덕 선생님, 박비오 신부님께 감사하는 마음을 드린다. 그리고 『토정유고』를 읽고 느낀 소회를 어쭙잖게 엮은 날것의 글을 하나의 글로 만들어주신 일우一愚 이충구 선생님께 진심으로 감사하는 인사를 올린다.

토정유고를 옮기고 나서 느낀 바 있어
　譯土亭遺稿有感

　마음은 울울한 적 없었기에
　말을 토하여 도의 마음 전하였네
　현하의 달변 필요 없나니
　한 마디 말이 만 편에 값하기에

　心兮未嘗鬱
　吐說道心傳
　不必懸河辯
　隻言値萬篇

土亭遺稿 토정유고

1판 1쇄 인쇄 2025년 1월 15일
1판 1쇄 발행 2025년 1월 22일

지은이 이지함
옮긴이 김태완

펴낸이 이재종
펴낸곳 도서출판 **미옥서원**
등록번호 제2024-000002호
등록일자 2024년 11월 14일
주소 충청남도 보령시 청소면 성당길 72
전화 041-935-1535
이메일 miokseowon@daum.net
ISBN 979-11-991068-0-2 (03810)